经济学家之路

第五辑

熊诗平　徐　边　主编

上海财经大学出版社

图书在版编目(CIP)数据

经济学家之路(第五辑)/熊诗平,徐边主编. —上海:上海财经大学出版社,2006.5
ISBN 7-81098-595-7/F·546

Ⅰ.经… Ⅱ.①熊…②徐… Ⅲ.经济学家-人物研究-中国
Ⅳ.K825.3

中国版本图书馆CIP数据核字(2006)第016019号

特约编辑 徐永禄
封面设计 未 名

JINGJIXUEJIA ZHI LU
经济学家之路
(第五辑)

熊诗平 徐 边 主编

上海财经大学出版社出版发行
(上海市武东路321号乙 邮编200434)
网 址:http://www.sufep.com
电子邮箱:webmaster@sufep.com
全国新华书店经销
上海市印刷七厂一分厂印刷装订
2006年5月第1版 2006年5月第1次印刷

850mm×1168mm 1/32 10印张 232千字
印数:0 001—2 000 定价:23.00元

编者的话

今天,《经济学家之路》第五辑正式出版并与广大读者见面了。

在听取了读者和有关方面专家学者的意见后,收入本辑的是有关十一位著名经济学家成长经历和学术贡献的作品。他们(按姓氏笔划为序排列)是:方生、刘方棫、汤在新、宋承先、巫宝三、张国赞、张维达、苏东水、杨国昌、蒋硕杰、樊弘。每位经济学家的成长经历就是一本经济学的教科书。他们在教书育人和科学研究中,继承和发扬了马克思主义在科学上的诚实和勇气,从追求光明和批判旧制度、基础理论建设、探索思想渊源、破除陈规旧套、总结历史经验、系统阐发社会主义经济基本制度、开展国际学术交流、借鉴国外优秀成果、培育新一代经济学人、积极推进改革开放和现代化建设,到构建社会主义市场经济体制等方面,为实现国家繁荣富强的中国特色社会主义经济学的创立和发展做出了巨大贡献。

自改革开放以来，我国经济学家的群体优势日益显现，他们经常活跃在中外经济学论坛上，在多个领域开展了创造和创新研究，经20多年努力求索，取得了十分丰富的成果。上述十一位学者的生平事迹就是我国经济学家群体优势的生动写照。比如，有的是我国对外开放理论的先驱者，积极探索社会主义经济理论和对外开放实践中的重大问题，对推动经济体制改革做出了卓越贡献；有的是我国消费经济学与生产力经济学的主要倡导者与创始人，在这些领域中取得了重要研究成果，先后荣获孙冶方经济学优秀著作奖等重要奖项。

又如，有的是主编国家社科重点项目《〈资本论〉续篇探索——关于马克思计划写的六册经济学著作》的学者，填补了马克思经济研究的一项空白，阐发了"六册计划"的科学意义，对政治经济学的研究对象和方法做出了新的说明；有的是主编国家社科重点项目《马克思经济学体系的继承与创新》的学者，首次系统地展示了马克思主义经济学体系的由来和发展，拓展了广义政治经济学的内容，使马克思主义政治经济学体系更加系统和完整；有的是既通西方经济学又通四卷《资本论》的"双通教授"，对西方经济学和马克思主义经济学中相关重要理论融合问题做了深入探讨，给后来经济学人有很多启迪。

再如，有的是中国国民所得理论的开创者，有力推动了中国经济思想史研究进入新阶段；有的是中国经济史研究的奠基人，其大型学术专著《中国近代史，1840～1894》，是"里程碑"式的重要成果，标志着经济史科学的发展进入了一个新的阶段，从而荣获"孙冶方经济学奖"

等重要奖项；有的是《政治经济学教材》新版本的开创者，在课程体系上，打通资本主义两阶段和资本主义、社会主义两部分的传统理论框架，按照抽象到具体、本质到现象的逻辑，建立起浑然一体的篇章结构，受到社会广泛关注和反响，因此，被列入“面向21世纪课程教材”和“普通高等教育‘九五’国家教委重点教材”。

最后，有的是东方管理学派创始人，首创中国社会主义宏观经济学——国民经济管理科学体系，又创“以人为本，以德为先，人为为人”的“三为”思想为核心的东方管理学，为中华民族在国际管理学界独树一帜之学派；有的是独战群雄的学者，敢于向西方经济学中的名派名人和诺贝尔经济学奖的获得者挑战，严厉批判凯恩斯学派流动偏好货币理论及政策的错误以及给发展中国家造成的灾难，反对主流学派的货币理论的霸权主义，提出新的“筹资约束”货币理论，以及坚持货币稳定，促进经济稳定和快速发展的相关货币政策，从而获得国内外学术界的高度评价和大力支持；有的学者是著名民主教授，发扬先烈革命精神，坚持实行真正的民主，抨击和揭露反动军阀和国民党反动派的黑暗统治。在学术上一贯坚持马克思主义的立场、观点和方法，评析凯恩斯错误理论观点，深入阐发马克思主义经济学，从而被毛泽东称赞为“社会科学家”。

本辑内十一篇文稿以丰富的资料描述的经济学家们的生活情况和学术贡献既亲切又动人，并从中阐发的一代宗师与学术泰斗的崇高精神和优秀品德及科学方法，一一展现在我们眼前。广大读者能从中获得激励，刻苦学习，勇于攀登学术高峰。

《经济学家之路》第一、二、三、四辑出版以来，我们收到不少读者、作者和专家学者的来信、来电和来稿，给予我们极大的鼓励与支持，在此我们表示衷心的感谢。我们将继续努力，不辜负广大读者的期望。

编　者

2005 年 11 月

目　录

我国对外开放理论的先驱

——方生

◎ 桑百川

方生（曾用名陈仰鸾、陈实），中国人民大学经济学教授，我国著名经济学家，福建省连江县人，生于1925年9月9日。他是我国经济学界一位充满传奇色彩的人物。

方生早年就读于福建省立福州中学和省高级工业职业学校。

1946年考入台湾大学农学院农业经济系。

1947年，参加震惊中外的台湾人民“二·二八”起义，反抗国民党反动派的黑暗统治。1948年，被推举为台湾大学生联合会主席，站在了“反饥饿、反迫害、反内战”的爱国民主斗争的第一线。

1949年初，带领由进步学生组成的台湾大学“麦浪歌咏队”做环岛演出，传播大陆的革命爱国歌曲，唤醒了台湾人民的爱国情感，振奋了岛内的民族精神。

1949年3月20日，遭到国民党当局通缉，被迫离开台湾，在全国学联帮助下，进入华北大学学习。

1949年底，随即将转入中国人民大学的华北大学师生进京。

1950年，攻读中国人民大学首届政治经济学研究生，毕业后留校任教。

1956年4月，加入中国共产党。

1956年至1966年，担任中国人民大学函授学院马克思主义理论教研室主任。

“文革”期间，中国人民大学停办，下放江西劳动。

1976年至1977年，借调北京市编书组工作。

1978年中国人民大学复校后，在经济学系任教。

1983年9月，出任深圳大学首任副校长，分管教学工作。

1987年，奉命调回中国人民大学，在经济学系任教，指导研究生，并长期担任中国人民大学校务委员。

2002年4月5日逝世。

方生教授曾是全国政协祖国统一工作组成员，担任中国市场经济研究会副会长、全国台湾研究会常务理事、中国和平统一促进会理事、北京台湾经济研究中心理事长、中国老教授协会常务理事、中国国际经济科技法律人才学会高级顾问、三九企业集团战略指导委员会委员等社会职务。

方生教授是我国对外开放理论研究的先行者，是对外开放理论的奠基人之一。半个世纪以来，方生教授在经济学的园地上，一直执著追求，硕果累累。他治学严谨，实事求是，勤奋好学，始终坚持理论联系实际，力求运用马克思主义的立场、观点和方法，探索社会主义经济理论与实践中的重大问题。他具有高度敏锐的理论素养，提出许多超前、创新、后被实践证明是正确的理论观点，在经济学界和社会上产生巨大影响。由于方生教授在对外开放理论与实践上的卓越贡献和建树，被经济理论界誉为"方开放"。

改革开放以来，方生教授著述颇丰，发表了大量研究经济体制改革和社会主义市场经济问题的学术论文和著作。先后在哈佛、斯坦福、哥伦比亚大学、东京大学、早稻田大学等世界著名学府，以及联合国机构讲学，多次参加国际学术会议进行学术交流，发表自己新的学术观点，对于传播改革理论、推动经济体制改革做出了卓越贡献。

几十年来，方生教授一直心系海峡两岸统一，积极参加全国统战工作，对促进两岸经济文化交流和祖国和平统一事业做出了重大贡献。他多次发表文章，抨击"台独"势力分裂祖国的卑劣行径；提出并系统论述了中国大陆、台湾、香港、澳门四地之间建立"中国经济联合体"的主张；首次提出借鉴台湾在发展经济中的经验；呼吁两岸面向未来，共同振兴中华民族。

方生教授在高等教育战线辛勤耕耘半个多世纪，积极推动高等教育体制改革，他严以律己，宽以待人，诲人不倦，桃李满天下。

方生教授的简历多次被载入中国和世界名人录。

一、台湾岁月

1946 年 2 月，年仅 20 岁的方生来到台湾，在新竹一家粮食事务所找到工作，教授台湾省籍职员国语。同年9月，以优异成绩考入台湾大学，就读于农学院农业经济系。

在台湾的岁月，是方生投身革命运动的开端。

1946年12月，北京发生了美国兵强奸北京大学女生的“沈崇事件”。消息传到台北后，激起全市广大学生和市民的极大愤怒，1947年1月9日，方生和台大、师院等高校学生一起，参加了在新公园召开的万人大会，抗议美军暴行。大会根据与会群众要求，作出两项决定：一是成立台北市学联；二是会后举行示威游行。

“一·九”事件是由台湾本省和外省学生联合发动的一次爱国群众运动，也是台湾光复后，台湾学生第一次有组织的大规模游行，表达了对国民党当局投靠美国发动内战的不满和反抗情绪，对以后台湾爱国民主运动的开展产生了较大影响。

1947年2月27日傍晚，国民党政府专卖局缉私人员在台北市延平路殴打女烟贩，并开枪打死一名围观者，激起广大市民的公愤。28日，市民罢市，游行请愿，要求严惩凶手，取消专卖，抗议游行遭到武装镇压。当日下午，国民党军队开枪打死请愿群众3人，打伤3人，引发了台湾人民反对国民党政府黑暗统治的“二·二八”起义。方生亲自参加了这次震惊中外的“二·二八”起义，和群众一起，冲击设在新公园的广播电台，反抗国民党反动派的黑暗统治和血腥镇压，并险遭国民党当局毒手。

1948年，在同学中享有很高威信、显示出出色组织能力的方生，当选为农学院学生会主席，后又被推举为首届台湾大学学生联合会主席，领导起了台湾进步学生运动，站在了“反饥饿、反迫害、反内战”的爱国民主斗争第一线。

1949年初，方生以台大学生联合会主席的身份，利用寒假时间，带领台湾大学著名的“麦浪歌咏队”做环岛旅行演出。这支由

80 多名台大学生组成的歌咏队，从台北到台中，从日月潭到台南、高雄，一路引吭高歌，把《黄河大合唱》、《祖国大合唱》、《康定情歌》、《农村曲》等大陆的革命爱国歌曲搬上舞台，演出场场爆满，盛况空前，唤醒了台湾人民的爱国情感，振奋了岛内的民族精神。方生领导的"麦浪歌咏队"活动引起国民党当局的恐惧，盯梢的特务尾随歌咏队走完了演出全程。

1949 年，随着全国解放战争节节胜利，台湾政治形势不断恶化。1949 年 4 月初，台湾省主席兼警备总司令陈诚自南京抵台，下令清查学运主谋分子，台湾大学生联合会主席方生(陈实)被列为国民党当局通缉学生黑名单上的"第二号人物"。他处境十分危险，随时有被捕的可能。

国民党当局定于 4 月 6 日，即台大、师院学生预定要举行大规模示威游行的这一天，对学生运动进行镇压。这天凌晨，大批军警包围了台湾大学的学生宿舍，大批学生领袖、积极分子和"麦浪歌咏队"成员被捕。警察来到方生的住处，但是，没有找到方生，于是把宿舍的木制地板都撬开了，以为方生躲在地板底下，大有挖地三尺也要抓住方生的劲头。

方生因当时目标太大，身处险境，被迫于 3 月 19 日从基隆登上了开往香港的一艘外国轮船，悄然消失在暮色苍茫之中，离开了他生活、学习、抗争达 3 年之久的宝岛台湾。5 月，方生从香港乘舟北上，在天津塘沽登岸。同舟的还有《资本论》译者之一郭大力，郭沫若夫人于立群，著名作家周而复等。抵达北平后，在全国学联帮助下，方生辗转来到河北保定，进入华北大学学习。由于他非常欣赏乔冠华在"国统区"写的一篇脍炙人口的文章《方生未死之间》(其意是新中国即将诞生，旧统治尚未完全灭亡)，遂将原名陈实改为"方生"。从此，一个满怀爱国激情的青年展开了他波澜壮阔的人生画卷，在祖国建设和经济学的园地中书写着人生传奇。

二、步入教坛

在华北大学学习期间，方生曾以学员人大代表身份参加了在石家庄市举行的中国首届人民代表大会，并在大会上发言。1949年底，方生随即将转入中国人民大学的华北大学师生进京。进京后，当选为中国人民大学学生会主席，出任北京市学联副主席。

在中国人民大学筹备建校过程中，为准备苏联专家来校讲课，方生被选拔进入俄文大队学习俄语。1950年初，圆满完成俄文大队学习计划，调入经济学系。9月，又推选进入政治经济学教研室，攻读中国人民大学首届政治经济学研究生，毕业后留校担任经济学教员。1956年4月，加入中国共产党。

在相当长一段时间内，方生担任中国人民大学函授学院马列主义理论教研室主任兼政治经济学教研组组长的职务。他以极大的热情，组织编写教材、学习指导书、参考资料，到各个函授站巡回为学员讲课。在任务重、人员少的情况下，方生与同事们团结一致，出色地完成了教学任务，政治经济学教研组被评为北京市先进集体。后来，方生又回到经济系任教。

“文化大革命”期间，中国人民大学停办，方生和许多教员一起赴江西老区参加农村劳动。人大复校后，方生得以重回教坛，继续从事他钟爱的教学科研工作。

几十年风风雨雨，方生教授执著追求，在经济学这块园地上耕耘，桃李满天下，科研成果累累。他力求运用马克思主义的立场、观点和方法，分析经济工作和理论研究中的重大问题，敢于直抒己见，从不人云亦云，表现出一名正直学者的勇气和胆识。他具有高度敏锐的理论素养，提出许多超前、创新、后被实践证明是正确的理论观点，在经济学界和社会上产生了巨大影响。

1980年，方生在《人民日报》发表文章，最早提出不能把城镇个体经济同资本主义混为一谈，我国城镇个体经济的存在和发展，是同现阶段生产力状况相适应的，是国有经济和集体经济的重要补充。这在当时对于那些轻视个体经济、并推断任何情况下小生产必然不断产生资本主义的认识，起到了澄清作用。

1983年，方生在《经济研究》杂志发表文章，较早提出社会主义生产是商品生产的观点，认为离开商品生产，就没有社会主义，否认社会主义生产是商品生产，就等于是取消社会主义。这一观点在社会上产生巨大反响。

对于如何处理农轻重的关系这一涉及中国工业化道路的重大理论问题，方生多次在《人民日报》、《经济研究》发表论文，反对所谓“单纯自我服务”是重工业发展中的严重弊端的观点，认为只要有社会再生产，重工业就不可能是自我服务的，更不是什么完全自我服务。他提出，我国各地情况不同，有的地区就适合发展重工业，有的地方则适合发展轻工业、发展农业，笼统地讲“变重为轻”或“变轻为重”，容易造成“一刀切”，应该因地制宜。

20世纪80年代初，方生与宋涛等5位同志一起编写的《政治经济学》，作为粉碎“四人帮”后第一部全国党政干部基础课自学辅导教材，由红旗出版社出版，并在中央电视台开设系列讲座。这部教材对于经济学界拨乱反正、澄清众多党政干部的模糊认识，发挥了很好的作用。

1983年9月，方生教授出任深圳大学副校长，着手创办深圳大学。1987年以后，奉调返回中国人民大学，在经济学系任教，指导研究生，并长期担任中国人民大学校务委员。

为表彰方生教授在教学和科研工作中做出的突出贡献，国务院特发给荣誉证书，享受政府特殊津贴。

三、创办深大

1980年8月26日，第五届全国人大常委第十五次会议，审议批准建立深圳、汕头、厦门、珠海等四个经济特区。这标志着中国经济特区正式诞生。一个新的开创性工作落在了方生教授的肩上——受命参与创办深圳大学。

成立不久的深圳经济特区，迫切需要适应特区建设的人才，深圳市政府决定创办深圳大学，并请求中央在组建领导班子上给予支持。中央把这个任务交给了中国人民大学和清华大学。1983年7月，方生教授随同当时任人大副校长的黄达教授和清华大学同仁一起，到深圳做踏荒试点考察。两个星期的时间，摸清了深圳市政府的办学意图，初步确定了建校方针。这年9月，方生千里单骑走马上任，出任深圳大学副校长。

草创时期的深圳大学，校址选在靠近蛇口的粤海门，在一平方公里的荒山野岭建校，困难可想而知。首次招收的法律、经济管理、外语、中文、机械几个专业数百名学生，借用原宝安县政府机关的房子上课。方生暂时住在深圳市政府的一幢简易宿舍楼内，每天早晨随便吃些饼干、方便面之类的食品就匆匆忙忙赶去上班。中午和晚上都和大家一起在临时校址的露天食堂站着就餐。一年之后，深圳大学的教学大楼、办公大楼及一批基础设施相继落成，学校才迁入新址。

在深圳大学期间，方生副校长分管教学工作。当时，深圳大学率先在全国高校进行改革试验，探索新的办学模式，实行学分制；

取消助学金，设立奖学金、贷学金；开展勤工俭学活动；取消毕业生国家统一分配，实行双向选择，学生自谋职业；创办成人教育学院；实行教师聘任制；等等。这些改革在全国高校中产生了强烈反响，为全国高等教育体制改革积累了经验，引起海内外的高度关注和极大兴趣。

方教授校务工作十分繁忙，但仍然坚持为本科学生授课，讲授政治经济学、特区经济，为学生开设讲座，并指导硕士研究生，还从事大量社会调研，参加国内外学术交流活动，如饥似渴地从改革开放的最前沿——经济特区的实践中汲取营养。

理论来源于实践，作为改革开放试验场的深圳经济特区，可谓培育方生新思想灵苗的一片沃土。在深圳，方教授接触了许多新鲜事物，大开眼界，从思想上、理论上对他都产生了很大影响，也把他的经济研究推进到了一个新的阶段。

到深圳不久，方生注意到人们在利用外资方面还心存疑虑。有人担心，外国人凭借资金和技术的优势，利用中国的廉价劳动力资源，把钱赚走了，我们吃了亏。1984年，方教授在《人民日报》发表题为《关于利用外资的若干认识问题》的文章，提出要进一步解放思想，破除盲目排外观念，大胆利用外资，以解决我国资金不足这个制约我国现代化建设的"瓶颈"问题。为了消灭贫穷落后，"要允许吃亏，不怕吃亏"。如果把外资比作水，我们就需要"蓄水池"。1980年建立的4个经济特区就成了最初的"蓄水池"，可以吸引外资源源流入。文章字字句句力透纸背，震耳发聩，在全国产生了很大影响，对全国引进外资工作起到了推动作用。

从进入深圳工作之日起，方教授对经济特区的建设发展和对外开放工作给予了极大关注，撰写了许多关于特区经济方面的文章，在全国有影响的报刊上发表，受到了社会的普遍关注和高度评价。

1984 年,方教授结合中央关于经济体制改革的决定和自己在深圳经济特区工作的体会,撰写了《中央经济改革的决定与深圳特区的实践》一文,并在中央有关部门做了多场报告。

1986 年,方教授主编完成的《经济特区的理论与实践》一书,热情讴歌经济特区的成就,全面总结评价经济特区的作用和经验,系统分析经济特区实践中遇到的问题,探讨经济特区的前景和发展战略,回答了人们对于经济特区的疑问。该书对于推动经济特区的改革开放和发展,起到了良好的作用。

1987 年,方教授在《人民日报》发表文章,系统分析了经济特区"以市场调节为主"的经济运行特点对于广大内地经济体制改革、政治体制改革的借鉴价值,以及扩大开放对市场取向改革的促动作用,令人耳目一新。

1987 年,深圳大学步入正轨,方生在深圳的工作告一段落,奉命调返回中国人民大学。此时,深圳大学已经有十几个专业,在校生逾千人。

方教授在担任深圳大学第一任副校长期间拓荒式的工作,以及长期以来对特区经济研究的理论建树,使经济特区和方生的名字联系在了一起。深圳市的领导对他说:你是深圳的拓荒牛,深圳人会永远记住你!

在深圳的岁月,也为方生后来提出许多著名的对外开放和经济体制改革理论论断奠定了实践基础。

四、震惊中外

1992 年 2 月 23 日,邓小平视察南方结束后的第三天,《人民日报》在第一版以黑体大字通栏标题一字不改地刊登了方生教授《对外开放和利用资本主义》的署名文章，迅即在国内外引起强烈反响。

这天是个星期日，方生与往常一样，正在家中写稿，电话铃响了，一位经济学家朋友打来电话，很奇怪地问方生："你怎么在《人民日报》第一版写起文章来了?"（按照惯例，除了中央领导人讲话和重要社论之外，鲜有在《人民日报》头版发表署名文章的。）方生放下电话，赶到学校附近报摊去买报。报摊小贩自言自语地说："我每天就进十几份《人民日报》，挺不好卖的，天天都剩。今天真是怪了，怎么卖这么快呀？只剩下最后一份了。"

当时，社会上"左"的影响还较大，对外开放的阻力重重，一些重要报刊实际上也宣传了不少"左"的东西。《人民日报》竟然在第一版发表这样的文章，的确得有些胆量。

广州打来了祝贺方生发表这样有分量文章的电话，深圳特区打来电话，随后又来信表示祝贺。

上海《解放日报》第二天全文转载，不少报纸摘要转述。许多人表示支持，也有人感到困惑，甚至愤恨，更有人打电话责问《人民日报》：你们怎么胆敢发表这样的文章？我们要彻底消灭资本主义剥削制度，怎么能加以利用呢？如果说，资本主义可以利用，那么，资本主义的艾滋病是否也可以利用呢？这里，居然把艾滋病也看作是资本主义的东西。

《北京周报》破例将文章全文译成英、法、德、日、西五种语言刊登，向世界发行。西方上百家报刊纷纷作出反应，发表评论。世界著名的美国《纽约时报》次日在头版显著位置刊登了该报驻京首席记者从北京发回的专稿，认为这篇文章是中国近年来发出的最大胆的信号，表明中国的经济方针软化了，并称强有力的迹象表明，中国的政治风向正在转变，正从反对资本主义转变为利用资本主义，还推断《人民日报》刊登的文章署名“方生”，几乎可以肯定，这是笔名。香港记者率先获悉方生确有其人，是中国人民大学的教授，曾任深圳大学副校长，很快就把电话打到方生家里。此后两三天里，方生家的电话铃声不断，《纽约时报》、《华尔街日报》、《先驱论坛报》、《基督教箴言报》、《读卖新闻》、《朝日新闻》、美联社、德通社……上百家媒体的记者从世界各地打来电话，要求采访方生本人。方生担心误导一一婉言谢绝，只接受了中国新闻社记者的独家专访，向他们详陈了这篇文章的来龙去脉。

20世纪80年代末，方生教授领导了中国人民大学的一个课题组，研究中国对外经济开放问题。这项研究的成果形成了一部专著，书名是《走向开放的中国经济》，1991年底由经济日报出版社出版。这是一部较早、较系统地论述中国对外经济开放问题的专著。方生撰写了其中非常重要的两章，其中有一节就是“对外开放与利用资本主义”。

1992年1月18日至2月21日，邓小平视察南方，一路上发表重要谈话。2月中旬的一天，《人民日报》理论部来人找方教授征求意见，他们看到由方教授主编的《走向开放的中国经济》一书中有关于“对外开放和利用资本主义”一节，希望在《人民日报》上发表。方生想到《人民日报》是党中央机关报，海内外影响大，正好利用这个机会发表自己的观点，介绍自己的科研成果，更广泛地征求意见，于是答应了。由于原文在专著中已经发表，他略作修改即把稿件送出。《人民日报》一字未改地在第一版刊出。

在方教授领导课题组着手研究中国对外开放问题时，中国历经10年的对外开放研究取得世界公认的辉煌成就，在有待进一步研究的新问题中，敏感而又不能回避的就是如何对待资本主义、如何利用资本主义为社会主义现代化建设服务。《对外开放和利用资本主义》一文的中心思想是：中国只能走社会主义道路，不能走资本主义道路。但像中国这样经济相对落后的国家，尤其是长期受封建主义统治的国家，只有正确利用资本主义而不是完全排斥资本主义，批判吸收而不是一概拒绝西方文化中对我们有用的东西，才能繁荣富强起来。

方教授在文章中指出：就我国经济建设的实践看，所谓利用资本主义对我们有用的东西，不外乎是发展对外贸易，利用外国资金，引进先进技术和科学管理经验，引进各种专门人才，吸收当代资产阶级经济理论中对我们有用的某些观点、模式和方法，就是资本主义国家所实行的某些反映客观规律的经济政策和经济立法，也有值得我们借鉴的地方。其中，有人类共同创造的并可供各国享用的宝贵财富，特别是科学技术上的伟大成果；有资本主义国家长期积累起来的发展商品经济的丰富经验；有适应社会化大生产需要所采取的各种有效措施。所有这些，社会主义国家都是可以大胆利用的。利用资本主义还包括在国内适当发展资本主义经济，作为社会主义经济的有益补充，在社会主义初级阶段，资本主义还不能完全根除，剥削现象还会长期存在，重要的是要善于引导，把它纳入政策允许的轨道。

过去我们走了一段对外封闭、拒绝利用资本主义的弯路，是由许多原因，特别是“左”倾错误造成的，和社会主义制度无关。相反，从原则上讲，社会主义制度是开放的制度，社会主义经济是开放的经济。只有加强和外部世界的联系，扩大对外交往，吸收世界各国对我们有用的东西，学习人家在发展过程中正反两方面的经验，社会主义才能发展。

有人把我们在经济体制改革中实行的承包、租赁、招标、兼并以及发行股票等等改革措施叫做“资本主义的方法”，认为改革是用资本主义的方法来体现社会主义的优越性。这种看法有很大的片面性，主要是因为：第一，这些措施都是为了发展商品经济所采取的，由于过去把商品经济等同于资本主义，所以这些措施也被看成是资本主义的东西了；第二，早在社会主义社会诞生以前，资本主义国家就实行了这些措施，这就容易产生一种错觉，好像这些措施都是资本主义所特有的。其实，把凡是资本主义国家使用的方法，统统贴上资本主义的标签加以反对，就像十月革命后有人把沙皇俄国留下的铁路说成是资产阶级铁路要把它砸烂一样可笑；第三，在以往的政治经济学教科书中，从来是把反映这些措施及其规律的经济范畴放在资本主义部分仅仅作为资本主义剥削手段来讲，这样，久而久之，人们自然而然地把它们都误认为是资本主义所特有的。其实，许多所谓资本主义的方法与措施，都是和发展商品经济有关的中性的东西，本身不带有什么阶级性，资本主义可以用，社会主义也可以利用。如果把这种方法与措施都说成是“资本主义的方法”而拒绝采纳，那是作茧自缚，不利于生产力的发展。

针对“对外开放是否会受到资本主义的影响，从而动摇社会主义的根基”的疑问，方教授在文章中强调：什么是资本主义的影响？有必要加以分析。如果这指的是，西方国家利用我们对外开放的机会，凭借其资本主义制度和思想体系对我国施加影响，那么我们理所当然地应予以回击，坚决抵制。但“排污不排外”。为抵制这种影响，不是把门简单地关上。先不说，门既已打开是不可能关上的，即使关上了，人家也会无孔不入，因噎废食不是解决问题的办法。如果说“资本主义的影响”指的是，由于我们引进了国外资金、先进技术以及科学管理方法，引起一些人的崇洋媚外，那么我们应义不容辞地对这些人进行教育，克服其错误思想，但也不能因此而拒绝引进。资金、技术等等，本身没有阶级性，只要有需要和可能，我们都可以加以利用。另一方面，在同西方的接触中，我们会从这些国家人民身上发现许多好的品德、精神和作风，以他人之长补己之短，相互学习，共同提高；再说，西方国家大都有自己的优秀文化传统，这是他们历代人民劳动和智慧的结晶，是人类宝贵精神财富的组成部分，经过同他们的交往，会使我们从中得到教益，丰富我们的文化。如果这些也被看做是“资本主义影响”的话，那么，这种影响是积极的，而不能予以否定。事实是，我们在制定和贯彻对外开放政策时，始终坚持社会主义方向，抵制资本主义消极影响，这就不仅不会动摇，相反只会巩固社会主义根基。只有不加分析地害怕“资本主义的影响”，才会真正动摇社会主义根基。

文章最后指出：资本主义是人类社会发展史上一个极为重要的历史阶段。它有自己的产生、发展和灭亡的规律。对于这样一种社会形态，我们既不能盲目崇拜，也不能一概排斥，应当采取科学的态度，认真对待，批判继承，借鉴利用，这是社会主义中国自信心的表现。正确认识和利用资本主义，有利于促进我国的社会主义现代化，促进人类社会的进步，把人类文明推向新的更高阶段。

方生教授一篇惊天论文，打破了 1989 年“六・四”风波后中国经济学的沉闷气氛，经济学界又开始活跃起来，中国经济学的又一个春天到来了。

五、开放先驱

方生教授的对外开放思想来源于中国的改革开放实践，方生始终站在改革开放的前沿，关注改革开放的事业，并把经济学研究作为为人民谋福利、为中华民族富强出谋献策的途径。

20世纪80年代中期，随着中国经济体制改革从农村扩展到城市，并全面推开，一批经济学家活跃在经济理论研究的舞台上，他们围绕经济体制改革问题，从不同角度为市场取向的改革摇旗呐喊，提出许多影响经济体制改革、对外开放决策的理论，为改革开放献计献策，有力推动着中国的经济体制改革。其中，为人们熟知和传诵的是所谓“改革七贤”，方生就是其中之一，由于他在对外开放领域的杰出贡献，被人们誉为“方开放”。

早在80年代初期，方生的对外开放思想在深圳工作期间就基本形成了，有的方面已经研究得相当有深度，比如引进外资问题、特区开放问题。回到人民大学后，经过沉淀、反思和升华，到20世纪80年代末基本上形成了一个较为完善的理论体系。1992年的邓小平视察南方的重要谈话的发表，给了他传播对外开放理论的良好契机。

1985年2月，在《深圳大学学报》上，方生教授就针对“经济特区是在发展资本主义”的观点，撰文全面阐述了经济特区的发展与利用资本主义的关系问题。他认为：在深圳等经济特区的改革开放中，需要解放思想，实事求是，其中一个根本问题，就是要划清社会主义和资本主义的界限。什么是社会主义，什么是资本主义，看起来问题似乎很简单，其实不然，而是相当复杂。有人说，深圳经济特区已经实现了“四化”：一是香港化，二是殖民地化，三是租界化，四是归根到底是资本主义化。这些人所以说特区是搞资本主义，是因为特区搞的改革，其中有些是资本主义国家实行过的东西，我们特区把它拿过来用了。就是说特区有些做法是学资本主义的东西，但这不等于说，我们就是发展资本主义。利用资本主义为我们四化建设服务，学习人家科学的管理经验，先进的科学技术，怎么就是搞资本主义呢？从一些人对特区的议论，联想到我们国家，多年来对什么是社会主义，什么是资本主义问题，在许多方面都没有划清界限。这个认识问题不解决，影响很大，改革就难以进行。

方生提出，无产阶级革命取得胜利以后，面临着一个重大问题，就是如何正确对待资本主义，如何利用资本主义为社会主义服务。在这方面，我们有过成功的经验，如胜利地实现了对资本主义工商业的社会主义改造。但是也有沉痛的教训。从思想上看，一个重要的问题，就是没有划清社会主义和资本主义的界限。概括起来主要有四个方面划不清界限。

第一，在理论观点上划不清界限，这是最根本的。例如，在所有制问题上，认为公有化程度越高越是社会主义，个体经济、自留地则是资本主义尾巴应该割掉，甚至连集体经济都有资本主义的嫌疑，急于把它向全民所有制经济过渡。计划管得越多越死越好。似乎只有这样，才是社会主义，稍为放松一点，就说是自由化，是资本主义。竞争是资本主义现象，社会主义只能搞竞赛，不能搞竞争。在分配问题上，“大锅饭”、“铁饭碗”是社会主义优越性的表现，而实行按劳分配中拉开了收入差距则和旧社会差不多，是资本主义分配原则。还有，贫穷是社会主义，富裕是资本主义，等等。

第二，在方针政策方面划不清界限。如认为，以钢为纲是发展工业的社会主义方针，而强调发展电子工业似乎就走上了资本主义邪路。以粮为纲是发展农业的社会主义方针，发展多种经营，发展经济作物，是搞资本主义。深圳在城市建设上，曾提出要变消费城市为生产城市，似乎这才是社会主义的城市建设方针，资本主义才搞所谓的消费城市。这是把生产和消费对立起来了，好像城市不能搞消费，只能搞生产，办工厂。采煤，也有两种方针。过去的提法是细水长流，准备开采五十年，一百年，现在提强化开采。过去认为强化开采是资本主义的方针；细水长流慢慢开采，才是社会主义的方针。看来，这些观点都得改变。

第三，在名词概念上划不清界限。许多报纸都在宣传发展第三产业。第三产业这个名词，前几年根本不能提，因为有人认为这是资本主义国家用的概念，我们是社会主义国家，不能用这个概念。否则，会混淆马克思关于两个部类的划分。大家知道，第一产业是农业，包括农、林、牧、副、渔，第二产业是制造业，第三产业主要是服务业。这个名词概念最早是澳大利亚人在19世纪20年代提出来的。以后，其他各国也流行用这个概念。在发达国家，第三产业无论是从工业产值来看，还是从职工就业人数来看，都占了很大比重，他们用在农业方面的劳动力很少。工业方面，他们把钢铁工业看成是夕阳工业，要发展高精尖产品。如果说凡是资本主义国家用过的名词，我们都不能用，那么，以此类推，连控制论、信息论、系统工程论等等，也都不能用了。显然这是说不通的。

第四，在发展经济的做法、方法、手段以及日常行为方面划不清界限。有人所以把特区看作是资本主义的，有一条罪名，就是特区在发展经济中，采用了资本主义使用过的一些方法、手段，如发行股票。发行股票，这是资本主义国家通常使用的做法。特区发行股票，是否就是搞资本主义呢？发行股票是为适应社会化大生产需要而筹集资金的一种形式，社会主义国家为什么不能用呢？我们国家资金缺乏，而老百姓手里还有点钱，地方还有点钱，同样可以通过发行股票的形式来筹集资金。股票不仅在国内发行，还可以发行到国外去。除股票外，还可以发行债券。过去我们说，内无内债，外无外债，这是社会主义制度优越性的表现。结果，人家明明有钱可以借给你，我们也不去利用。实际上，利用外资，这也是资本主义国家通行的办法，我们不去利用，是自己捆住自己的手脚。办特区，就是要引进外资，利用外资。现在深圳发行股票，为什么不可以呢？深圳的商场还搞“大酬宾”。深圳建筑业实行招标、投标，也曾经有人认为是搞资本主义。开始有人反对，后来还是搞了，效果比较好。把招标、投标看作资本主义，难道像内地那样通过行政命令的办法，指定那个单位包那个工程，结果浪费资金，拖长工期，才是社会主义吗？还有，说什么搞固定工是社会主义的，搞合同工是资本主义的，等等。更有甚者，在日常生活中，有人把穿西装的都看作是资本家，是资本主义，穿中山服的才像社会主义的干部，等等。

总之，说深圳搞资本主义，往往是在上述认识问题上划不清界限。一般来说这是由于受“左”的影响，是一种“恐资病”。但我觉得，问题还可以作进一步的分析。为什么会受“左”的影响呢？主要有两条，一条是缺乏科学的知识，不懂得什么是资本主义，什么是社会主义，也就是说缺乏关于社会经济发展规律的一些基本知识，特别是缺乏关于资本主义和社会主义发展规律的一些知识。搞社会主义，学习资本主义社会化大生产经验，是符合马克思主义理论的。反映社会化大生产的客观规律，以及为适应这些规律所采取的一些方法，资本主义可以利用，社会主义也可以利用，不能把这些方法看作是资本主义所特有的。

列宁最懂得怎样利用资本主义为社会主义服务。十月革命后，俄国国内经济很困难，列宁提出要利用资本主义国家的资金，要利用资产阶级专家，甚至敢于提出搞租让制，把矿山工厂等租给外国资本家去经营。当时国内的“左”派十分猖狂，他们诬蔑列宁是出卖民族利益的右倾主义者。但列宁有坚定的立场，顶住了压力，采取了一系列正确措施，利用资本主义为社会主义服务，使当时遭到严重破坏的经济得到恢复。这种正确认识和对待资本主义的态度，很值得我们学习。如果在社会主义和资本主义的问题上划不清界限，不仅经济体制改革搞不好，恐怕整个四化建设都会受到影响。

方生教授这些认识为后来他的对外开放理论形成奠定了基础。方教授在对外开放领域中的著述颇丰，许多独到的见解对于澄清开放中的模糊认识起到了积极作用。在方教授完成的系列论文《社会主义市场经济和对外开放》、《发展市场经济应按国际惯例办事》、《关于"姓社""姓资"问题》等论文，都具有鲜明的时代特色，紧紧抓住对外开放的核心问题，极具启发性。他提出的"发展市场经济必须扩大对外开放"、"吸收跨国公司来华投资"、"以市场换技术吸引外商投资"、"努力提高对外开放水平"、"在自力更生的基础上扩大对外开放"、"积极扩大对外开放、参与经济全球化是中华民族自信心的表现"、"经济特区应成为我国政治体制改革的试验区"等诸多观点，对于政府高层决策起到了重要的参考作用，对于改革开放实践起到了积极的推动作用。

1992 年 9 月 10 日，中共中央组织部、宣传部等单位联合举办"九十年代改革开放与经济发展"系列讲座，邀请方生、刘国光、吴敬琏、段瑞春、厉以宁分别主讲改革开放问题，方生教授的讲题就是"对外开放与利用资本主义"。李瑞环与1 000多名高级领导干部出席了开幕式，《人民日报》就此作了详细报道。

方教授研究对外开放理论，突出特点是以经济全球化和区域经济集团化为背景，从整个世界的高度，把中国放在全世界范围内进行考察。认为中国的发展离不开世界，世界的发展也离不开中国。他还认为，当今世界是一个统一的国际大市场，为使中国的经济适应这种新的历史潮流，必须不断发展对外经贸关系，积极参加国际分工，勇于投身国际市场竞争，在制定本国经济发展战略时，必须洞察世界经济发展动向，掌握对自己有利的国际机遇。在

1995 年 2 月 28 日刊登于《人民日报》的题为《邓小平对外开放思想的伟大实践——谈谈中国经济和世界经济的接轨》的长篇论文中，对此作了精辟分析，受到学术界好评。

方教授在著述中还着意回答了对外开放中容易引起思想混乱的一些问题，如“对外开放与门户开放”、“对外开放与自力更生”、“对开放与经济体制改革”、“对外经济开放与开放经济”等。他认为，要以市场换技术，适当让出部分国内市场，吸收更多外商来华投资，引进国际先进技术。方生强调，要提高利用外资水平，要完善外商投资结构，这是提高对外开放水平的一个主要方面。但这种提高是在扩大对外开放基础上的提高，而不是要排斥开放，排斥利用外资。

1998 年 1 月，方生在《中国评论》杂志上发表文章，批驳“‘八国联军’瓜分中国市场”是危言耸听，指出中国必须加大对外开放；方教授的研究紧紧跟踪对外开放实践的发展，1998 年 1 月 15 日和 1999 年 6 月 15 日先后发表在《人民日报》上发表文章:《提高对外开放水平的几个认识问题》和《努力提高利用外资的质量》，使对外开放理论更具有了系统性和连续性，增加了它的深度和广度，对指导改革开放更具有现实意义。

《提高对外开放水平的几个认识问题》在《人民日报》发表后引起中央有关部门的重视。当天，中央人民广播电台在联播节目中就文章的发表发了消息，并介绍了文章要点。文章的主要内容，与中共中央、国务院于 1998 年 4 月 14 日联合下发的《中共中央文件》“中发[1998]6 号“《关于进一步扩大对外开放，提高利用外资水平的若干意见》的精神是相吻合的，或者说，方生教授是以自己的独立研究成果体现了中央精神。

方生教授始终坚持理论联系实际的学风，崇尚调研，他深入国有企业，走进乡镇企业、私人企业，考察中外合资企业，调查城市、农村经济状况，倾听社会的声音，亲赴台湾、香港、澳门，足迹遍及祖国各地。他经常参加高层次的学术论坛，发表自己关于改革开放问题的见解，为企业进行诊断，提出企业改革开放的意见：他多次在香港中文大学、香港理工大学演讲，宣传中国改革开放的动态；他走出国门，到美国、赴日本、到德国、到法国，了解世界经济动态，与国内外著名学者进行学术交流，先后在美国哈佛大学、斯坦福大学、哥伦比亚大学、日本东京大学和早稻田大学等世界著名学府，以及联合国机构讲学，并进行学术交流，多次参加中日经济年会，参加国际经济学术会议，发表自己新的学术观点。方教授在调查研究和学术交流中一刻不停地思考，他思想敏锐，思维活跃，秉笔直言，笔耕不辍，发表了大量极富针对性的学术论文，成为我国对外开放的理论先驱、我国对外开放理论的奠基人之一。

六、推动改革

在长期的学术研究中，尤其是改革开放以来，方生教授发表有影响的学术论文 200 余篇，出版个人专著、主编著作《走向开放的中国经济》、《中国对外开放全书》、《中国经济改革》（被译为英文在美国出版）、《中国社会主义经济问题》、《社会主义初级阶段经济问题》、《深圳经济特区考察》、《深圳特区经济问题》、《方生文集》（上、下）等 20 余部。除对外开放理论外，方生教授另一个经济研究的重点领域便是关于经济体制改革和社会主义市场经济的理论。

在经济体制改革和社会主义市场经济理论研究方面，方生教授具有很高的学术造诣，自 1979 年以来，方生教授就国有企业改革和发展、非公经济发展、人才培养，以及社会主义初级阶段理论、社会主义市场经济建设等问题，发表了大量学术论文和著作。他的许多论著对于澄清认识、推动经济体制改革、发展社会主义市场经济起到了重要作用。

1998年8月17日，方生教授在《经济日报》发表长篇论文《认真学习有中国特色社会主义经济理论》，1999年又在《理论前沿》第13、14期发表《再论认真学习有中国特色社会主义经济理论》，2000年在《中共福建省委党校学报》第3、4期发表的《三论认真学习有中国特色社会主义经济理论》，2000年4月24日中共中央党校在《学习时报》发表的《一个重要的理论问题》，2000年5月第2期在《中共中央党校学报》发表的《有中国特色社会主义经济理论的若干认识问题》，这一系列论文，全面阐述了他对于中国特色社会主义经济理论的理解，特别是提出没有非公有制经济就没有中国特色社会主义的论断，引起社会广泛关注。

在这些论文中，方教授提出：以公有制为主体、多种所有制经济共同发展，是中国特色社会主义经济的重要内容，是社会主义初级阶段的一项基本经济制度，非公有制经济是社会主义市场经济的重要组成部分，今天我们讲建设中国特色社会主义的经济，就是发展社会主义市场经济。离开了市场经济就没有社会主义，离开非公有制经济的发展，会损害生产力，不利于生产力进步，也无法建立和有效发展社会主义市场经济，非公有制经济是社会主义经济的组成部分。他借用社会主义经济类似于“八宝饭”的说法，其中糯米是公有制经济，红枣、莲子等是非公有制经济，煮成八宝饭后，枣子还是枣子，莲子还是莲子，与过去不同的是，现在的枣子和莲子等，已成为社会主义经济这个“八宝饭”的有机组成部分，离开糯米这个主体，不称其为八宝饭；离开枣子、莲子等这些非主体，也不称其为八宝饭。就非公有制经济本身而言，属于私有制的性质，之所以成为社会主义经济的组成部分，是由公有制的主体地位决定的，因为事物的性质，主要的是由取得支配地位的矛盾的主要方面决定的，社会主义基本经济制度是一个矛盾的综合体，作为主体的社会主义公有制经济，是处于支配地位的矛盾的主要方面，决定了非公有制经济是社会主义经济即中国特色社会主义经济的内容。不能把初级阶段的社会主义经济等同于公有制经济，那种认为没有非公有制经济也可以有社会主义的观点是站不住脚的，实践早已经证明了这一点。

方教授在病重之前，经常秉烛达旦，伏案沉思这些重大的理论问题，以近八旬的高龄，在不到半年时间里，发表了十余万字的学术论文，为完善中国特色社会主义的经济理论做了大量开创性的工作，这是方生教授对中国经济学的又一巨大贡献。

七、心系台湾

青年时代在台湾生活和斗争的岁月，永远铭刻在方生记忆的深处。研究台湾问题和两岸经贸关系，推动两岸统一，是方教授生命的一部分。

1979 年中共中央发表了对两岸关系有里程碑意义的重要文献《告台湾同胞书》，其中有“努力使台湾回归祖国”的提法。对此，方生通过《人民日报》内部刊物《理论宣传动态》向中央反映自己的意见。他认为“台湾回归祖国”的提法不妥：1895 年清政府把台湾割让给日本，1945 年，随着日本投降，台湾已经回归祖国，不存在重新“回归”问题；“回归”是中国领土处于外国人占领下的概念，目前，身为中国人的国民党政府统治不能改变台湾已经回归的属性；中央对台政策是实现祖国统一，也不存在“回归”问题；台湾是中国的一个省,“回归”在逻辑上自相矛盾,所以,“实现祖国统一”或“促进两岸统一”才是正确的口号。方生的意见,受到中央有关领导的高度重视,并作了批示。从此“回归”的说法不再使用。

在1991年出版的《我的经济观》一书中,方生教授就提出大陆、台湾、香港和澳门之间建立“中国经济联合体”的建议。方生的这个建议得到了台湾经济学界的关注。台湾一位著名经济学家对方生关于建立“中国经济联合体”的设想甚表赞同,只是建议在名称上修改一个字,即将中国改为中华。方生认为,其实,改亦无妨。我们民族不就是中华民族吗?台湾《经挤日报》于1992年3月24日以《建立中国经济联合体——方生论台港澳大陆合作》为题作了报道。

1993年9月下旬,方生与吴敬琏、周叔莲等著名经济学家一行8人,第一次应邀去台湾参加由台湾《中国时报》主办的“迈向二十一世纪的两岸经贸关系”学术研讨会,并参观访问。回到阔别44年的台湾,方生教授感慨万千。许多40多年前的老同学从台湾各地赶到台北与方生相聚。方生还专门拜访了已届94岁高龄依然健在的恩师,当年台大农学院院长、著名农业经济学家王益滔先生。

此次故地重游,方生教授带着人们十分关心的一个问题:台湾何以能在经济发展中成为亚洲“四小龙”之一?

访问归来,方生教授接受《环球企业家》杂志记者采访,谈了自己的访台感想。1995年3月28日,方生教授结合这一感想在《深圳特区报》上发表文章《台湾经济发展的启示》。他认为,在台湾经济发展中,值得我们借鉴的一个重要经验是,台湾能从实际出发,制定了一条行之有效的发展经济的政策。具体表现为:较好地处理了农轻重的关系,实现了经济的良性循环:注意公共基础设施的建设;重视教育、重视科技;大力发展外向型经济,努力扩大出口;

在经济发展中强调稳定增长，防止大起大落。他指出，台湾经济在取得成就的同时，也还存在着许多难以克服的致命弱点。方生教授特别强调，台湾之所以能制定出一条符合台湾情况的经济政策，是与重视发挥经济专家的作用分不开的。从祖国大陆去台湾的经济专家如尹仲容、孙运璇、李国鼎等等，对台湾经济的发展都起过重要作用，他们是比黄金、“美援”更为重要的因素。

文章发表后，引起海外媒体的广泛关注。香港的一家报纸发表评论，认为，这是大陆学者首次破禁赞扬“台湾经验”。《美国之音》电台把电话打到方生家里，要求采访，目的是想听听像方生这样有影响的大陆学者是怎样看待“台湾经验”的。方生教授谈到：中国对外开放的一个重要方面，就是要学习和借鉴世界上各个国家和地区的先进经验。台湾是中国自己的领土，台湾发展经济的经验无疑更值得内地借鉴。但这里要弄清一个问题，就是内地学习和借鉴的是，台湾发展经济中的有益经验，而不是具有特定含义并有一定政治内容的“台湾经验”。台湾发展经济的经验与“台湾经验”性质迥然不同。

方生教授担任着全国台湾研究会常务理事、北京台湾经济研究中心理事长、中国和平统一促进会理事等社会职务，对发展两岸经贸关系，对祖国和平统一大业，给予了特别的关注。方生著文指出，两岸和解是国家统一的必由之路。两岸和解植根于两岸有共同的政治基础、经济基础和文化基础。政治基础是指在一个中国的前提下实现统一，凡真心拥护祖国统一就必须承认只有一个中国的经济基础是指两岸通过经济合作取长补短，互补互利，共同发展；文化基础是指中华文化、同祖同宗。方生在报刊上发表许多文章，抨击“台独”分裂祖国的罪恶行径。

方生教授认为，中共中央提出的不以政治分歧去影响、干扰两岸经济合作的主张，体现了积极发展两岸经济关系的一贯立场，反映了两岸人民的共同愿望和切身利益，也是在两岸政治分歧一时得不到解决的情况下，加强两岸经济合作的惟一可行的解决方针。

方生教授著文指出，追求利润的最大化，是决定台商投资取向的最终选择在两岸经贸交往中，经济规律和经济利益的推动作用远远大于政治因素和行政手段的干扰作用。两岸经贸关系的发展，已成为台湾摆脱经济困境、促进经济增长的主要因素之一。

1998 年 3 月 31 日，《经济日报》理论专刊以整版篇幅刊登方生教授的长篇文章《香港回归与海峡两岸经贸关系展望》。他在文中积极呼吁面向未来，以民族利益为重，顺应世界经济区域化发展的时代潮流，开展祖国大陆与台、港、澳之间的经济合作，以利于应付来自外部的压力和挑战，推动亚太地区经济均衡稳定地发展，并促进两岸统一，进而振兴整个中华民族。

在“反独促统”战线上，方教授还与中国社会科学院教授、时任北京台湾经济研究中心常务副理事长的李家泉一起，策划了一次鲜为人知的行动——以私人身份会见李登辉。

在台湾大学期间，方生教授与李登辉同为农业经济系同学，但比方生年级高。方生曾受学校指派，辅导李登辉国文，帮助李登辉修改论文。学生时代的李登辉思想还是进步的，曾在 1947 年 1 月与方生等人一起参加过台北声援祖国大陆的抗议美军暴行(指“沈崇事件”)的大游行。

1996 年 9 月，以全国工商联常务副主席张诸武为团长、方生和李家泉为副团长的大陆民营企业代表团，应台湾贤志文教基金会的邀请，赴台进行参观、访问和交流。途中两位教授商议：方教授能否利用与李登辉的私人关系会见李登辉，面对面地与他进行一次交流或说理辩论？既然李登辉曾公开承认“自己是台湾人，也是中国人”，这很好，但为什么却说一套做一套，利用自己的职权和影响，把台湾人民引向分裂祖国的道路？方教授自忖不一定能说服他，但总觉当面谈很可能比公开写文章批他的效果要好。这是一个很敏感的问题。因为这正是李登辉访美以后，台海危机刚过去不久，似乎还不是会见的好时机。商量结果，决定只通过邀请单位给李转去方生个人一个问候信，其他什么都不谈。在返程上飞机前，李登辉托人给方生带来一个口信：这次太匆忙了，来不及见面，以后有机会时再说吧。

1999年8月，方生教授又一次代表台湾经济研究中心访台参加学术会议。这一次方生教授和李家泉教授事先商量，认为可以私人关系会见李登辉，既然不是公务就不必一定请示，毕竟两位教授都是学者。这一次总算见到了李登辉，谈话约一个半小时，彼此除寒暄外，其他方教授则只听未说。回来后方教授对李登辉十分失望：“真没想到，他（李登辉）会变成这个样子。”自此，方生彻底看清了李登辉的台独本质，并撰写一系列文章，严正批驳了李登辉等人顽固的台独立场。这些文章在台湾产生了一定影响，也使更多人看清了李登辉的真实面目。

心系台湾，心系统一，是方生教授一生不了的情节。

结 语

回顾方生教授近60年的革命生涯，从一个满怀爱国激情的热血青年，到爱国学生运动领袖，到引领学术潮流的著名经济学家，充满传奇。

晚年，方教授不幸患上白血病，医生再三催促他立即住院治疗。离开家之前，他还对夫人杨炎和教授讲：《经济日报》约自己写的文章还没有完成，能不能等写完论文再住院……住院卧床期间，虽然深受病魔折磨，却仍然不忘自己一生钟爱的经济学事业，每当经济学界的朋友到医院探望，他都会问起学术界有什么新的动态，有哪位学者提出了什么新的见解，甚至和他们一起讨论交流。对于邀请他出席学术研讨会的信函，他总是让夫人及时交到他的手里，并嘱夫人回信，对于因病不能参加会议表示歉意。他念念不忘祖国统一事业，在住院化疗期间，还在床头放着报道两岸关系的报刊，精神稍好些便坚持阅读。

方教授拥有崇高的人格魅力。他为人正直善良，心地宽厚，随和谦虚，坦率热情，严于律己，平等待人，以身作则，诲人不倦，精心培养青年学术队伍，经常平等地与年轻人交换学术观点，为学生们的每一点进步而欢欣鼓舞，方教授桃李满天下。在住院期间，得知自己的学生(我)破格晋升为教授，先生欣喜不已，经过认真思考后，亲自打电话给我，提出要求和期望："听到你晋升职称的时候，老师光顾为你高兴了，没有想好该说什么，仔细考虑了一下，有三点想法，供你参考：第一，要戒骄戒躁，谦虚作人，继续努力；第二，教学与科研并重，教以研为本，研为教所用，研为社会所用，这是你过去取得成绩的基础，今后要一如既往；第三，确立属于自己的研究方向，深入探索，坚持不懈，必有所成。"停顿了一下，先生特意强调："你都记下啦？"先生赠言一直在我耳边回响……

是崇高的爱国精神支撑着方生的人生旅程，他把一生都无私地奉献给了他所钟爱的经济学研究、教学工作，奉献给了改革开放和振兴中华民族的伟大事业。

方生教授虽然已经永远离开了我们，但他的理论思想观点，是经济学界和社会的宝贵财富，他的精神，将永远激励着经济学界的同仁们！

方生主要论著目录

一、主要著作

1.《中国社会主义经济问题》,人民出版社1979年版。

2.《简明政治经济学》(社会主义部分),河南人民出版社1979年版。

3.《社会主义经济建设常识读本》(1、2、3、4、5),经济学周报出版社1983年版。

4.《政治经济学》,红旗出版社1984年版。

5.《中国经济改革》,人民出版社1982年版。

6.《China's Economics Reforms》(英文),Printed in the United States of America 1982.

7.《特区经济学》,广东高等教育出版社1987年版。

8.《回顾与展望——论海峡两岸关系》,事实出版社1989年版。

9.《中国社会主义初级阶段经济问题》,经济日报出版社1989年版。

10.《走向开放的中国经济》,经济日报出版社1991年版。

11.《著名学者论社会主义市场经济》,人民出版社1993年版。

12.《著名专家学者谈:十四大报告若干重大理论问题》,中国大百科全书出版社1993年版。

13.《著名专家学者论横店》,人民出版社1994年版。

14.《中国对外开放全书》,深圳海天出版社1995年版。

15.《邓小平理论学习笔记》,辽宁人民出版社1997年版。

16.《方生文集》(上、下),经济科学出版社2001年版。

二、主要论文

1."对外开放若干问题之我见",载于《当代中国百名经济学家自述——我的经济观》,江苏人民出版社1991年12月版。

2."邓小平对外开放思想指引中国走向世界",《开放潮》1994年创刊号。

3."邓小平对外开放思想的伟大实践——谈谈中国经济和世界经济的接

轨”,《人民日报》1995 年 2 月 28 日。

4.“有中国特色社会主义和对外开放”,载于《论建设有中国特色的社会主义》,中共中央党校出版社 1993 年版。

5.“‘走出去’:当前对外开放的战略决策”,《中外企业家》2000 年第 5 期,《人民日报》理论版 2000 年 8 月 22 日转载。

6.“跨世纪的中国对外开放——对外开放 20 年的基本经验”(与季崇威、桑百川合作),《改革》1999 年第 1 期。

7.“对外经济开放和对内搞活经济”,《开放导报》1995 年第 5 期。

8.“对外经济开放和开放经济”,《开放导报》1993 年创刊号。

9.“关于对外经济开放的几个问题”,《四川社会科学》1986 年第 10 期。

10.“企业文化与对外开放——谈从西方企业文化吸收借鉴什么”,《中外企业文化》1995 年创刊号。

11.“对外开放和利用资本主义”,《人民日报》1992 年 2 月 23 日。

12.“再论对外开放和利用资本主义”,《人民日报》1992 年 4 月 20 日。

13.“三论对外开放和利用资本主义——在中组部、中宣部等单位举办的《九十年代改革开放与经济发展》系列讲座上的演讲”,湖南科学技术出版社 1993 年版收录。

14.“社会主义市场经济和对外开放”,载于《著名学者论社会主义市场经济》,人民出版社 1993 年 1 月版。

15.“努力提高利用外资的质量”,《人民日报》1999 年 6 月 15 日。

16.“关于利用外资的几个认识问题”,《人民日报》1994 年 3 月 10 日。

17.“吸收外国跨国公司来华投资是提高对外开放水平的一个重要方面”,《理论前沿》1998 年第 4 期。

18.“以市场换技术吸引外商投资”,《现代企业导刊》1994 年第 2 期。

19.“加强宏观调控有利于改善投资环境”,《人民日报》1993 年 10 月 8 日。

20.“发展市场经济有利于按国际惯例办事”,《经济日报》1993 年 8 月 24 日。

21.“重谈尊重国际惯例”,《国际贸易》1990 年第 10 期。

22.“提高对外开放水平的几个认识问题”,《人民日报》1998 年 1 月 15 日。

23.“扩大开放需要进一步解放思想”,《经济日报》1992 年 4 月 21 日。

24.“扩大开放关键是提高认识”,《理论界》1993 年第 3 期。

25.“继续开放要走出认识误区”,《经济参考报》1999 年 1 月 6 日。

26.“在自力更生基础上扩大对外开放”,《解放军报》1995 年 11 月 3 日。

27.“对外开放要取得新突破”,《深圳特区报》1997 年 8 月 26 日。

28.“全面认识　正确对待——对沿海地区经济发展战略的一些认识”,《学习与研究》1988 年第 8 期。

29.“关于‘姓社’‘姓资’问题”,《特区经济》1992 年第 9 期。

30.“迈向 21 世纪的中国经济特区——谈谈对经济特区的几点重新认识”,《经济日报》1996 年 5 月 6 日,《人民论坛》1996 年 12 月转载。

谦谦君子　一代宗师

——记刘方棫教授

◎ 刘社建

刘方棫教授，著名经济学家，北京大学经济学院教授，博士生导师，我国消费经济学与生产力经济学的主要倡导者与创始人。主要研究方向为社会主义经济理论与实践、消费经济学与生产力经济学，在这些领域均做出了卓越的贡献，先后荣获孙冶方经济学优秀著作奖等重要奖项。刘方棫教授为人谦和，学术造诣非凡,一生育人无数,桃李满天下,无愧谦谦君子,一代宗师。

一、简　历

刘方棫教授祖籍山东蓬莱,1931 年 2 月出生于北京市一个知识分子家庭。先在私立崇实中学读初中,后为减轻家庭经济负担和接受更好的教育,考入北平市立第四中学读高中。高三时为加强文科课程的学习,选择了将来能读大学文科的分班。1948 年秋考入北平辅仁大学经济系。1949 年北平和平解放,国立北京大学经济系招收二年级的转学生,凭辅仁大学一年级优异的肄业成绩和良好的素质,考入北京大学经济系,成为北京大学的一名插班生。大学四年级时,全国开展土改运动,作为北大学生参加了土改,成为了广西柳州专署的一名土改队员。在近十个月的土改工作中,经受了激烈的阶级斗争的教育与洗礼,荣获了广西土改委员会颁发的“土改模范”与“甲等功臣”等奖励。

毕业前夕,刘方棫教授加入中国共产党,后通过中央人事部分回北京大学留校任教。1952 年冬北京高校院系调整,北京大学与燕京大学合并,刘方棫教授任政治课助教。不久,中国人民大学开设马克思主义政治经济学研究生班,被校党委选派参加研究生班的学习。1954 年秋结业回校,时任北京大学校长的马寅初先生亲自在家中设宴迎接。1956 年任经济系讲师,主讲本系与文科系的政治经济学课程。1958 年,北大为加强政治课的教学与研究力量,刘方棫教授调入北大政治课大教研室工作。20 世纪 60 年代初社教运动开始,又重回经济系,一直到“文革”后期。1970 年北大招收了第一届“工农兵学员”,在即将下放中被留下来从事教学工作,同学员们一起“摸、爬、滚、打”。1973 年至 1974 年,被国家计委借调,到三里河机关大楼，从事工资和分配制度改革的理论研究。

"文革"结束后，教师职称评审开始恢复，刘方棫教授被提升为经济系副教授，1985年提升为教授。三年后经国家学位委审批，成为新一轮的博士研究生导师，正式指导和招收消费经济学研究方向的博士研究生，直到2001年退休。先后指导海内外硕士研究生与博士研究生数十名，其中一些研究生目前已成为相关领域的中坚力量。

期间，刘方棫教授先后担任教研室副主任、主任，主讲过1977年"文革"后第一批考试入学的本科生和以后多届研究生的《政治经济学》、《社会主义经济理论与实践》和《马列主义经济原著选读研究》等课程。感于教学与实践发展的差距，又开设了一些实用性强的新学科，讲授了《消费经济学》与《生产力经济学教程》等课程。

刘方棫教授笔耕不辍，先后出版《政治经济学(社会主义部分)》(合著，1984)、《消费经济学概论》(1984)、《生产力经济学教程》(1988)、《消费心理和消费行为研究》(合著，1989)、《九十年代中国市场消费战略》(主编，1994)、《生产力论:邓小平经济理论的基石》(主编，1998)和《支撑经济增长》(主编，2000)等著作和教材，并发表了大量的学术论文。这些研究成果获得多项奖项，先后获得北京大学优秀教材奖、优秀著作奖、北京市哲学社会科学奖等，其中《消费经济学概论》是国内第一部独立著述的消费经济学教材，主编的《九十年代中国市场消费战略》一书获得1995年度孙冶方经济学"优秀著作"奖。此外，也有一些论文获得中宣部等部门颁发的奖项。2000年以前撰写的代表性论文约50多篇，编入《刘方棫选集》(山西经济出版社1999年版)。2000年以后撰写的论文约40篇，编入新的《刘方棫选集》(北京大学出版社2005年版)。

除教学和著述外，刘方棫教授也积极参加学术交流活动，曾任中国经济规律研究会会长、中国生产力经济学会副会长、中国劳动学会常务理事、中国区域科学协会理事、中国轻工学会协会理事、美国 Preston 大学客座教授、澳门亚洲国际公开大学客座教授、中华研修大学兼职教授等职。刘方棫教授长期兼任《经济科学》杂志的编辑工作，历任编委、副主编与主编，审阅过数百万字的稿件。也兼任过《北京大学学报》（社会科学版）编委等职，以及担任过多家单位的特约研究员和客座教授等职。

二、学术思想

刘方棫教授的研究领域大致可分为三块，即社会主义经济理论与实践、消费经济学与生产力经济学，当然这种划分是非常粗略的，其中相互之间也有交叉之处。

“文革”结束后，刘方棫教授首先做的主要是有关社会主义经济理论与实践的研究。针对当时学术界和理论界存在的一些错误观点，剖析了政治和经济、计划和价格等的辩证关系，这些研究对于消除传统计划经济体制下僵化错误观点的不利影响，为经济体制改革的顺利推进做出了应有的贡献。对社会主义经济理论与实践的研究一直贯穿于刘方棫教授的研究实践中，后又对工业化、股份制、收入分配差距与小康社会等问题进行了深入的研究。

刘方棫教授在做有关社会主义经济理论与实践有关研究的过程中，深切感受到在原来传统的计划经济体制下对生产的过于强调和对消费的忽视，本来马克思提出了著名的生产和消费同一性的论断，但在计划经济下却没有发挥消费应有的作用，结果对经济发展造成了不利的影响。

为充分发挥消费在社会主义经济发展中的作用，刘方棫教授针对实践中对消费理论研究滞后于实践需要的问题，对消费进行了深入的研究，逐步形成了自己独到的消费研究的理论体系，并于1984年出版了国内第一部独著的《消费经济学概论》（贵州人民出版社1984年版），该书获得"北京大学优秀教材"奖和"北京市第一届哲学社会科学优秀著作"奖。在此基础上，刘方棫教授进一步加强了对消费的研究，并根据实践中不断变化的经济形势，适时地对消费问题提出自己的独到见解，为经济发展出谋划策。这些研究工作奠定了刘方棫教授在我国消费经济学领域的重要地位，作为消费经济学的重要倡导者和创始人之一，刘方棫教授很长时间内是国内惟一的消费经济学研究方向的博士生导师。

1994年刘方棫教授与杨圣明研究员共同主编出版的《九十年代中国市场消费战略》，因其对中国消费问题的卓越研究荣获1995年度孙冶方经济学"优秀著作"奖。在这部著作中，刘方棫教授针对当时存在的总需求大于总供给，以及我国刚开始进行以社会主义市场经济体制为目标的经济体制改革，就消费问题提出了自己的观点。刘方棫教授认为，在市场取向的改革中消费创造生产，消费是国民经济运行中的显示器和指示器，消费信息及其反馈作用的意义非常重要，关系到企业的盈亏和兴衰；市场经济是一种消费者主权经济，意味着消费需求第一的运行顺序；宏观的消费战略，不宜简单提倡过度消费，更不宜压抑正常消费；当前要大力倡导消费，启动内需；大力开拓市场，创导消费文明；大力优化产品结构，刺激有效需求，改善消费品市场服务，具有特别重要的意义。这些研究针对经济发展中消费存在的问题提出了相应的战略，为国家制定相应的消费政策起到了积极作用。

随着宏观经济运行的改变，原来总需求大于总供给的经济状况有了改变，总供给大于总需求的买方市场逐步形成，尤其是1997年后出现了通货紧缩。刘方棫教授针对改变了的经济形势，与时俱进提出了符合现实要求的相关建议。如提出通过教育等消费热点大力启动内需,在消费拉动的同时做到消费与投资双拉动等具体政策建议。特别强调了大力弘扬教育消费,教育消费不仅在微观上具有投资的意义,而且在宏观上更是改变我国人口大国成为人力资源大国的根本途径。

生产力经济学是刘方棫教授的又一重要研究领域。与消费经济学相同,生产力经济学也是刘方棫教授在实际研究工作中迫切感到对生产力研究的滞后,约请多位生产力的研究者参与,率先于20世纪80年代中期在北京大学开设了"生产力经济学讲座"。在此基础上,主编了《生产力经济学教程》,由北京大学出版社1988年出版,并获得了北京市和北京大学多项奖励,为生产力经济学的产生奠定了重要基础,与消费经济学一样,刘方棫教授也为生产力经济学的重要倡导者和创始人之一。

刘方棫教授认为,生产力发展的"第一动因"在于其内部的矛盾性:人与物的因素在质态上、在量态上、在时间上和空间上是否协调适应,关系着增长态势和结构优化;经济基础和上层建筑对生产力发展的制约,具有多样性和复杂性;生产力发展的动力是内部各要素和子系统结合在一起的"合力":生产力诸要素间的矛盾(——内动力)、同生产力发展的外框架(——经济关系)的适应程度、同精神动力的协调程度、同生态环境的协调程度。生产力是一个开放的变动的"系统";科学是生产的先导,经济竞争实质就是科技的竞争,科技创造的经济效益越来越高;职业教育是生产力的主导要素,是决定生产发展最具战略意义的资源和部门;生产力系统内部诸要素必须优化组合以充分发挥其内在的整体效益;生产力和环境日益结合为一个有机整体,生产力与环境在双向反馈中,正负效应并存;生产力标准是社会制度、文化制度、各种体制是否合理的最高尺度，不能给予庸俗化的误解。刘方棫教授这些有关生产力的论断，对于在经济发展的过程中充分发展生产力与发挥生产力的作用具有重要意义。

1998年刘方棫教授主编的《生产力论：邓小平经济理论的基石》由江苏人民出版社出版。在这部著作中，刘方棫教授认为，应该从系统的观点来探讨生产要素的优化。过去的所有制改革，离开了生产力这一基础，所以不能达到理想的效果，也导致决策上不少失误。生产力作为物质基础，关键是数量、质量结构的优化。传统经济学的“人加工具”的生产力要素过于简单，是原始经济、农业经济意识的产物；现代生产力还应在生产要素中包括“劳动对象”及多种配套的“软件”系统，如信息、科技、技能和教育培训等。现代生产力经济学的实体性生产要素确定为：“人（其中智力劳动比重不断上升，体力劳动比重逐步下降）、工具、劳动对象”。因为在现代的生产格局中劳动对象非常重要，原材料是经过劳动加工过滤的，随着二次能源与新能源的出现，劳动所使用的原材料素质如何，将影响生产力水平的高低，刘方棫教授进一步提出了生产力结构的优化、协调与均衡的思想，优化与否在于诸要素之间的关系，即量上是否均衡与质上是否配套。刘方棫教授和他的几位研究生在该书中对于有关生产力的研究做了进一步深化，以适应不断发展的经济形势的需要，这对学习领会邓小平理论，在新形势下更好地发展生产力具有重要的实践意义。

三、在社会主义经济理论与实践方面的研究

（一）有关政治与经济的关系

在新中国成立之初，受当时马克思主义经典作家与前苏联社

会主义政治经济学的影响，在当时学界存在一些政治与经济的相互关系的讨论，在研究中更多地存在过分夸大政治对经济的反作用而忽视经济本身对政治作用的影响。正是鉴于此，刘方棫教授对政治和经济关系进行了深入的分析，在当时的政治经济环境下，刘方棫教授能独立做出有关政治与经济的研究是十分难能可贵的。刘方棫教授认为就政治与经济而言，政治来源于经济决定于经济，但又要领导经济服务于经济。在政治与经济关系中，经济是“基础”，经济因素“一般地表现为主要的决定作用”，但经济并非可以不依赖政治而自动地发生作用，在经济是基础的前提下也要承认政治和上层建筑对经济的反作用。政治和经济是对立统一的，既是矛盾的对立又是矛盾的统一。政治与经济的统一，不仅表现在相互依存，而且表现为相互渗透，在一定条件下也可以相互转化。刘方棫教授特别强调在社会主义革命和社会主义经济建设中，要善于把政治与经济结合起来，必须在两者的统一中看待他们的对立，坚持政治对经济的领导，同时在两者的对立中看待他们的统一，共同努力把国民经济搞上去。综观社会主义经济建设的历程，没有妥善处理政治与经济的关系是导致在长期计划经济体制下经济难以健康发展的重要原因，而在改革开放的过程中只有在政治环境的基础上才能促进经济的健康快速发展，这也证明了刘方棫教授关于政治与经济的辩证关系论点目前亦未过时。

（二）对工业化问题的研究

工业化是任何一个国家都难以超越的经济发展阶段，中国作为一个后发的经济相对落后的大国更是如此。在建国之初由于各种原因对工业化的实质及实现标准的认识并不全面，刘方棫教授以敏锐的洞察力对工业化的问题进行了深入的探讨。刘方棫教授明确指出，工业化的过程必须是一个生产的现代化过程，而且工业化并不单是一个确立大机器工业体系的问题，还有对农业和其他产业部门的技术改造的实现问题，尤其是农业人口向非农产业部门的转移问题。工业化必须与生产的商品化、社会化与现代化相提并论统一协调。在当今经济发展过程中实现新型工业化道路的过程中，通过以信息化实现现代化、以现代化促进信息化，是发展经济必须解决的历史课题。刘方棫教授提出的不能忽视农业以及农业人口向非农产业部门的转移问题等，在目前仍然是必须面对与妥善解决的问题。

（三）对股份制问题的研究

股份制在目前已成为经济发展中必须大力发展的所有制形态的共识，但在长期计划经济体制下关于股份制的讨论仍为禁区，许多学者在改革开放之初唯恐避之不及。而刘方棫教授以唯物辩证主义与历史辩证主义精神较早地对股份制进行了深入的研究。刘方棫教授认为，在以公有制经济为主体、多种经济成分并存发展的格局下，从企业资产管理和经济效益考察，保证公有制的主体性，有必要寻求适应市场经济体制促进生产力更大发展的组织制度和实现形式。在市场经济的实践已经证明股份制及股份合作制是适当市场经济创新形式的前提下，国有企业实行股份制公司制度，是深化国企改革的合乎逻辑的正确选择。在强调股份制的重要的同时，刘方棫教授并没有片面强调股份制的作用，也指出实施股份制的同时也要加强管理。党的十六届三中全会提出，要使股份制成为公有制的主要实现形式，刘方棫教授关于有关股份制问题的研究，对于更好地促进股份制与公有制实现较好的结合形式具有重要的借鉴意义。

在20世纪90年代曾有位教授出版了一本股份制研究的专著，在当时对股份制尚没有形成共识的情况下，有些人意欲对该专著组织批判，并就此征询刘方棫教授的意见。刘方棫教授在评审该专著时以一位经济学家的良知与正义，充分肯定该著作的学术价值和研究取向，强调不同意见只应进行正常的学术探讨，正由于此，使得批判声浪无疾而终。由此可见，刘方棫教授对股份制研究的深入，以及道德文章的高尚。

（四）对住房、公路、轿车三位一体经济增长点的研究

刘方棫教授的学术研究并不局限于以往的相关研究，而是与时俱进，根据出现的新情况、新问题不断做出深入的研究。如1997年后我国陷入通货紧缩，对于如何启动内需拉动经济增长成为当时经济学界研究的重点。刘方棫教授敏锐地指出，有必要充分发挥住房需求与轿车需求对经济增长的重要作用，而联结住房需求与轿车需求的则是公路。即有必要统筹发展住房、公路与轿车，以保持三位一体的经济增长点，更好地促进经济发展。住房发展的模式选择应该是住房郊区化、郊区城市化，这就要求汽车工业的发展，让城市人口向郊区扩散。没有汽车产业的支持，郊区住房卖起来困难，住房产业和住房市场难以快速发展。轿车需要住房产业的发展，住房轿车也需要公路的发展。住房、公路和轿车是一元化、互动的，相互促进又相互制约，必须通盘考虑，不可分割开来，应协调发展，而不可扬此抑彼。

为此，第一，充分发挥市场机制的基础作用。需要投资方式证券化，投资主体多元化。第二，政府引导也非常关键。不可厚此薄彼，也要调整消费政策，完善汽车时代的外部环境。遗憾的是，目前国家在统筹协调促进住房、公路、轿车三位一体共同增长方面仍做得不尽如人意，如何促进三者的共同发展仍是亟待解决的重大问题。

（五）对收入分配差距的探讨

在经济发展的过程中收入分配差距的持续扩大虽然在一定程度上有其必然性，但过大的收入分配差距尤其是听任收入分配差距无限扩大则必将对经济发展带来不利的影响，而且也将影响到经济发展的稳定。收入是决定消费的主要变量，作为研究消费的经济学家刘方棫教授对于收入分配也寄予了足够的关注。

刘方棫教授认为，拉开收入差距是必要的，但并非越大越好。在坚持效率优先的同时，必须兼顾公平，处理好社会各阶层、各群体的分配关系，防止两极分化，以优化改革发展的环境。防止收入差距不合理扩大，应建立并维护起点公平的竞争机制，构建以公平竞争为基础，以市场调节为主要手段的分配激励机制，建立、健全有效的收入分配监督和约束机制。为此首先要积极深化改革，其次要加强对收入再分配的调节，第三要建立、健全社会保障体系，第四要创造更多的就业机会，第五要努力发展经济，促进公有经济与民营经济的共同发展。在目前基尼系数已超过国际警戒线的情况下，为稳定社会采取积极措施切实缩小收入分配差距具有积极意义。

（六）对小康社会的探讨

小康社会是中华民族自古以来的理想。小康最早源出《诗经·大雅》，西汉戴圣在《礼记·礼运》中描述了一种小康社会。邓小平同志把现代化建设“三步走”战略目标的第二步界定为小康社会。早在《九十年代中国市场消费战略》中刘方棫教授就针对小康社会的有关问题进行了研究，近期刘方棫教授根据党的十六大和十六届三中全会的有关精神，在光明日报等刊物上又对全面建设小康社会的问题又进行了深入探讨。

刘方棫教授认为，小康社会是指在温饱基础上，使人民的生活质量进一步提高，丰衣足食，温饱有余，既包括物质生活的改善，又体现精神生活的充实，既包括个人消费水平的提高，也包括劳动者劳动条件、社会福利的改善。全面建设小康社会就是要把我国目前达到的低水平、不全面和发展很不平衡的小康，建设成为更高水平、更全面和更平衡的小康。从根本上说，全面建设小康社会，就是要在经济发展的基础上，实现经济、政治、社会、文化和人类自身的协调发展，其本质是富民强国、民主进步、文明和谐，亦即全面建设社会主义物质文明、政治文明和精神文明。

刘方棫教授对如何建设全面小康社会进行了深入探讨。认为必须坚持以经济建设为中心不断解放和发展生产力，这是建设全面小康社会的根本前提。同时，应在坚持四项基本原则的前提下，积极稳妥地推进政治体制改革，健全社会主义民主与法制。而且要大力发展社会主义文化，建设社会主义精神文明。此外，大力加强国防和军队建设，开展和平外交，维护和平、稳定的内外部环境，也是全面建设小康社会不可或缺的重要前提。

四、消费思想

刘方棫教授作为消费经济学的主要创始人，对消费的研究主要起始于20世纪70年代末。但刘方棫教授对于消费的研究也更主要的在于对传统计划经济体制下过于强调生产而对于消费忽视的研究，尤其是偏离了马克思主义对于生产、分配、交换与消费四环节的统一协调的认识。正是由于对于消费问题认识的长期积累，所以到改革开放以来，面对新情况的出现他认识到更要充分发挥消费的重要作用，刘方棫教授开始了《消费经济学概论》的写作。他对于消费的研究是全方位的，首先研究了消费在社会主义经济中的地位和作用，惟有在正确认识消费重要地位和作用的基础上，才能更加深入的研究消费。同时消费研究与生产相对应，所以在消费研究中也有消费力、消费关系、消费水平与消费结构等相对应的经济学范畴需要予以研究，同时对于如何启动内需等刘方棫教授也做出了深入的研究。

（一）消费在社会主义经济中的地位和作用

刘方棫教授针对计划经济体制下重生产而轻消费的状况进行了多方面的探讨，一再强调了在社会主义经济中消费的重要地位和作用。

刘方棫教授认为，首先，消费创造着生产。消费为生产过程提供了生产主体，消费是生产的目的，没有消费生产就不能得到最终的实现。其次，消费是一国国民经济的显示器，消费集中体现了经济循环中前三个环节的成果和效益。再次，消费又是一国国民经济的指示器，指导再生产的走向。消费的显示器和指示器功能，使消费成为经济系统运作的枢纽点。最后，市场经济是一种消费者主权型经济，意味着消费需要第一的运行顺序。

消费在社会主义再生产的作用实施机制的特点，首先从“终点”的意义上看，反映着人们对消费产品的满足程度和所获得的服务质量，体现着整个社会再生产运行的总成果，反映着整个再生产诸环节的工作效率以及经济结构是否合理化。其次从“先导”的意义上看，通过人们满足需要和获得服务的实际检验，做出一定的经济效益评价，向再生产传递各种调整和传递的信息，创造出新的生产素质和动力。

消费状况无论是其总量增长还是结构变化，对国民经济都产生着重要影响。首先，消费水平和结构如何，直接制约着市场供给关系的变化，从而制约着国民经济的兴衰和发展速度。其次，居民消费状况的变化，也为我国经济发展战略及其体制的转换提供了契机。再次，消费水平和消费结构的变动，是宏观与微观产业结构、产业布局、产业门类调整的基本依据，推动着产业系统合理化。第四，我国消费结构的改变和消费水平的上升，必然带来新的需求梯度，促使价值层次不同的各种潜在的社会经济资源得到优化配置。最后，我国经济生活中的消费趋势和消费热点，也是搞好宏观调控经济发展战略，确定新兴的主导产业，引导投资和消费行为的根本依据。

经济发展的实际过程说明，能否正确认识和处理消费在经济发展中的重要作用，对于经济能否顺利发展具有关键的影响，如改革开放以来我国出现的通货膨胀和通货紧缩都与此有重要关系。正确认识并认真发挥消费在经济发展中的作用，对于在目前形势下摆脱通货紧缩与预防通货膨胀具有重要的现实意义。

(二)对消费力的研究

为进一步深入研究消费的有关问题，刘方棫教授首次提出了消费力的概念。研究消费问题，不能停滞在对消费关系的一般考察和论述上，必须联系和探讨消费力，正确运用消费力的机制并予以合理组织。

所谓消费力，就是一定条件下消费者对消费资料及消费服务的拥有比例，体现为消费者的物质与文化的需要获得满足的程度和能力。消费力是消费者同消费资料(包括劳务)两方面的统一和有机结合。与生产力具有的两重属性相同，消费力也具有自然(补偿人体生理上新陈代谢的“自然需要”)、社会(人们依据一定的社会条件具有不同的购买力，从而也具有不同的消费能力)两重属性。

消费力是由消费者的需要和社会生产出来的消费资料和消费

服务两个方面构成的。消费力本身是不断运动发展的，其基本根源在于自身内部矛盾，即消费需求同消费供给和服务之间是否协调，消费力的矛盾运动过程，也就是消费力的主体与客体相结合的方式更趋于合理和协调的过程。

要提高消费力，必须做到消费资料的生产同消费者人的生产相适应，不仅要做到社会消费品总量的增长，而且还要做到人均占有量也增长。与科学技术是第一生产力相对应，知识教育是第一消费力。从可转化意义上看，消费力也是生产力。教育知识的消费可能成长为第一消费力，消费力的实现可以转化为生产力。

对消费力的研究，是刘方棫教授在马克思主义经济学的基础上，根据不断发展的经济形势与经济发展的需要做出的创新，这对于深化理论研究与实践认识，并促进消费力和生产力的发展具有重要的理论意义与实践意义。

(三)对最佳消费率的研究

消费率是国民收入中用于满足社会成员个人物质和文化生产需要和共同需要的基金，在国民收入使用额中所占的比例。如何实现最佳消费率，是一个具有很强现实意义的问题。

刘方棫教授认为，最佳消费率要在兼顾人民的长远利益和眼前利益的基础上，确定一个积累和消费比率的高低界限。消费率并不是永远固定的，可以随着客观条件的变化而变化。最佳消费率并不是一个数量上同积累的比例问题，还有一个质的规定，即两者的各自构成及其相互联系相互制约的关系问题。要适度提高消费率，降低积累率，提高基建和投资效果，同时使积累基金构成走向合理化，努力减少物资的积压和浪费，使消费率成为产生良好效果的最佳消费率。

消费率过低一直是我国经济发展过程中的隐患，刘方棫教授关于最佳消费率的研究对于提升消费在国民生产总值中的比重，充分发挥消费在经济发展中的作用具有重要的参考意义。

（四）对消费水平的研究

消费水平从宏观角度看，是社会提供给广大消费者用于生活消费的消费品和劳务的数量和质量；从微观角度看，是某一消费者及其家庭生活消费的消费品和劳务的数量和质量。对消费水平的衡量，可以衡量价值消费量、实物消费量和劳务消费量，此外也可以从消费结构的变化趋向上加以衡量。

刘方棫教授认为，合理的消费水平是建立在本国的物质条件的基础之上与生产发展水平相适应的，应该着眼于对自然资源的合理利用，要给人们带来物质上的丰裕和精神上的满足，促进人的全面发展，有利于增进消费者的身心健康和社会进步。在确定合理消费水平时，要适当考虑消费水平的低限和高限。考虑低限时要考虑消费水平不应当低于消费者的自然生理需要、劳动力再生产的需要，也不应低于前期，而且应保证消费水平逐年有所提高。在确定高限时，要确保劳动者的收入增长速度不超过劳动生产率提高的速度和国民收入的增长速度，并合理确定国民收入使用额中消费基金与积累基金的比例关系，保证国民收入中积累基金的最低需要。要从新增人口和新增的劳动力的需要出发，同时满足积累的最低两个方面的标准。

衡量消费水平是否适度，主要有四个方面的指标：一是衡量消费者的承受系数，即消费者所采购的消费品价格上涨率同居民收入增长率之比；二是衡量消费强度系数，即居民的实际支出除以居民的实际收入；三是要衡量消费者的消费序度系数，即消费的层次序列是否合理；四是衡量消费者消费规模系数，即当年消费支出除以上年消费支出。

对于消费水平的研究，既有其宏观意义也有其微观意义。从宏观上讲，我国总体消费水平过低导致消费率过低，已严重影响到经济发展的进程。从微观上讲，消费水平过低难以满足人民群体日益增长的物质文化生活的需要。所以对消费水平做出深入研究，对于认真发展消费，提升我国宏观与微观消费水平具有重要意义。

(五)对消费结构的研究

一定的消费结构，是一定的需求结构和供给结构相互作用的产物，同时一定的消费结构又转过来给需求结构和供给结构以积极的影响，或促进着供给的改善与需求的满足，或延缓着供给的改善和需求的满足。

刘方棫教授认为，合理的消费结构首先要与该国社会的人口构成、需求构成相适应，使消费需求获得最大限度的满足。其次，要充分借助消费对生产的反馈作用，使供给结构同内容不断丰富、水平不断提高的需求结构更加吻合。再次，要同自然资源的合理开发、利用和保持生态系统的平衡相适应。第四，既要反映出需求的多样性的物质文明，也要体现出需求的高尚性的精神文明。第五，消费结构本身并不是固定不变的，它随着需求供给的矛盾运动也不断变动。刘方棫教授的这些见解对经济增长的可持续性以及产业结构的优化调整都具有重要参考价值。

(六)对投资和消费双拉动启动内需的研究

当宏观经济状况由需求膨胀转为通货紧缩时，需求约束已成为制约我国经济发展的主要因素，必须花大力气启动消费。刘方棫教授指出，在市场经济条件下，投资的增加越来越依赖于居民消费需求的增长，而居民消费对产品的选择性越来越强。在启动内需的过程中，必须促使投资和消费的双拉动。投资和消费的双拉动是指在市场经济条件下，以消费引导投资为前提，以投资和消费的良性循环为基础，通过投资和消费的互动来实现内需扩大的经济增长模式。

在实现投资和消费双拉动，要在有效实现投资拉动和消费拉动的基础上，促进投资拉动和消费拉动有机结合，实现投资拉动和消费拉动的良性循环，要适时调整投资拉动和消费拉动的力度，正确处理投资和消费互动关系，让消费拉动更多地发挥引擎作用，并建立完善的金融体系，发展规范的证券市场，使居民储蓄顺利转化为投资，使消费拉动和投资拉动共同发挥作用。

为促使投资和消费双拉动，有必要在适当转型的前提下继续实施积极的财政政策和稳健的货币政策，采取有效缩小居民收入分配差距、提高中等收入者比重、推进城市化进程、加快社会保障体系建设，积极扩大就业，改革和完善金融市场运行等，只有投资和消费双拉动的良性循环机制建立起来，才能更好地在经济持续快速健康发展的基础上实现全面建设小康目标。

在目前经济发展过程中，出现了投资过热而消费过冷的状况，如此发展下去肯定不利于经济的健康长远发展。在此以刘方棫教授关于投资和消费双拉动的观点，正确处理投资和消费拉动的关系，加强消费拉动在经济发展中的作用，具有重要的实践意义。

(七)对教育消费的研究

教育消费是家庭或消费者用于教育方面的支出。教育消费是现代社会培养人才增进社会文明所必需的一种特殊消费活动，是满足人们对成才需要的消费，能增进劳动生产率和社会整体效益。教育消费可以增强受教育者的知识的优化和结构的转移能力，使资源配置和人才结构优化，具有发展的战略意义，是生产力进步的决定因素。教育消费具有资源优化配置、继承传播、收入分配、结构转换与经济发展等效应。

教育消费水平与收入水平有密切关系。教育消费水平随收入水平的增长而增长,教育消费水平增长的速度大于收入水平增长的速度,但这种增长速度随着收入水平的增加而递减。家庭教育消费支出负担与收入水平呈反比,即家庭收入水平越低,家庭教育消费支出占家庭全部消费支出的比例就越高,反之则相反。深刻加强对教育消费的研究,对于启动内需和实现科教兴国,以及使我国由人口大国转变为人力资源强国均有重要作用。

(八)对市场消费战略的研究

刘方棫教授指出,实现市场消费战略目标的转变有其必然性。市场消费的基本内容包括:首先,从必需消费品和非必需消费品的划分来看,计划机制的调控范围适用于生活必需品。其次,从宏观消费和微观消费的划分来看,消费水平与消费结构等宏观消费问题,更适宜于计划调控机制发挥作用。最后,从物质生活、文化生活与政治生活的划分来看,总的格局和趋势应当是物质生活市场化,文化生活半市场化,政治生活非市场化。

实现市场消费的主要对策有,首先继续深化消费体制改革,坚持市场方向。其次,解放思想,转变观念,全面推进消费市场化。第三,尽快建立和完善社会保障体系。

在完善社会主义市场经济体制的过程中,深化对市场消费战略的研究,对于充分发挥市场在资源配置中的基础性作用,提升消费水平,充分发挥消费在经济发展中的重要作用均具有重要意义。

五、生产力思想

生产力是人类社会中最具有决定性作用的物质力量。生产力的发展，是一切社会变革的终极原因，是所有一切思想和各种趋向的根源，是马克思主义观察一切经济现象经济关系时首先要进行分析的，是划分经济发展阶段的尺度和标志。刘方棫教授认为，过去的所有制改革离开了生产力这一基础，就不能实现理想的效果。应该从系统的观点来探讨生产要素的优化，传统经济学"人加工具"的生产力要素过于简单，现代生产力还应在生产要素中包括"劳动对象"及多种配套的"软件"系统。生产力作为物质基础，关键是数量、质量结构的优化，现代生产力经济学的实体性生产要素确定为，"人、工具和劳动对象"。因为在现代生产格局中劳动对象非常重要，劳动所使用的原材料素质如何，将影响生产力水平的高低。生产力结构的是否优化与协调均衡关键在于，生产力诸要素间量上是否均衡，质上是否配套。刘方棫教授对于生产力的研究，对于充分发展生产力，进一步促进经济的发展具有重要的作用。对于生产力的研究更多的在于20世纪80年代随着经济体制改革的深入如何更好地发展生产力的问题越来越突出，在这种情况下深入研究生产力的有关问题，从理论上深入探讨分析发展生产力的有关问题，对于促进经济发展无疑具有重要意义。

（一）生产力经济学的对象、地位和方法

生产力经济学主要是一门以研究社会生产力的组成要素、关系结构、运动形式和发展规律为对象的经济科学。刘方棫教授指出，生产力经济学的研究对象是生产方式矛盾运动中的生产力方面，考察生产中人与自然关系的运动规律。政治经济学的研究对象是生产方式矛盾运动中的生产关系方面，考察生产中人与人的相互关系的运动规律。生产力经济学是马克思主义理论经济科学中同政治经济学相并列的一门学科，同政治经济学一起，成为囊括整个应用经济科学的理论基础。

生产力经济学研究中应注意以下研究方法。第一,要坚持马克思主义的生产力系统观。第二,要坚持矛盾论的科学分析法。第三,要坚持历史唯物主义关于生产力和与生产关系、经济基础与上层建筑的矛盾是人类社会发展的最基本的矛盾观点,要联系生产关系和上层建筑研究生产力。第四,要坚持马克思主义科学抽象法、分解法和综合法。第五,要坚持在定性分析的同时,搞好定量分析,重视数学方法的应用。对于生产力经济学的研究,对于进一步研究和认识生产力发展的规律,更好地发挥生产力在经济发展中的作用具有理论意义与现实意义。

(二)对马克思主义生产力理论的发展观的研究

刘方棫教授指出,马克思主义发展观认为,生产力发展的"第一动因"取决于其内部矛盾性:劳动者和生产资料的矛盾、生产资料内部的矛盾、"人"的因素的内部矛盾、生产力实体层与非实体层次之间的内部矛盾等。生产力内部矛盾的正确调整和处理,是制约生产力整体功能的条件。

人类社会发展的最基本的矛盾是生产力与生产关系、经济基础与上层建筑的矛盾,生产关系与上层建筑也对生产力起推动或阻碍作用。生产力的迅速发展是下述诸要素动力联合而合成的"合力":一是生产力内部各要素间的矛盾;二是生产力发展的外框架;三是通过"折光"、"辐射"、"保障"而作用的精神动力。只要这些力量相互协调,生产力才能快速发展。

生产力是一个开放的,随着时代不断变动着的系统,由主实体要素、客实体要素、渗透性要素、媒介性要素、输导性要素与运营性要素组成。生产力不是一个在平面个数的相加,反映出内部诸要素结构上的立体性、层次性和相关性。

生产力不是内部各部分的简单加总,而是在质态、量态、空间态和时间态上的有序集合，从而在系统内部呈现为结构上的整体适应性、规模上的比例适度性、布局上的集散合理性、时序上的衔接紧密性。这种研究不仅使生产力理论体系更具丰富的研究内容，也有利于指导人们在建设的实践中更加科学合理地组织社会生产力，充分发挥其内在的整体优化效益。

科学技术是第一生产力，科学是生产的先导，而且转化成为生产技术的速度日益加快，创造的经济效益愈来愈高。教育是生产力的主导要素，既有上层建筑的一面，又有生产力的一面。教育关系着人的素质，创造精神能力文化和智慧，是决定生产发展最具战略意义的资源和部门，是社会生产力进步的决定性因素。保持教育的适度超前发展，对落实科教兴国的战略具有特别重要的意义。

(三)我国发展社会生产力面临的难点

针对当时特定的历史经济情况，刘方棫教授指出，当时发展社会生产力面临人口膨胀与就业压力愈来愈大、社会总需求与总供给存在矛盾、国民经济中经济结构的扭曲有待进一步合理调整和地区结构企业结构也未理顺等问题。

当时经济决策出现问题的根源在于，决策和指导思想急于求成，片面追求增长速度而忽视经济效益问题，会导致过热的经济不断增温，投资和消费需求急剧膨胀，社会总供求更加失衡。对科学技术与教育必须适度超前可以推动经济增长和发展的必要性还缺乏共识。政策与措施出台未能成龙配套，时序不衔接，机会不协调。体制改革落后于改革实践。

为有效发展生产力，首先要处理好稳定和改革、发展的关系。其次，规范和改善宏观调控机制。再次，深化企业改革，重新构造微观经济的内在机制，促进企业行为的合理化和规范化，以提高企业经济效益，扩展财源。

六、简单的总结

从对刘方棫教授的学术思想考察可以看出，刘方棫教授凭借其敏锐的洞察力，紧紧抓住经济运行中的主要矛盾，对社会主义经济运行的有关问题进行了深入的分析，倡导和创立了消费经济学和生产力经济学，对推动社会主义经济的建设以及经济理论的进步做出了巨大的贡献。尤为值得后来者学习的是，刘方棫教授虽然已过“从心所欲，不逾矩”之年，但笔耕不辍，仍紧紧抓住时代的脉搏，不断有力作问世，为我国社会主义经济与理论的发展不断做出自己的贡献。

刘方棫主要论著目录

一、主要专著

1.《政治经济学(社会主义部分)》(合著),北京大学出版社1984年版。

2.《消费经济学概论》,贵州人民出版社1984年版。

3.《生产力经济学教程》(主编),北京大学教材,北京大学出版社1988年版。

4.《消费心理和消费行为研究》(合著),1989年版。

5.《九十年代中国市场消费战略》(主编),北京大学出版社1994年版。

6.《生产力论:邓小平经济理论的基石》(主编),江苏人民出版社1998年版。

7.《当代中国学术发展史》(经济学卷),台湾中华综合发展研究院2000年版。

8.《刘方棫选集》,山西经济出版社1999年版。

9.《支撑经济增长》,华文出版社2001年版。

10.《刘方棫选集(第二辑)》,北京大学出版社2005年版。

二、代表性文章

1.《教育消费应当大力启动和超前增长——对教育消费的几点经济学分析》,《上海商业》2001年第8期。

2.《教育消费水平与收入分配》,《消费经济》2001年第5期。

3.《防止收入差距过分扩大》,《人民日报》2002年2月26日。

4.《创新也应抓机遇》,《人民日报》2002年12月17日。

5.《论投资和消费双拉动》,《人民日报》2003年1月20日。

6.《立足当前,谋划长远》,《人民日报》2003年6月27日。

7.《论小康社会》,《光明日报》2003年2月18日。

8.《全面小康和启动消费》,《消费经济》2003年第6期。

9.《生产和消费哪个更重要——论二者的同一性》,《人民日报》2004年1

月 13 日。

10.《加强谋划　充分发挥旅游业的拉动功能》,原载《中国旅游报》,参见《走出非典　中国旅游业的振兴与发展》,中国旅游出版社 2004 年版。

汤在新教授：马克思经济理论的探索者

◎ 曾国安

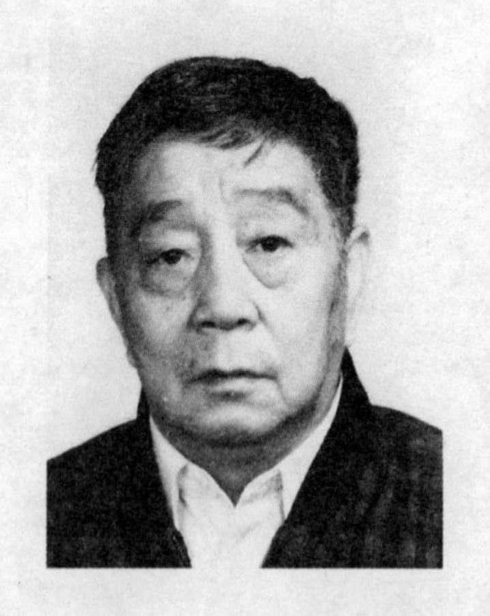

我是汤在新教授培养的博士生中的开门弟子，我的学士、硕士学位也是在他主政武汉大学经济学院时获得的。老师多年的教诲，记忆犹新；老师的道德文章，为广大学子所景仰。

动荡时代中的平静的一生

汤老师的中小学时代是在抗日战争和解放战争中度过的。这虽然是一个连年战乱的动荡年代，他却是在平静、安宁中成长起来的。新中国成立后，进入一个从经济基础到上层建筑的翻天覆地的历史大变革时代，政治运动连年不断，他除了在“文革”初期受到冲击外，大体是一帆风顺地度过半个世纪的。他的一生，如他自己所概括的，是动荡时代中的平静的一生。

1931 年 4 月，他出生于四川省成都市的一个职员家庭。父亲毕业于甲等工业学校的矿冶专业，后改学会计才在政府机构谋得一个科员级职务。父母开明、慈祥，对子女注重引导，极少打骂。弟兄五人和睦相处，且都好学。少年时期，在大后方的一个宁静的小城（成都附近的新都县）读书，放学后游玩于与家一墙之隔而又风景绝佳的桂湖公园，假期则沉浸于桂湖儿童图书馆藏书的童话世界中。虽然揪心的警报声、半夜被叫醒、迷迷糊糊地随父母“疏散”到城外的情景，至今记忆犹新，但总算没有见到日本飞机轰炸留下的血淋淋的场面。

抗战胜利前夕，举家迁回成都，1946 年考入著名的四川省立石室中学读高中。这是一所具有两千多年历史的老校，云集了各县的高才生。在这里，贫苦好学的优秀生可以获得高额奖学金。教室座位按成绩排定，留级生在最后。由此引发同学间激烈的竞争，形成浓厚的读书风气。这所学校师资很强，听课如饮醇酒。有时老师也借题发挥，抨击时局，但总的来说，政治气氛不浓。汤老师说，他在那里是属于不用功的一类，成绩一般。他除了喜好运动之外，还把大量时间用于阅读课外书籍，省图书馆的国内外经典文学名著，他几乎全部浏览过，这使他逐渐懂得社会，了解人间疾苦。他也喜爱历史，包括历史小说，每当读着中国近代丧权辱国的史实，总是掩卷暗泣。也许正是这种熏陶，促使他培养起中国知识分子挥之不去的忧国忧民的情结。这一切推动他在政治上觉醒，也有助于他以后对社会科学的学习和研究。

1949年秋，在成都解放的前半年，他考入四川大学农艺系。由于物价疯涨，他父亲的工资已难以维持生计，只能卖房为五个孩子交学费。汤老师一边读大学一边在小学教书。解放后不久才摆脱了困境，不仅不交学费，甚至连伙食费也是政府发给。大学二年级时，他按照自己的兴趣，转入农业经济系。他听课不多，但自学认真，考试成绩不错，专业课“农业经济学”居然得到105分！授课老师是系主任，颇为开明，说：“比我讲得好。”1953年秋毕业时，他被保送到中国人民大学攻读研究生，学经济地理，当时农业经济系无人开设这门新课。第一年学四门政治课，重点是政治经济学，第二年才进入专业学习。他每学期均被评为优等生，1955年还被评为“北京市高等学校学生实习积极分子”。不久，他又调到经济系，师从前苏联莫斯科大学教授、经济学博士尼·康·卡拉达耶夫学习，这是首位到我国讲授经济学说史的苏联专家。从此也就决定了他终生从事的专业。

1958年1月研究生毕业时，他被朋友动员到武汉大学任教。1992年11月，因子女均南下广州，他转入华南师范大学经济研究所（该所后来与经济系合并为经济与管理学院），从事教学和科研工作。

汤老师于“文革”后首批（1979年）提升为副教授，1983年升为教授，1990年由国务院学位委员会批准为博士生导师。他长期为武汉大学本科生和硕士研究生讲授《经济学说史》、《政治经济学》

以及《剩余价值理论》等经典著作的专题课。参与编写了《政治经济学》教材和《哥达纲领批判》、《帝国主义论》等经典著作的辅助教材。他受国家教委委托，作为主编撰写的《近代西方经济学说史》于1990年问世后，多次重印，后受上海人民出版社的要求，于2002年与颜鹏飞教授共同修订，以《近代西学经济学》为书名出版。1979～1992年间，他招收和培养了14名《经济学说史》专业的硕士生，其中11人后来在国内外著名大学取得博士学位。1991年至今在武汉大学和华南师范大学招收和培养了20余名《政治经济学》专业的博士生。这些学生在教学、科研和经济部门中都能胜任工作，并已取得较好的成就。

在武汉大学任教时，汤老师从1961年开始的近30年间，先后兼任经济系主任、经济学院院长等职。"文革"后，在他的主持下，从经济学系中分出管理学系，不久又将经济学系扩展为经济学院。为此，他积极培养和引进大批青年教师，并自筹资金修建学院办公、教学用房和部分教师住房，充实院藏图书。他为推进经济学科在武汉大学的发展所做贡献，多次被学校评为先进工作者。

汤老师从"文革"后至今兼任的社会职务有：全国马克思主义经济学说史学会副会长、中国经济发展研究会副会长、中国《资本论》研究会常务理事；在武汉大学工作时期，曾任湖北省经济学会副会长、省《资本论》研究会会长；到华南师大以后，兼任武汉大学教授、广东省社会科学联合会、经济体制改革研究会、经济学会的顾问职务。

1986年，他参加了在巴黎举行的中法经济学家讨论会，并到格罗诺贝尔大学讲学，次年到美国密西根大学、布朗戴斯大学访问和讲学。1989年，他被英国剑桥《国际传记中心》列入《世界名人录》。

汤老师承担过多项国家社会科学基金项目、国家教委博士点基金项目和省级重点科研项目。他个人撰写和主编的著作12部，参编著作7部，在《中国社会科学》、《经济研究》、《经济学家》等重要刊物上发表论文近百篇。他的论著多次获奖，包括“国家社会科学基金项目优秀成果奖”，首届和第二届“全国高等学校人文社会科学研究优秀成果奖”、广东省政府2005年颁发的首届哲学社会科学奖中的最高奖“特别学术成就奖”和理论经济学科的“一等奖”，此外，还获得过湖北省社联、广东省社联、武汉大学、华南师范大学以及多个学会、业务部门颁发的多项奖励。1992年他被国务院批准为有突出贡献享受政府特殊津贴的专家，1996年广东省政府授予其有突出贡献的专家称号。

理论学习和实践经验的积累

汤老师依据自己的经验和教训，常说：做学问要厚积薄发。这里所说的积累，一是指基础理论和专业知识、专业技能，二是指实践经验，把握现实社会的脉搏。新中国成立初期，从事社会科学的师生首要任务就是学习马克思主义，汤老师也是这样。他说自己在大学阶段时，囫囵吞枣地阅读了不少书籍，包括《反杜林论》之类的原著。进入中国人民大学后，有了老师的指导，特别是苏联专家的指导，才逐渐深入下去。他被马克思理论的博大精深所吸引，如饥似渴地整日沉浸其中，特别是对《资本论》更是逐页通读，重点章节反复读，写书批，记笔记，经常梦见的不是“周公”而是马克思。在中国人民大学研究生阶段的这四年半时间，使他在马克思主义经济学和近代西方经济学方面打下了坚实而深厚的理论基础。参加工作后，他又进而钻研比《资本论》更难“啃”的马克思的经济学手稿。“文革”后期，为了正本清源，他全面搜集和研究过马克思主义关于社会主义社会的理论。1975年，他作为主编之一编辑了《马克思恩格斯列宁论社会主义经济》（人民出版社1976年6月内部出版），该书是著名经济学家于光远在邓小平同志复出主持工作时建议人民出版社组织编辑的，它以约70万字的篇幅全面、系统地搜集了马列的有关论述。对于作为马克思主义来源之一的古典经济学，他也下过颇深的功夫，他在撰写《近代西方经济学说史》时，在研究生阶段学习的基础上，重新阅读了古典学者的主要原著，甚至浏览了十卷本的《李嘉图著作和通信集》。

他认为，自己的知识面存在不少缺陷。他说，他对经济史和当代前沿的经济学了解不多，不懂高等数学和自然科学，最为遗憾的是没能掌握好外文，中学时学了点英语，新中国成立后通通改学俄语，读研究生时尚能阅读俄文专业书籍，后忙于教学和行政工作，加之经常下乡，俄语没能继续巩固、提高，经过十年“文化大革命”也就“革”得所剩无几了。他痛切地感到，这一切限制了自己在学术上的发展。

汤老师常说：“学问，学问，既要学，也要问。”他认为，同行间的交流、切磋，对于拓宽思路，深入思考，具有重要作用。他在《马克思经济学手稿研究》一书的序言中就把这一点看作是自己完成研究任务的一个重要条件。他写道：“在1981年底成立的‘全国《资本论》研究会’中，形成了一个有20位左右固定成员组成的‘《资本论》创作史’组，这个小组每年举行一次学术会议，讨论某一手稿或某一创作史问题，并分工介绍苏联、民主德国、日本等国学者研究《资本论》及其手稿的现状和重要成果。1987年在此基础上又成立了‘全国马克思主义经济学说史学会’，在著名经济学家宋涛的主持下，扩大了研究队伍，拓展了研究课题。这些学术组织的活动，使我受益匪浅，极大地推动了我的研究工作。”后来的《〈资本论〉续篇探索》，不管就构思来看，还是就写作组成员来看，都是在这些学术活动中形成的。汤老师到广东后也同样积极地参与各种学术活动，不管是大会还是小会。例如，广东省经济学会每月召开一二次座谈会，讨论经济形势或经济理论问题，他从不缺席。正是频繁的学术交流，才使他较好地了解现实，写出关于市场经济方面的论著。他认为，参与学术交流，不能企求立竿见影，以为每一次活动都要有明显的效果。正如理论学习不能浅尝辄止一样，学术交流也不存在短期效应。

新中国成立后历次政治运动虽然在一定程度上影响了他的专业学习，但是在促使人们深入社会、扎根基层的政治活动中，却促进了世界观的转变，取得了更加重要的收获。在大学阶段的前两年，汤老师作为工作队的成员，参加了农村的土地改革运动，扎根串连，访贫问苦，打土豪，分田地，后又参加城市的“三反五反”运动、学校教职员的思想改造运动，以及各种宣传、调查活动。最后一年到北京郊区国营农场实习，与农场工人同吃、同劳动。研究生阶段，参加了合作化运动，并到湘北进行过长达数月的城乡经济调查。工作后，参加人民公社变革，以后作为系的负责人，多次率领师生，以县、公社工作队队长的身份，参与“整风整社”、“四清”等政治运动。“文革”时期又曾深入工厂调查，并写下了《应城膏矿史话》(湖北人民出版社1972年版)。

汤老师认为，对自己影响最大的是历经十年的“文化大革命”。这场“革命”一开始，他就被划为“走资派”，关进“牛棚”，接受批判和劳动改造。这种处境使他更深切地看清“四人帮”的倒行逆施和对马克思主义理论的歪曲、篡改，使他懂得了政治斗争的复杂性，摆脱了“迷信”，深感理论工作也像其他工作一样，应该“不唯书，不唯上”。“文革”前，汤在新教授也曾对诸如“三面红旗”之类的现实问题，撰写过一些文章，基本上是对“中央”或某领导人观点的复述或解释。现在看来，这些文章所宣传的观点大多被实践所否定，剩下的也缺乏新意，没有多少存在的价值。实践证实，理论工作只有从实际出发，实事求是，才能与时俱进，有所创新，才能发挥认识世界、改造世界的应有的功能。当学生记者访问他，提出“搞理论的似乎都在为政府辩护、开脱”的问题时，他回答说：“‘文革’前也许可以这样说。我们接受的教育有点近乎教条主义。当时，如果自己的研究结果与原来的理论或上级的观点不相符，首先想到的是自己的问题：研究方向错了？还是研究方法不对？经历了‘文革’的，才有了思想解放，独立思考，才会对某些理论、政策、实践提出质疑，提出自己的想法和建议，同时，也维护科学的理论，也为正确的路线、政策论证、辩护、宣传。这一切当然也可以看作是为政治服务，但比之过去，更为理性，更为科学，更符合实际，也会更有成效。”

近年来，学术界存在一股浮躁的学风，有的出于提职称的需要，写文章贪多求快，难免粗制滥造，有的为了追名逐利，标新立异，自我炒作。针对这种情况，汤老师特别强调，写文章，做学问，应有个正确的立足点，要安心坐“冷板凳”，养成多思考、多修改的习惯。他说，把感觉到的问题放在脑子里，经常想想，见到有关资料记下来，形成自己的观点后再动笔。写成文后，不要急于发表，前三五天，每天看一遍，发现问题立即修改，然后放它十天、半个月，再拿出来看看，觉得无需再改时才考虑发表。这样，既是对自己负责，也是对读者负责。至于选题，不要赶潮流，不要写自己不熟悉的东西。应该逐渐形成自己的主要研究领域，持之以恒，“十年磨一剑”，一定会形成有价值的成果。

对马克思手稿的研究和对《资本论》续篇的探索

在经济学说史领域，汤老师研究的侧重点是马克思经济思想。他是我国较早研究马克思经济学手稿的学者之一。20 世纪的 60 年代，他对马克思 1861～1863 年手稿的主体部分——《剩余价值理论》作了深入研究，并依据当时出版的俄文新版本，撰写了《〈剩余价值学说史〉(〈资本论〉第四卷)结构初探》(载《武汉大学学报》1964 年第 2 期)。这是我国第一篇研究《资本论》第四卷手稿的文章，它被多次收入以后编辑的《资本论》研究学术论文集中。但这项研究因参加相继而来的“四清”、“文革”等政治运动而被打断，直到 80 年代中期，即在中断了近 20 年之后，又才重新开始原来的工作，承担并完成了国家社科基金项目《马克斯经济学手稿研究》(以下简称《手稿研究》)，由武汉大学出版社于 1993 年出版。

《手稿研究》是国内第一部系统研究和评介马克思经济学手稿的专著。首先，它依据国外的有关资料，首次全面介绍了马克思早年写下的几种《摘录笔记》，特别是最为重要的、其篇幅约相当于《资本论》前两卷之和的《伦敦笔记》。在这些笔记中，马克思梳理、分析和摘录了众多的经济学著作和有关文献，写了不少评论。这些笔记对研究马克思经济思想的形成，对了解马克思研究经济领域的深度和广度，具有重要意义；其次，它着重研究了马克思创作《资本论》过程中留下的三部篇幅巨大的手稿，即 1957～1958 年手稿，1961～1963 年手稿，1963～1965 年手稿，着重探讨了这些手稿的理论要素、逻辑结构的形成，对部分手稿的写作年代、写作顺序作了考证；第三，研究了从经济学手稿到《资本论》的演进过程，内在结构的形成过程，从史的角度阐述了其中的重要理论；最后，研究了《资本论》和"六册计划"的关系。马克思关于六册著作的设想，长期以来没有受到应有的重视和研究，是与国际学术界曾经流行的如下一个观点有关，即认为《资本论》四卷的形成，否定了"六册计划"及其结构。《手稿研究》在整理"六册计划"基本要点的基础上，以大量确凿的证据，推翻了这个结论，并阐释了"六册计划"的科学意义，从而重新确定了政治经济学的研究对象和范围，指出：政治经济学是研究一定生产关系下的物质生产，从而是研究表现为一定经济制度的生产关系的总体，因此，不能像《资本论》那样，只研究基本关系，而应像"六册计划"一样，扩展到整个经济制度。该书还注意从手稿中发掘出那些对经济改革具有指导意义的观点，澄清被忽视、被误解的观点。

《手稿研究》出版后，受到同行专家的好评。中央编译局张钟朴研究员撰文指出，该书"内容新，起点高，几乎包括了迄今为止国内外这方面发表的所有新数据"。同时，"对国际学术界争论的一些问题，提出了自己的独创见解，在某些问题上独树一帜，敢于向权威们挑战"，其研究"达到了国际水平"，并肯定了该书的现实意义。经专家评审，该书获得国家教委 1995 年颁发的首届《全国高等学校人文社会科学研究优秀成果奖》(二等奖)。

《手稿研究》对否定"六册计划"观点的否定，为马克思经济学的研究拓展出了一个新的领域。但是，由于"六册计划"仅有简略提纲，有关理论既分散又未展开，对它作出系统论述，不管是在材料的搜集上，还是对论点提示的理解和阐释上，都存在极大的难度。正因如此，不仅我国学术界，包括原苏东国家在内的整个国际学术界，都只有研究"六册计划"个别问题的论文发表，而没有全面论述的专著问世。对于这一极其艰巨的任务，需要群策群力，才有可能完成。1992 年，汤在新教授任主编，与中央编译局、中国社科院、中国人民大学、北京大学、北京师范大学等单位的十余位学者共同承担了研究“六册计划”的国家社科基金课题。他们依据散见于马克思大量手稿和书信中的有关“六册计划”的内容和逻辑联系的提示，依据对马克思方法论和经济思想的系统理解，经过三年的搜集、整理数据，反复研讨，共同撰写出一部60万字的专著——《〈资本论〉续篇探索——关于马克思计划写的六册经济学著作》（以下简称《探索》），中国金融出版社1995年出版。这部书将“六册计划”的基本框架和主要思想，从总体上呈现出来，填补了马克思经济学研究的一项空白。

《探索》的要点，首先也是作为主体的部分，是探讨马克思拟在“六册计划”中分别论述的各个领域的专门理论，即竞争理论、信用理论、股份资本理论、土地所有制理论、雇佣劳动理论、作为“生产者”的国家理论、对外贸易理论和作为资本主义生产总体的世界市场理论和危机理论。《探索》在论述这些理论时，是严格地以马克思已有的论述、观点和提示为基础，沿着马克思本人的思想轨道进行阐释的。这种科学严谨的态度，保证了《探索》具有较高的学术价值，成为系统而完整地掌握马克思全部经济理论的重要依据。其次，《探索》探讨了各个经济领域的专门理论之间的逻辑联系，或者说研究了作为理论和方法的表现形式的内在结构。这种研究，既是在深层次上对理论的思考，也是对马克思方法论的诠释。它对于理解马克思的思想进程，把握《六册计划》的科学性，是十分重要的。第三，《探索》考察了这些理论的形成过程，因而《探索》也可说是以研究马克思各个专门经济理论为对象的理论史著作。这同样填补了马克思经济理论研究中的一项空白。第四，《探索》分析了这些理论与《资本论》之间的关系，说明了研究本质关系的《资本论》为探讨其他专门理论提供了基础和出发点，但《资本论》只在研究资本一般概念的限度内涉及其他专门理论，而没有包容、也不可能包容其他专门理论。最后，《探索》补充论述了马克思逝世一百多年来经济发展的重大的新情况。例如，考察了当代资本主义经济中信用的新形式，信用和金融机构、金融工具的多样化及其对经济发展的影响，考察了世界市场总体在当今的发展，论述了当代资本国际化和对外直接投资的发展、跨国公司的形成、国际经济一体化各种形式的发展等，从而把马克思经济理论同当代资本主义新发展结合起来。《探索》以其理论的深度和广度，表明它是对除《资本论》之外的马克思留下来的经济学遗产的系统整理，在某种意义上也是对马克思未竟事业的局部完成。

《探索》十分注重发掘和介绍"六册计划"中新的、特别是具有重大现实意义的理论观点。这些理论观点，在《资本论》以及人们熟知的马恩的其他著作中，有的只有简略论述，有的完全没有涉及。这些新的理论观点，大多可以成为我们研究中国经济的改革开放和世界经济的演变发展的指导思想。例如，马克思曾经指出："正像各种不同的地质层系相继更迭一样，在各种不同的社会经济形态的形成上，不应该相信各个时期是突然出现的，相互截然分开的。"这个历史唯物主义的科学论断，从根本上否定了曾经流行的"社会主义社会是建立在'空地'上"的观点，为借鉴资本主义社会的某些经济形式、企业管理结构等扫除了思想障碍。《探索》对这些理论的发掘和整理，既具有发展理论的意义，也具有指导实践的意义。

《探索》对"六册计划"研究的重大理论意义在于，它为我们建立马克思主义的市场经济理论提供了方法论基础，展现出新的思路和理论启示；对马克思主义政治经济学的研究对象和方法做出了新的说明。《探索》对"六册计划"的肯定和对"六册计划"科学意义的阐述，为拓宽政治经济学的研究领域，建立理论经济学的新体系，提供了新的理论依据，展示出新的理论框架。

《探索》出版后，受到我国经济理论界的广泛关注，几位著名经济学家在重要报刊上发表了书评（其中《中国社会科学》两篇，《经济学动态》一篇，《马克思主义与现实》两篇，《人民日报》、《光明日报》各一篇），对《探索》给予了颇高的评价，如认为“本书内容十分丰富，使马克思生前未及完成的资本主义经济制度研究的各个方面，第一次在理论上得到了完善、系统的表述，填补了马克思经济学中的空白”，“这部著作是近十余年来我国学术界在这一课题研究中的最为突出的新成果”，甚至认为《探索》的出版“是我国《资本论》学术史上的一件大事和一座重要的界碑，也是我国马克思主义经济学界的一件大事和一座重要的界碑”。

《探索》先后获得教育部 1998 年颁发的《普通高等学校第二届人文社会科学研究优秀成果奖》（二等奖）和全国哲学社会科学规划领导小组 1999 年颁发的首届《国家社会科学基金项目优秀成果奖》（二等奖）以及《广东省第六次优秀社会科学研究成果奖》（荣誉奖）。

在完成《探索》之后，汤老师曾经设想以“六册计划”所显示的研究对象和逻辑联系为依据，建立包括资本主义部分和社会主义部分在内的政治经济学的新的理论体系。他先后在《经济研究》、《经济学家》等刊物上发表了《马克思经济学著作的“六册结构”及其科学意义》、《马克思经济学著作计划与社会主义政治经济学的研究对象》、《社会主义政治经济学的发展趋势》、《政治经济学理论体系探索》等文章，阐述自己的设想。但要建立起这一理论体系，需要研究当代从国内到国际的一系列新的理论和实际问题，涉及面广，难度极大。他深感遗憾的是，自己以及《探索》写作组的共同奋战了多年的同行们均已过古稀之年，力不从心，而又后继无人，这项研究事业恐怕再难推进了。

澄清对马克思理论的误解

从“文革”后的拨乱反正开始，汤在新教授就注意用实践去检验理论，他陆续发现关于社会主义社会的一系列公认的马克思主义基本原理，实际上是后人附加在马克思理论上的。

1983年，他出版了《马克思恩格斯对未来社会经济关系的科学预测》(武汉大学出版社出版)一书，对马恩关于共产主义目标、共产主义社会的形成阶段、共产主义社会的生产关系、分配关系等方面的科学预见和现实意义，进行了新的发掘和系统阐述，起了正本清源的作用。后来，他又陆续发表了多篇文章，指出影响我国当前实践的某些观点是对马克思理论的歪曲。

首先，他在探讨马克思预见未来社会的依据和方法时，发现马克思只是指出未来发展的作为共产主义社会的总方向，而没有、也不可能预计通向共产主义的过渡时期将会经历多少部分质变的阶段以及这些阶段的基本特征。如恩格斯所说，“关于社会变革后将怎样”，马克思“只是最一般地谈到。”恩格斯还说：落后国家“要经过哪些社会和政治发展阶段才能同样达到社会主义的组织，我认为我们今天只能作一些相当空泛的假说。”因此，完全可以有根据地说：马克思并没有论述过社会主义社会——不管是原苏联的社会主义社会还是我国现阶段的社会主义社会，当然更不可能为这个社会提供什么模式——不管是经济制度还是运行方式。

其次，他指出，斯大林虽然有必要把革命后建立的社会赋予社会主义社会的名称，但是斯大林把从资本主义到生产资料的社会主义改造完成以前的过渡时期等同于马克思所说的从资本主义到共产主义的过渡时期，把苏联消灭了剥削阶级的公有制社会等同于马克思所说的“一个集体的、以共同占有生产资料为基础的”无阶级社会，或者说，把社会主义社会等同于共产主义低级阶段，则是缺乏根据的，错误的。它导致超越历史发展阶段的一系列“左”的错误。

第三，他认为，马克思所说的共产主义社会的“共同占有”是指共同体中的每一个人对许多生产工具的实际支配和占有，它是以每个人的全面而自由的发展为实现前提的。斯大林把它简单化为排斥个人占有的“公有”，以致不顾生产力的发展水平，强制消灭私有经济，认为这样就进入了共产主义。在斯大林模式的影响下，在我国这样一个半殖民地半封建社会，也急着消灭私有经济，甚至消灭个体经济，就更加远离马克思理论了。

第四，由于把社会主义社会等同于共产主义低级阶段，于是商品货币关系就被视为是社会主义社会的异己力量，乃至小商品生产也被看作是资本主义尾巴，是资本主义复辟的温床。尽管现实生活迫使社会主义国家不得不承认商品经济，但仍千方百计地限制价值规律的调节作用，用计划经济来取代市场经济，或者把半计划经济称为中国特色的市场经济。

第五，斯大林关于社会主义社会是公有代替私有、因而是建立在“空地”上的观点，是割断历史的非历史唯物主义观点。这个观点排斥借鉴资本主义生产方式一切有价值的成就和生产的组织形式，至今仍然是改革经济体制的思想障碍。

第六，背离马克思的科学价值理论，把商品价值、甚至社会财富的创造，仅仅归结为体力劳动的成果，以“知识分子一不会做工，二不会种田”为由，否认脑力劳动的作用。

如此等等，不一而足，以上只是择其对实践危害大者而言。

澄清对马克思理论的误解，并不是说马克思理论“句句是真理”。马克思也会受到时代的限制，它的某些结论也会因前提条件的变化而失效。但是，还马克思理论以本来面目，对于坚持和发展马克思主义仍然是十分必要的。华南师范大学一位学生记者在问到一百多年前的马克思理论是否过时的问题时，汤老师曾回答说：“也许由于我情有独钟，至今仍然为马克思理论的博大精深所折服。在我看来，马克思的研究方法，他观察问题的视角，他的许多重要见解，至今仍然具有指导意义。谁也不会幼稚到认为马克思已经为我们解决当代问题留下了锦囊妙计。亚当·斯密、凯恩斯这些大师们的理论难道会有这种功能吗？任何理论都会具有时代局限，然而时代局限并不就是‘过时’，并不就是无用。时代局限只是说明，我们应该与时俱进，推进马克思理论，而不是否定、遗弃马克思理论。”

对市场经济基本原理的研究

1995年，汤老师患了一场重病，但他仍坚持研究工作，而且还从广东的实际出发，把研究重点从马克思理论本身转向运用这一理论来分析市场经济的现实问题和理论问题。他认为，社会主义市场经济理论的思想来源，首先是马克思的理论。马克思对资本主义经济运行方式的分析中，包含有资本主义市场经济理论。抽象掉这些理论所特有的社会形式而留下的市场经济一般的丰富内容，就构成社会主义市场经济理论的极其重要的思想来源。同时，作为思想来源的还有西方经济理论。西方经济理论虽然回避对本质关系的研究，但是它们对经济现象之间的具体的表层联系的揭示，对实际操作中的运行层次的分析，也是总结多年的经济实践，进行理论分析的成果。应该看到，迄今的各种理论中，只有当代西方经济理论研究过现代市场经济，而资本主义市场经济中是包含着市场经济一般的。当然，不管是马克思主义经济学还是西方经济学都必须与中国实际相结合。

从 20 世纪 90 年代中期以来的 10 年间，汤老师发表了约 50 篇研究市场经济问题的论文，并与自己的学生吴超林教授一道承担和完成了广东省“九五”综合重大课题之一——《宏观调控：理论基础与政策分析》，课题成果也以此为书名，于 2001 年，由广东经济出版社出版。最近，他将这段时期以来撰写的主要论文，以及与之相关的、包括写于 20 世纪 60 年代和 80 年代的少数旧作，汇集成册，以《从马克思到市济经济》为书名出版。这个书名，一方面是表明他的学术历程，从研究马克思理论到研究现代市场经济问题；另一方面是表明他的研究特点，是以马克思理论为基础分析市场经济。汤老师在这两部书和这段时期的其他论著的基本观点可以概括如下：

首先，在微观经济的理论方面，鉴于市场经济条件下，资源配置和产品分配主要是通过竞争性的价格机制来实现的，价格和价值理论是市场经济理论的基础，因而着重探讨了市场经济的两个基本理论——价值论和分配论，揭示出马克思提出的价值规律是市场经济的内在规律，价值及其转化形式生产价格是市场经济条件下按需要分配生产资源的实现形式；在价值规律作用下形成的生产要素价格，决定了市场经济体制下的分配方式是按生产要素分配，并规定了这一分配方式的实现形式。其中，主要研究了以下问题：

1. 从马克思理论的形成过程和逻辑联系等方面论述了生产

价格是价值的原则上的变形，说明了市场经济条件下市场价格围绕生产价格波动的机制，既能满足供给的条件，又能保证提供出社会需要的商品量，从而使资源实现优化配置。

2. 探讨了劳动价值论在当代的发展：科学技术和经营管理成为劳动的重要形式，从经济领域中分离出来的服务劳动是生产劳动，应纳入创造价值的劳动体系。

3. 鉴于《资本论》是抽象掉竞争，以价格和价值一致为假定前提，提出了在充分吸取西方价格理论的基础上，建立和完善马克思主义价格理论的要点。

4. 区分了分配性质和分配方式，论证了按要素贡献分配是市场经济的分配方式，其性质取决于它依以存在的社会生产方式，阐述了按要素贡献分配的理论依据和实现方式；同时分析了我国收入差距过大的形成原因及其与分配原则的关系。

5. 分析了我国私人企业主的收入及其来源，提出了剥削是阶级对立社会的经济范畴，从经济上考察了私营企业主作为社会主义社会的一个阶层的依据。

6. 论述了在我国建立市场经济的微观基础问题：依据马克思对股份制的分析，研究了公有制的实现形式，考察了民营经济的性质和发展的困境。

7. 考察了西方微观规制理论和实践，认为市场失灵是政府干预微观经济的必要前提，但不是充分前提；分析了我国政府对微观经济干预的特点，界定了产业政策不属于微观规制范畴。

其次，在宏观经济理论研究方面，主要研究了以下问题：

1. 发掘和整理了马克思关于总需求和总供给矛盾的论述，提出了宏观调控的马克思主义理论依据。马克思对资本主义市场经济矛盾的分析，对总供给超过总需求而形成的生产过剩的分析，贯穿于他的整个经济理论体系。马克思的社会资本再生产理论，以简明的图式首次科学地揭示出总供给和总需求均衡的一般条件；马克思的价值及其转化形态的理论，揭示出均衡实现的客观规律和内在机制；马克思关于商品货币关系的发展引发的供求脱节的分析，关于资本流通内在联系的紧密性和危机扩大的可能性的分析，关于信用推进生产及其引发的需求和实际需求脱节的分析，关于生产手段和增殖的有限目的之间的矛盾的分析，等等，揭示出总需求和总供给失衡以及总需求一般会小于总供给的深刻的根源，从而为制定马克思主义宏观调控理论提供了依据。

2. 系统考察了西方宏观经济理论，从一般均衡理论、凯恩斯的失业均衡理论到现代非均衡理论的演变；系统考察了我国从1979年以来历经五个阶段的宏观调控的历程和特点，评述了我国政府在通货膨胀和通货紧缩时期采取的政策措施。

3. 界定了现代市场经济中宏观调控的内涵。宏观经济问题非常广泛，如市场发育和规范问题，城乡、区域经济的平衡发展问题，不同地区、不同阶层居民收入的调节问题，可持续发展问题，对外经济关系的处理问题，等等。他认为，这些问题都属于政府应处理的宏观经济问题，属国家的一般经济职能，但不宜纳入“宏观调控”范畴中。他认为，宏观调控是政府运用财政政策和货币政策促使总需求与总供给平衡，从而使现有资源得到充分利用以实现平稳增长的现代市场经济特有的政策，至于这些资源如何配置仍然由市场决定。他认为，把“宏观调控”、“国家干预”、“微观规制”、“产业政策”等范畴区别开来，在理论上和实践上都是必要的。

最后，他在理论经济学体系建设等方面也提出了自己的看法。以往的理论经济学，或者局限于研究生产关系的性质，忽视具体关系和运行方式，或者醉心于现象分析，拒绝研究基本关系。针对以上情况，论文从国内外实际出发，依据《资本论》和“六册结构”，重新审定了政治经济学的对象、方法，把市场经济理论纳入政治经济学，作为政治经济学重要的有机组成部分，并确定出新的理论体系，摆脱了宏观经济学、微观经济学的两分法和研究的局限，也不同于以描述经济制度、解释经济政策为特征的经济学教材。

这些论述，大体上把市场经济的基本原理奠基于马克思理论的基础之上。这是汤老师研究市场经济的基本特点，也是他研究市场经济的主要成就。

科学的社会主义理论经济学需要随着我国市场经济的发育和成熟，众多学者进行长期的研究才能最终形成。汤在新教授期望在这方面做出自己的贡献，他确定今后的努力方向是：以马克思主义经济理论为基础，有分析地吸取西方经济学中的科学因素，在市场经济的基本原理方面，逐渐形成具有自己独创见解的、成为一家之言的理论体系，为社会主义市场经济体制奠定理论基础。

汤在新主要论著目录

一、主要著作

1.《马克思经济学手稿研究》,武汉大学出版社 1993 年版。

2.《〈资本论〉续篇探索——关于马克思计划写的六册经济学著作》(主编),中国金融出版社 1995 年版。

3.《马克思恩格斯对未来社会经济关系的科学预测》,武汉大学出版社 1983 年版。

4.《从马克思到市场经济》,经济科学出版社 2005 年版。

5.《宏观调控:理论基础与政策分析》(与人合作),广东经济出版社 2001 年版。

6.《近代西方经济学史》(主编),上海人民出版社 1990 年版。

7.《近代西方经济学》(与人合作),上海人民出版社 2002 年版。

二、主要论文(除两篇外均为个人独撰)

1.《从经济学手稿到〈资本论〉》,载《中国社会科学》1992 年第 5 期。

2.《关于〈政治经济学批判(1857—1858 年)草稿〉中《资本章》的分篇问题》,载《经济研究》1990 年第 6 期。

3.《〈资本论〉第 1 卷几种版本对结构的调整》,载《武汉大学学报》1992 年第 4 期。

4.《〈资本论〉第 2 卷结构的形成》,载《武汉大学学报》1986 年第 1 期。

5.《马克思 1861—1863 年手稿对〈资本论〉第 3 卷结构形成的重大意义》,载《中国社会科学》1987 年第 1 期。

6.《〈剩余价值理论〉(〈资本论〉第 4 卷)的结构》,载《〈资本论〉第四卷研究》,四川省社科院出版社 1988 年版。

7.《〈哲学的贫困〉是〈资本论〉理论形成的起点》,载《江汉论坛》1984 年第 2 期。

8.《马克思经济学的"六册结构"及其科学意义》,载《经济研究》1985 年第4期。

9.《马克思经济学著作计划与社会主义政治经济学研究对象》，载《经济学家》1992年第1期。

10.《政治经济学理论体系探索》，载《当代经济研究》2005年第1期。

11.《论社会主义政治经济学的发展趋势》，载《我的经济观》第3卷，江苏人民出版社1992年版。

12.《马克思预测共产主义社会经济关系的方法及其特点》，载《江汉论坛》1983年第4期。

13.《社会经济制度创建中的理论和实践》，载《华南师范大学学报》1993年第3期。

14.《社会主义社会发展阶段的理论》，载《马克思主义经济学说在当代的发展》，高等教育出版社1992年版。

15.《学习马克思恩格斯关于过渡时期的理论》，载《江汉论坛》1981年第3期。

16.《社会所有制和国家所有制》，载《武汉大学学报》1981年第3期。

17.《社会主义社会和商品经济——澄清对马克思有关论述的误解》，载《当代经济研究》1994年第5期。

18.《社会所有制和国家所有制》，载《武汉大学学报》1981年第3期。

19.《社会主义社会不是建立在“空地”上》，载《南方经济》1993年第5期。

20.《〈德意志意识形态〉既没有否定按劳分配，也没有提出按需分配》(2人合著)，载《按劳分配学说史论文集》，商务印书馆1978年版。

21.《论社会主义社会的基本经济制度》，载《经济学家》2004年第6期。

22.《澄清对马克思理论的误解——关于社会主义社会几个重大的理论问题》，载《南方经济》2005年第2期。

23.《改革目标模式的确定》，载《南方经济》2002年第6期。

24.《马克思对市场经济的理论考察》，载《经济学家》1995年第1期。

25.《恩格斯〈政治经济学批判大纲〉一书中的价值理论》(3人合著)，载

《经济研究》1963 年第 11 期。

26.《劳动价值论是市场经济理论的基石》,载《中国社会科学》1994 年第 6 期。

27.《完整而有重点地讲授劳动价值论》,载《华南师范大学学报》2003 年第 4 期。

28.《深化对劳动和劳动价值论的认识》,载《南方经济》2000 年第 12 期。

29.《试论社会主义社会的生产劳动和非生产劳动》,载《经济学家》2003 年第 2 期。

30.《走出"发展"价值论的误区》,载《马克思主义与现实》2002 年第 5 期。

31.《劳动价值论和社会主义社会的分配》,载《华南师范大学学报》1996 年第 1 期。

32.《就马克思的三部著作谈按劳分配思想的形成和发展》,载《按劳分配学说史论文集》,商务印书馆 1978 年版。

33.《论社会主义市场经济的分配方式》,载《经济学家》1997 年第 2 期。

34.《生产要素按贡献参与分配的理论依据和实现方式》,载《学术研究》2004 年第 1、4 期。

35.《科技工作者和经营管理者的收入及其来源》,载《中国社会科学》2001 年第 5 期。

36.《我国私营企业主收入的来源和性质》,载《南方经济》2001 年第 4 期。

37.《按资本要素分配是剥削吗?》,载《南方经济》2003 年第 2 期。《中国社会科学文摘》2001 年第 6 期全文转载。

38.《剥削及其存在的历史前提》,载《南方经济》2001 年第 6 期。

39.《我国社会阶层构成及私营经济性质分析》,载《经济学家》2001 年第 6 期。

40.《宏观调控的理论基础——马克思的均衡和非均衡理论》,载《教学与研究》2001 年第 2 期。

41.《宏观调控和国家干预》,载《当代经济研究》2000 年第 4 期。

42.《宏观调控和微观规制、产业政策》,载《当代经济研究》2000 年第 5 期。

43.《中国宏观调控目标的长期化及其形成原因》,载《当代经济研究》2000 年第 7 期。

44.《论市场经济与公有制的相容性》,载《经济学家》1999 年第 4 期。

45.《论"政企分开"》,载《当代经济研究》2003 年第 10 期。

46.《不要把股份制和公有制对立起来》,载《经济学动态》2004 年第 7 期。

47.《市场经济下的所有制歧视》,载《广东省私营企业发展蓝皮书》,广东经济出版社 2003 年版。

48.《古典政治经济学》,载《当代经济大辞库》(国际经济卷,第一篇 7 万字),中国经济出版社 1993 年版。

49.《配第关于价值的第三种规定》,载《马克思主义来源研究论丛》第 6 辑,商务印书馆 1984 年版。

50.《价值论的革命变革——从斯密、李嘉图到马克思》,载《经济评论》2005 年第 2 期。

51.《略论英国古典政治经济学地租理论的发展》,载《武汉大学学报》1962 年第 1 期。

52.《马克思主义和马尔萨斯主义》,载《武汉大学学报》1980 年第 1 期。

53.《评历史学派》,载《经济评论》1991 年第 2 期。

既通西方经济学　又通四卷《资本论》

——记著名经济学说史专家宋承先教授

◎ 陈其人

开头语

“宋先生毕生致力于马克思的《资本论》与外国经济学说史和现代西方经济学的教学与研究。他爽直地说，我把马克思的《资本论》与西方经济学融合起来，是个‘双通教授’。”

——摘自易平：《他被誉为“宋价

格”》，载《现代市场经济周刊》1995 年 5 月 22 日。

这里说明一下：苏联将其编辑出版的马克思遗稿《剩余价值理论》（这是中共中央编译局的译名，郭大力则译为《剩余价值说学史》），定为《资本论》第 4 卷。此前考茨基编辑出版的同一遗稿则定名为《剩余价值理论》，不认为是《资本论》的第 4 卷，而是同《资本论》并列的独立著作；犹如《资本论》和《政治经济学批判》是并列的独立著作一样。宋承先教授著有《〈资本论〉提要第 4 册》，其内容是简介苏联版《资本论》第 4 册，而不是简介考茨基的《剩余价值理论》。

笔者与宋学长的交往

宋承先教授和笔者都是 1951 年春到复旦大学工作的。1947 年，他就从著名的南开大学经济研究所毕业，取得硕士学位；我则从中山大学经济系毕业，只取得学士学位。他的年龄和学历都比我高；他知识渊博，朴实无华，视我为学弟，对我的所有提问，都耐心解答；一直是我的学长。我曾对毕业于 20 世纪 40 年代的同行说：宋是我辈中少见的既通西方经济学，又通马克思四卷《资本论》，也精通数学的学者，大家都同意我的看法。

我第一次见到宋学长是 1951 年春。当时我住在复旦大学的单身宿舍里。一天，一位身穿陈旧毛大衣的瘦长个子到我的集体居住的房间来，通知我说：经济研究所将要讨论“实现”理论，希望我参加。

我最后一次见到宋学长是 1996 年 4、5 月，当时他应邀参加由我指导的博士学位论文答辩。我万万想不到：他是拿着拐棍（不是鲁迅的《阿 Q 正传》中假洋鬼子拿的那种文明棍，而是鲁迅的《祝福》中祥林嫂拿的那种竹棍），由其胞弟扶着颤颤抖抖前来。我看见此情此景，就含着泪对他说：“老宋，我不知道您身体如此差，否则，就不会邀请您参加答辩……”。我更万万想不到，这是我们最后一次见面——虽然在这之后，我还从电话中听到他的声音：病中的他，慰问重病中的我。“老陈，听说你病了，情况怎样，好些了吗？”“我日夜都无法睡觉，又不能行走……”“我也不能行走……无法来看您。”我是1999年4月初在病中看到上海财经大学的讣告，才知道他终于离开了他的同行和学生的……根据讣告的规定，我没有表示什么，也没有去电慰问宋夫人及其子女（我看着他们长大），免得他们再度伤心，也免得他们为我的病况担忧……我是经过4年与病魔搏斗才终于站起来的。

我常常回忆我与宋学长将近半个世纪的交往——

1955年，我们同住在复旦大学第四宿舍可以住家属的D区，当时我正着手写一本关于地租理论的小册子。地租理论的第一困难在于说明绝对地租的存在与劳动价值理论不矛盾。对此，我是有把握写好的。第二困难是通俗易懂地说明级差地租第二形态。鉴于有些书籍对此说明含有错误，我决心力求写得正确、通俗、易懂。写作中遇到的困难不少，我就常常在宿舍一面散步，一面请教宋学长。由于得到他的帮助，我“消化吸收”后，就用自己的话写，不引经据典，小册子得到好评。

1958年，我在教育革命中被全系批判，被宣布为与南斯拉夫共产党纲领相呼应的修正主义分子，被勒令继续在农村劳动，并定期向某某汇报思想，部分地被剥夺了人权。我从此就离开了复旦大学经济系，成为经济学界的散兵游勇。大多同事，都与我划清界限。我也注意自己的罪人身份，不连累他人，除了为了吃饭，只好定期到顶头上司家里汇报思想外，从不到其他人家里去，连走路都躲开熟人。只有宋学长是例外。我去看他,他们夫妇热情接待。宋还对我说:如果这样对他,他就不干了。我想:宋学长的作用是当时无人可以替代的(以后证明我的分析是正确的),他当然可以说这样的话;而我的工作则是人人立即就可以替代的,为了生活,我能不干吗?1962年,我终于结束了被监督的生涯,到政治系工作;系领导要我准备"政治学说史"这门课;宋知道后,对我说:"你喜爱经济学说史,这有利于搞政治学说史;包你一年就能搞出名堂来。"这给了我莫大的鼓舞。

1964年,商务印书馆副总编辑胡企林同志约宋写稿,宋特向他推荐我;说:"论逻辑能力和理论修养,陈都不在我和某某教授之下。"从此我就同我国最老的、专职介绍西方学术思想的出版社发生联系。我在第3辑《经济学家之路》中说:"在我蒙难的时候,商务印书馆胡企林副总编辑还约我写《19世纪上半期法国和英国的庸俗政治经济学》,这对我是极大支持,使我想到我写东西还是有点用,因而有勇气继续耕'自留地'。此后,他主编的《马克思主义来源研究论丛》在20辑中(大体每年出一辑)发表了我十几篇关于经济学说史的论文。"(见该辑第332~441页)其中就有宋的提携之功。

"文化大革命"中,对我新账老账一起算,开始时是监督劳动;后来升级为人身被残害的隔离审查。宋的情况与我不同,但也得"劳动"。一次,他忘记带"红宝书",大概怕被发现,竟然走到我的面前,要我借"红宝书"……我不敢与其说话,只示意"书"就在我的口袋里……

"文化大革命"结束后,一次,我应邀到兰州讲学;那里的朋友要我回上海后,再请两位经济学界朋友到那里讲学。我请了宋和某人,并对兰州的朋友说:我为你们请了"两卷经济学百科全书"。

某人听了就说:“哪里,哪里,百科全书还缺一只角。”宋听了就说:“差不多!差不多!”

1983年,我和宋到昆明参加中华全国国外经济学研究学会的年会。同一软卧包厢四个人都是姓“经”的。其中还有陈彪如教授和《李嘉图著作和通信集》的中译者之一:胡世凯教授。可能由于我提出了应如何理解马克思和李嘉图都说到的在对外贸易中,发达国家一个劳动日可以同落后国家三个劳动日相交换,落后国家虽然受剥削,但仍然得到利益这一问题,大家展开讨论。宋后来就此提出其完整的看法,写了一篇轰动日本经济学界的关于国际价值理论的长文。

记不清哪一年了,我参加某一经济类学会的年会,从理事候选人名单上看到,宋已经离开复旦到另一所大学去了。我以为写错了。后来宋亲口告诉我,1987年,他因故从复旦大学跳槽了。连校长登门挽留,也不生效。用现在的时髦话说就是:他炒了复旦大学的鱿鱼。在复旦,这种敢为人先者,以前不是没有,但宋是最有名的一个。他跳槽后,复旦聘他为兼职教授,请他将博士生带完,并提供他从新单位到复旦上课的单程汽车……这难道不是不可替代吗?说来惭愧,直到我写这几行字的时候,我才想到46年前我被戴上修正主义分子帽子时,他对我说:如果这样对他,他就不干了的深刻含义。不就是可以跳槽吗?在我们这一代中,他在那时,就能有摆脱束缚的思想,不能不说是超前的。

他离开复旦后,我们这些经济学界中的耄耋,无人不认为这是复旦大学的损失:像他这样的“双通”经济学家,确实是凤毛麟角呀!

可能由于我同宋的交往较多,朋友们希望我能为宋写点什么,以作纪念,并用以教育后人。对此,我是不容推辞的。于是,我就止了泪水，读由其亲属送来的资料，仔细回忆将近半个世纪的交往，尤其是回想他对我很大的帮助：他曾对其研究生说："我写的东西，多半是，答陈其人问。"确实是这样。我最怕的是写不出他的重要理论。幸好他自己曾自述其生平和学术思想。这就为我写他的生平事迹提供了路标。即使这样，我还是不能全部掌握其理论，不得不引用其弟子和他人的有关论述。所以，我只是此文的编写者。

那么，就让我们先看他的自述吧。我觉得他的论述风格很像李嘉图，就是说十分简约。凡属这样的，我就加以详细的论述。

宋承先生平与著作自述①

宋承先，男，汉族，1921 年 2 月 3 日生于四川省青神县。父亲是中学数学教师，家有山田二十余亩。1944 年 7 月武汉大学经济系毕业，1947 年 7 月获南开大学经济研究所硕士学位。1951～1987 年在复旦大学经济系任教，历任讲师、副教授、教授和博士生导师，后任华东化工学院工商经济学院院长，1994 年任上海财经大学教授。主要著作：《马尔萨斯经济理论批判》（上海人民出版社 1955）、《论重农主义》（同前 1958）、《资产阶级经济危机理论批判》（同前 1962）、《〈资本论〉提要第 4 册》②（同前 1983）、《现代西方经济学（微观济学）》上册（复旦大学出版社 1988）、《西方经济学名著提要》（主编，江西人民出版社 1989）、《评当代西方学者对马克思〈资本论〉的研究》（合编，中国经济出版社 1990）。先后发表论文三十余篇，约四十万字，其中主要的有：《也谈我对生产力问题的两点认识》（《经济研究》1962 年 8

① 主要由两篇自述综合而成，它们分别约写于 1990 年和 1992 年。

② 即《资本论》第 4 卷，共 3 册《剩余价值理论》内容的提要。

月)、《关于实现扩大再生产的基本条件问题》(《学术月刊》1962年8月)、《马克思国际价值理论初探(上、中、下)》(《世界经济文汇》1984年1、2、3月)、《垄断、垄断价格与绝对地租以及级差地租的实体与形式》(《学术月刊》1984年12月)、《需求和社会必要劳动与市场价值》(同前1985年4月)、《〈资本论〉中货币流通的表达问题》(同前1985年11月)、《对当前宏观控制的几点意见》(《世界经济文汇》1987年1月)、《宏观控制的若干理论问题》)(《经济研究》1987年9月)、《关于国民经济核算体系方法论的几个问题》(《学术月刊》1988年3月)等。翻译的著作:《经济理论的危机》(合译,上海译文出版社1905年)、《1929～1933年世界经济萧条》(合译,同前1986年)、《现代经济学辞典》(合译,同前1988)、《国际经济政策理论)》第一卷《国际收支》(合译,商务印书馆1989)等。

宋长期从事经济理论的教学与研究,对马克思《资本论》和西方经济学的研究有很深的造诣。他治学严谨,为文逻辑性很强。从20世纪50年代后期开始积极参与我国经济理论界的重大争论,所撰论文多为当时的重大理论问题而发。其中重要的如1958年以来关于生产力二重性问题的争论,60年代开展的怎样理解需求在马克思劳动价值论中的地位与作用和怎样理解第二种含义的社会必要劳动时间问题,以及80年代初关于马克思国际价值理论的争论等。宋在发表的有关论文中,通过对马克思有关理论思想的阐释,曾对这些问题提出了自成一家的见解,为理论界所接受。关于生产力的二重性问题,宋根据《资本论》第一卷第五章关于劳动过程与资本主义生产过程是“劳动过程和价值增殖过程的统一”[①]的论述认为,作为历史唯物主义的生产力这个范畴具有二重

① 《资本论》第1卷,第223页。

性:即作为劳动过程的自然的技术的属性,因而"它是人类生活的一切社会形式所共有的。"[1]另一方面,作为特定生产方式的生产力,又具有取决于特定的生产关系的社会历史属性或称生产关系属性。并在同一篇文章中论证说明,马克思主义政治经济学,不仅必须联系生产力来研究生产关系,也要研究生产力本身,研究生产力的二重属性。宋认为,肯定生产力具有二重属性,对于我们怎样在马克思主义基本原理指导下,有分析批判地探索吸收借鉴西方经济学合理有用之处,同时揭示并批判其庸俗的非科学的糟粕,有着十分重大的理论意义。

关于马克思的价值理论和绝对地租理论,宋在他的争鸣文章中旨在着重说明:(1)马克思的市场价值是由供给与需求这两种相互抗衡的社会(市场)力量共同决定的:"各种同市场价值相偏离的市场价格,按平均数来看,就会平均化为市场价格。"[2]"实际市场价格的平均数,就是表现市场价值的市场价格。"[3](2)马克思劳动价值论与资产阶级生产成本价值论、供求价值论以及不要价值的均衡价格论等的本质区分,仅仅在于价值的质的规定性或称价值的实体问题,即,劳动价值论认为,价值的实体是对象化或凝结在商品身上的社会必要劳动;价值量由社会必要劳动量决定;价值量分解为工资与剩余价值。而生产成本价值论则以描述事物的表面现象,来代替揭示掩蔽在观众后面的事物的本质这样的科学分析,断言价值量由工资利润和地租这三者相加之和构成的生产成本所决定;并把利润和地租说成是资本财货和土地"创造"的价值,从而

---

① 《资本论》第 1 卷,第 209 页。

② 《资本论》第 3 卷,第 212 页。

③ 《马克思恩格斯全集》第 26 卷,第 2 册,第 227 页。

为资本主义剥削辩护。(3)马克思论证的绝对地租(和级差地租)“仅仅是真正的农业地租,就是提供主要植物性食物的土地的地租。斯密已经说明,提供其他产品(例如畜产品等)的地租,是由上述地租决定的,因而已经是派生的地租。”①据此,我们可以根据马克思的大量论述,把价格的组成及其与地租的因果关系概括为两个方程式:(A)真正农业的绝对地租:(决定于)市场价值-(成本价格+按工业的利润率所决定的利润量)。(B)肉类价格=(决定于)(成本价格+平均利润)+真正农业的绝对地租。宋认为,这两个方程的等式左右两边各个变量的因果关系(自变量与因变量的关系,决定与被决定的关系),有十分重大的理论意义,并且反映了马克思科学探索中逻辑思维的周密和严谨。

什么是马克思的国际价值理论,社会主义国家和西方的马克思主义经济学家进行了长期讨论,1980 年前后开始,我国经济学界展开了热烈的争论。宋在 1984 年发表了长达 3 万字的《马克思国际价值理论初探》一文,这篇文章经日本马克思主义经济学家片冈幸雄译成日文刊行后,不仅得到日本马克思主义经济学家的普遍好评,并且引起日本的一些非马克思主义经济学家的重视。在这篇论文的前两部分中,宋根据马克思如下论述认为:李嘉图和约翰·穆勒关于在比较成本前提下国际贸易的贸易格局和贸易条件的论述,是言之有据、言之成理的,对马克思为数不多的关于国际价值的论述有一定影响。“价值规律在国际上的应用,还会由于下述情况而发生更大变化:只要生产效率较高的国家没有因竞争而被迫把它们的商品的出售价格降低到和商品的价值相等的程度,生产效率较高的国民劳动在世界市场上也被算作强度较大的劳

① 《马克思恩格斯全集》第 26 卷,第 2 册,第 268 页。

动。……一个国家的资本主义生产越发达，那里的国民劳动的强度和生产率就越超过国际水平。因此，不同国家在同一劳动时间内所生产的同种商品的不同量，有不同的国际价值，从而表现为不同的价格，即表现为按各自的国际价值换不同的货币额”。[①] 马克思的另一论述是，“一个国家的三个工作日也可能同另一个国家的一个工作日交换。价值规律在这里有了重大变化。……在这种情况下，比较富有的国家剥削比较贫穷的国家，甚至当后者像约·斯·穆勒在《略论政治经济学的某些有待解决的问题》一书中所指出的那样从交换中得到好处的时候，情况也是这样。”[②]

宋在《马克思国际价值理论初探》一文中，对李嘉图比较成本说的理论的逻辑内涵作了较深入的阐述：说明了李嘉图理论与约翰·穆勒相互需求说的关系，评论了伊曼纽尔的国际生产价格论与不平等交换理论的主要贡献和局限性：提出了马克思国际价值理论的 4 个模型，用以解释不同历史时代和当代不同类型的国际贸易。

在该文的第三部分中，宋把社会必要劳动量或价值量分解为其各组成部分——工资与利润（包括作为企业成本的利息和地租以及企业主收入），这样就能够以劳动价值论为基础，把以比较成本为前提的国际贸易具体实务中的价格、成本与利润这三个变量之间的错综复杂关系，按工资率与利润率之四种不同的组合，以具体数字作为例解，用四个表格概括为以劳动价值论为基础的四种理论模型，每一种模型可以用来解释不同类型的国家之间的贸易关系，例如马克思论述的宗主国与殖民地之间的贸易关系，当代发

① 《资本论》第 1 卷，第 614 页。

② 《马克思恩格斯全集》第 26 卷，第 3 册，第 112 页。

达国家之间的贸易关系以及发达国家与第三世界的贸易关系。在该文的最后部分中，宋还概要说明，马克思的国际价值理论与李嘉图和约翰·穆勒的国际贸易理论的本质区别，以及自马歇尔以来资产阶级国际贸易理论的庸俗性。

改革开放以来，结合我国国民经济核算体系的改革问题，经济学界对于马克思生产劳动与非生产劳动的理论，开展了热烈的争鸣，提出了许多不同的论点和论据。争论的核心是，马克思提出的区分资本主义社会生产劳动与非生产劳动的标准，在社会主义条件下是否需要和为什么需要严格遵循，或者是否应该和为什么应该有所“突破”。宋在 1988 年发表的一篇论文中，根据《资本论》第 4 卷的大量论述认为，人类社会在其生产活动的社会实践中，一种劳动究竟是生产的还是非生产的，取决于社会生产本身的性质。例如资本主义的生产，即资本的生产的本质是价值的自我增殖，因此马克思指出，受雇于资本家开设的服装厂的裁缝师傅的劳动提供剩余劳动和创造剩余价值，所以是生产劳动，同一个师傅替资本家及其家属缝制衣裤便是非生产劳动者了。又如马克思写道：“那些不雇佣工人因而不是作为资本家来进行生产的独立手工业者或农民的情况又怎样呢？这种关系与资本和劳动之间的交换毫无共同之处，因此，在这里也就用不上生产劳动和非生产劳动的区分。”[①]据上所述，宋在该文中认为，鉴于社会主义生产的目的是在社会生产力不断提高的基础上逐步改进人民的物质生活和文化娱乐生活，因此，所有非物质生产部门的劳动者诸如文化教育卫生科研，以及党政机关干部和工人，人民解放军和警察部队等等所提供的劳动，同物质生产部门的劳动者提供的劳动一样，具有完全相同

---

① 《马克思恩格斯全集》第 26 卷，第 1 册，第 439 页。

的性质，所以都应该看作是生产劳动。或者干脆不作这种区分，统统称作为社会主义中国服务的劳动，即为我国物质文明建设和精神文明建设服务的劳动。

近年来，在改革开放政策的指引下，传统的高度集中的计划经济逐渐向有计划的商品经济转轨，宏观经济调控日益受到经济理论界和国家改革部门的高度重视，对外经济关系也日益成为我国经济政策的重要内容，面对新的形势，宋的研究开始转向宏观经济学、国际经济学和发展经济学等领域，对总需求和总供给的平衡，投资、储蓄与消费的性质及相互关系，我国通货膨胀的性质与物价改革，以及财政政策和货币政策等重要的理论和政策问题，都积极地发表了自己独到的见解。

1986～1992 年间，宋在其公开发表的近 10 篇论文中，对于我国改革开放以来的经济增长、通货膨胀和价格改革等三大问题，提出了独特的理论观点和相应的政策建议，即：

改革开放以来，我国并不是科尔奈根据匈牙利情况实证总结出来的“短缺经济”，恰恰相反，亦如凯恩斯时代 30 年代西方发达国家那样，或者更类似于日本起飞后之所以创造出世界奇迹那样，我国存在着发展生产之巨大潜力，即西方经济学教科书所称潜在的国民生产总值。至于改革开放以前，我国之所以表现为生产资料和消费品全面紧缺，并不是由于科尔奈所说的“资源约束’，而是由于下述两方面失误，扼杀了潜在生产力转化为现实的宝贵财富。其一是体制性失误，在产品济济的“讨价还价”经济条件下，长官意志拍板定案的行政命令或指令性资源配置计划，片面强调“以粮为纲”，忽视农林牧副渔协调综合发展，片面强调优先发展重工业，忽视消费品生产。其二是价格政策失误，片面理解物价稳定，工厂当然不愿意赔钱生产。因此，始于 1984 年的我国银行信贷失控，以及1986年我国的信贷再膨胀,使得我国的乡镇企业依靠银行的贷款,配合1985年开始的价格双轨制,在一无资金二无技术人员的情况下,得以异军突起,超高速发展。由此可见,被人们误认为通胀率在1988、1989年连续两年接近20%的罪魁祸首的银行信贷失控,恰恰相反,正是近几年所有消费品日益丰富多彩,举世瞩目令人惊奇的重大功臣之一。

1985年以来连续两年高达20%的通货膨胀,被认为是投资饥饿加上消费膨胀引起的需求拉上型通胀,肯定是判断失误。因为,十分明显,我国的通货膨胀,基本上或主要是1985年以来,实施价格改革,有计划地逐步调高放开农副产品价格、矿产品价格以及一些原材料价格的结果,是(否)需求过多引起的物价上涨,即使存在,肯定是微不足道的。我国的成本推进型通胀,硬要压住,不仅扼杀了潜在生产力转化为宝贵财富,而且拖延下去,价格改革的难度越来越大,往往被迫半途而废。因此宋在该文中认为,1988年5、6月间,国家依然决定价格改革"闯关"的决策,是为了给国营企业运行机制的改革创造必要的市场条件,因而是高瞻远瞩十分正确的决策。关键之点是,当时已经具备了足够充分的继续推进价格改革的物质基础,至少事后完全证明了这一点。鉴于邓小平同志南方重要谈话,极大地推动了加快深化企业改革的速度,加强扩大对外开放的力度,再加上我们已经具备了远远超过80年代高速发展的物质技术基础。因此,宋坚定地认为,1992年我国经济并非"过热",到20世纪末的10年内,我国发展速度超过10%是大有可为的。

1985年春,宋提出一套以解决"菜篮子"问题作为价格改革突破口的构思,并在次年的一篇文章中指出,"这是我们设计价格何时开始从何着手的最基本的重大理论思维基础",同时建议改进国库券发行办法吸收城乡居民储蓄存款，以对付价格改革势难避免的财政赤字问题。

宋一生从事经济理论的教学和研究近40年，著述约200万字。虽已年逾古稀，但仍积极活跃在经济理论界和学术界，为社会主义祖国改革开放的伟大革命实践献计献策，为建设社会主义宏观经济学不懈努力，为培养新一代经济学家呕心沥血。

批判资产阶级经济学价值理论

宋对资产阶级价值理论的批判，简介如下：

根据辩证唯物主义关于事物的本质与现象之间的联系的观点，下面举例对比分析斯密的劳动价值论和生产费价值论，以便具体理解后者的庸俗性的具体表现。

假设某个社会一美元货币的含金量是耗费1小时劳动生产出来的。商品市场上的供(卖)求(买)双方进行着自由竞争。又设某种机器的市场价格总是环绕100美元上下波动，并且在或长或短时期的市场价格的平均数等于100美元，此外这台机器的售价100美元中，有30美元用于补偿所费生产资料，50美元支付工资，20美元作为资本家的利润(包括利息地租等)。现在要问：(1)这台机器的价值应是多少？(2)这样大的价值是由什么因素决定的？

关于第(1)个问题，包括马克思的劳动价值论和斯密的劳动价值论(他称为自然价格)，还有马尔萨斯的生产费价值论(他称为价值)以及马歇尔的均衡价格理论所作出的答案，都是一样的：即，这台机器的价值是100美元。因为商品的价值或称自然价格和均衡价格，都指的是商品的供给和需求(被设想为)恰好一致时会有的成交价格，而这样的成交价格将大体上等于供给不平衡引起的上下波动的成交价格的平均数。

关于第(2)个问题，即这台机器的价值之所以是100美元(这是价值的表现形式或现象)又是由什么因素或原因所决定的(即现象后面隐藏的价值的本质)，各种价值论则有截然不同的答案。

按照劳动价值论，价值的惟一源泉是人的劳动活动，因而价值量取决于对象化在商品体中的劳动量。这台机器的价值之所以是100美元，是因为它包含着100小时的社会必要劳动，其中有30小时是由工人的具体劳动转移到机器中的生产资料所包含的价值，其余70小时的价值70美元代表工人活劳动新创造的价值，其中有50小时所代表的价值作为工资付给工人，剩余的20小时劳动代表的价值则是资本家无偿占有的工人剩余劳动的剩余价值。

他认为，按照斯密的生产费价值论，商品的价值(自然价格)取决于商品的生产费(成本)，而生产费则由工资、利润与地租这三种收入的自然率相加之和所构成。为什么商品的价值决定于商品的生产费？斯密的论据是，因为在资本主义条件下，商品的卖价除了支付工资以外，还必须支付资本的利润和土地的地租，否则该商品就不可能被提供到市场上来，所以商品的价值不再是惟一地决定于投入的劳动，而是决定于由三种收入之和构成的生产费。即工资的自然率＋利润的自然率＋地租的自然率(构成)决定着商品的自然价格。

按照马尔萨斯的价值理论，这台机器的价值之所以是美元，是因为它在市场竞争中的销售价格平均来看所能支配或换得的劳动是100小时(这里他把商品的价值混淆成它的交换价值，即这台机器换得的100美元，而100美元可以归结为100小时，所以马尔萨斯的价值论又称为支配劳动价值论，即商品的价值取决于该商品所能交换到的从而所能支配的劳动量)。那么，这台机器为什么恰好换得或支配100美元或100小时，而不是更多或更少？答，这是因为这台机器的生产费是100美元或100小时劳动，而所谓生产费则由两部分构成：一是预付资本的价值或所代表的劳动(包括耗用的生产资料30美元或30小时劳动和支付的工资50美元或50小时劳动)；二是平均利润20美元或20小时劳动。为什么商品的价值取决于包括平均利润在内的所谓生产费？这是因为，假如商品的售价除了补偿成本开支(预付资本)以外，不能提供平均利润，该商品就不会供应出来；反之，假如商品的卖价提供的利润超过平均利润，资本流入该部门，产量增加引起的售价下跌，直到售卖价格恰好提供平均利润为止。

马歇尔认为，古典经济学把商品价值归结为由生产费决定；边际效用价值论断言价值惟一地决定于需求者主观评价的商品的边际效用，这两种观点都失之片面。马歇尔认为，供给与需求都参与了均衡价格的决定。在供给量为既定不变的极短期内，均衡价格完全取决于需求因素；但在长时期内，即产品的供给可以适应对产品的需求而充分调整条件下，产品的均衡价格将等于其生产费，即产品得以被生产出来所必须支付的费用。至于所谓生产费则包括工人提供的劳动所作出的牺牲或补偿这种牺牲的工资，加上资本所有者因提供资本而暂时延缓了当前消费所蒙受的牺牲，或补偿这种牺牲的利息。

综观以上所述，迄至19世纪末期为止，庸俗经济学的各种各样的价值理论，尽管提法不一，论据也不尽相同，但它们与马克思劳动价值理论的区别就在于它们的庸俗性，归根到底可归结为一点：即它们对于隐藏在人们所感知的商品在市场上所表现出来的交换价值这样的现象后面的“秘密”(价值的实质)所作出的答案，歪曲了事物的本来面目。具体来说，它们否认资本主义的商品价值必须包含的利润(利息)这个项目来源于剥削工人的剩余价值，却硬说利润是来源于资本本身创造出来的价值，因而是把为资本主义的剥削作辩护的“三位一体”的分配理论作为其基础的庸俗价值论。

最后，典型的或纯粹供求价值论，即纯粹用供求的相互作用来解释价值，可以看作是“复兴的重商主义体系（加尼耳等人），这一体系在价值中只看到社会形式，或者更确切地说，只看到这种社会形式的没有实体的外观。”[①]具体说，这种理论否认绝对意义的价值（即价值的实体和构成价值的实体的社会必要劳动）的存在，硬说价值这个范畴是与生产无关的，价值纯粹产生于交换行为（按照马克思理论，价值产生于商品生产所费社会必要劳动，但这种绝对意义的价值，又只能在交换过程，采取交换价值的形式，通过作为一般等价物的货币而被相对地表现出来），价值量纯粹由供求关系决定，即完全取决于供求双方讨价还价所决定的相互交换的比率或交换价值。马克思以后的瑞典卡塞尔的“不要价值的均衡价格体系”，以及当代在“转形”问题讨论中否定劳动价值论的价值这个概念本身，把经济学传统中的价值理论，归结为仅仅是在一般均衡条件下求解以平均利润率为基础的“生产价格”的问题，实质上也是没有价值的价格这样的纯粹的供求价格论。

宋将资产阶级经济学所有的价值理论（包括价值论无用论）一一加以批判。这当然是很好的。但是，可能受篇幅限制，似乎不够深入。例如，他就没有指出斯密本来提出正确的劳动价值理论和剩余价值理论，因为斯密说过，在资本积累和土地私有产生前，由生产商品投下的劳动形成的价值全部归劳动者。但是，有了资本积累和土地私有后，这价值就要分出利润和地租两部分来，用来支付利润和地租。这两者分明就是剩余价值。但是，这样，劳动者就

① 《资本论》第1卷，第98页注32。

得不到其劳动创造的全部价值了。而斯密认为，工人出卖的是劳动，劳动有价值，并等于劳动创造的价值，这样，利润和地租就不可能存在了。为了解决问题，他就只好说：资本主义的商品由交换商品所支配的劳动决定价值；支配的劳动包括了工资、利润和地租，这就是后来马尔萨斯的支配劳动价值论。如果追问一句：这些各自存在的工资、利润和地租的来源何在，斯密就好说：劳动创造工资、资本创造利润、土地创造地租，这就是萨伊的要素价值论（不知何故，宋在前面批判资产阶级价值理论时，没有提到萨伊）。我这里说的，宋在《〈资本论〉提要 4》中都有所论述，假如他能将《提要》中有关内容补充进来，那就深入得多了。这里仅以对斯密和马尔萨斯的价值理论为例，予以说明。

关于斯密，宋在《提要》中说："斯密不懂得价值规律在资本同雇佣劳动的交换中的特殊作用。在资本主义社会，'一切商品在同活劳动相交换时买到的劳动多于这些商品本身所包含的劳动。这个追加量也就构成剩余价值。'[①]这样，在一般商品同劳动力的交换中，价值规律——等量劳动相交换的规律似乎失效了。……斯密感觉到这个矛盾，并由此认为资本主义商品交换的规律，不同于简单商品交换的规律。'如果说，亚·斯密的理论的长处在于，他感觉到并强调了这个矛盾，那么，他的理论的短处在于，这个矛盾甚至在他考察一般规律如何运用于简单商品交换的时候也把他弄糊涂了，他不懂得，这个矛盾之所以产生，是由于劳动能力本身成了商品，作为这种特殊的商品，它的使用价值本身（因而同它的交换价值毫无关系）是一种创造交换价值的能力。'[②]也就是说，只要

---

① 《马克思恩格斯全集》第 26 卷，第 1 册，第 66 页。
② 《马克思恩格斯全集》第 26 卷，第 1 册，第 67 页。

我们认识到，同资本相交换的是劳动力，而不是劳动，认识到劳动力这种商品被使用时创造出来的价值会大于它本身的价值，这种现象就完全可以解释了。不用说，斯密是不懂得这点的。‘亚·斯密感到，从决定商品交换的规律中很难引伸出资本和劳动之间的交换……。只要资本直接同劳动相对立，而不是同劳动能力相对立，这种矛盾就无法解释’。[①]”[②]

关于马尔萨斯，宋说：“马尔萨斯反对李嘉图关于商品价值由生产商品所耗费的劳动量来决定的论点的办法，是剽窃斯密不同价值规定中的一个错误论点，即商品的价值等于该商品所换得或支配的劳动。我们知道，李嘉图曾经明确指出，斯密把劳动量和劳动的价值(工资)混同为一，认为两者都决定价值是错误的，李嘉图还指出，劳动量和劳动的价值是两个不同的东西，决定商品价值的是劳动量而不是劳动的价值。马克思在这里主要是指出，马尔萨斯反对李嘉图的劳动价值论，而沿袭斯密的支配劳动价值论的一个主要‘论据’，就是‘把大卫·李嘉图在‘劳动的价值’和‘劳动量’之间所作的划分重新抹掉，’[③]而把两者等同起来，他说：‘一定的劳动量，必定具有同支配它或者它实际上交换的工资相等的价值。’[④]这句话实际上是断言：工资所代表的价值或劳动量等于工人所提供的全部活劳动量，即断言工人的劳动只是再生产出工资的价值。”[⑤]

“马克思指出，如果像马尔萨斯那样，硬说活劳动所创造的价

① 《马克思恩格斯全集》第26卷，第1册，第50页。
② 《〈资本论〉提要第4册》，上海人民出版社1983年版，第38～39页。
③ 《马克思恩格斯全集》第26卷，第2册，第18页。
④ 《马克思恩格斯全集》第26卷，第2册，第18页。
⑤ 《〈资本论〉提要第4册》，上海人民出版社1983年版，第398～399页。

值只是等于工人所得到的工资的价值或劳动量，那么，如果认为商品的价值等于生产该商品所耗费的劳动（即商品本身所包含的积累劳动与活劳动），利润就不可能存在，但资本主义生产的商品的价值又必须包含利润。马尔萨斯正是以工资等于全部活劳动所创造的价值为前提，并以资本主义生产的商品的价值必须包含利润为理由，主张商品的价值等于或决定于商品所换得或支配的劳动，而后者除了商品本身所包含的积累劳动和全部活劳动以外，还得加上由利润所代表的劳动量。据说，如果商品的价值决定于它本身所包含的劳动量，利润就不可能存在。①

关于国际价值理论

限于篇幅，这个问题这里无法详细论述。对此有兴趣的读者，可以读宋的长篇论文：《马克思国际价值理论初探》；载《世界经济文汇》1984 年 1、2、3 期。我只评介他关于伊曼纽尔的有关论述。原因是他认为伊曼纽尔的理论和方法论都有缺点；而我反复运用这理论多次，不觉察有什么问题。

伊曼纽尔的国际价值理论或不平等交换理论如下：

希腊经济学家伊曼纽尔在其《不平等的交换》中，运用马克思的价值转化为生产价格的理论，以及生产价格在绝大多数情况下和价值有偏离的理论，来解释在商品交换中发达国家如何剥削落后国家的问题。他的理论不涉及垄断经济的形成，因而可以视为适用于发达国家和落后国家之间的一般商品交换。

他认为，发达国家和落后国家交换商品，后者的部分剩余价值

① 《〈资本论〉提要第 4 册》，上海人民出版社 1983 年版，第 398～399 页。

会转移到前者。其根本原因，是前者的工资高，后者的工资低；其机制是生产价格和价值偏离。这就是说，在资本能在各国自由流动的条件下，各国统一的平均的利润率的形成，使前者的商品的生产价格高于价值，后者的商品的生产价格低于价值。按生产价格交换，后者部分剩余价值便被前者攫取。这被称为不平等交换理论。他将不平等交换分为广义的和狭义的两种。

现将广义的不平等交换表解如下：

国家类别	所用不变资本	所费不变资本	可变资本	剩余价值	价值	生产成本	利润率	利润	生产价格
发达国家	180	50	60	60	170	110	0.333	80	190
落后国家	60	50	60	60	170	110	0.333	40	150
两国	240	100	120	120	340	220		120	340

这就是说，发达国家资本有机构成比落后国家高：180∶60大于60∶60；但两者工资相等，即都是60；剩余价值也相等，都是60；尽管两者所用不变资本不等，一为180，一为60，但所费的不变资本相等，都是50(其所以发生这种情况，是由于发达国家使用的固定资本远比落后国家多，但两者的折旧部分和其他不变资本如原料的耗费合起来相等)；因此，两者的产品价值相等，都是170；两者的剩余价值总额为120，除以两者资本总额360(两者所用不变资本240和两者可变资本120之和)，得出平均利润0.333；按所费不变资本和可变资本之和计算的生产成本，两者相同，都是110；但按所用不变资本和可变资本之和分配到的利润，两者不同，一为80，一为40，因此，由生产成本和利润构成的生产价格，两者不同，一为190，一为150，都分别与其价值不同，发达国家资本有机构成高，其商品的生产价格高于价值(190>170)，落后国家的资

本有机构成低，其商品的生产价格低于价值(150＜170)，两种商品交换，生产价格相等时，价值就不等。这是广义的不平等交换。

现将狭义的不平等交换表解如下：

国家类别	所用不变资本	所费不变资本	可变资本	剩余价值	价值	生产成本	利润率	利润	生产价格
发达国家	140	50	100	20	170	150	0.333	80	230
落后国家	100	50	20	100	170	70	0.333	40	110
两国	240	100	120	120	340	220		120	240

所用概念和计算方法和前表相同，不必再说，要说的是内容上的不同。在前表，两国可变资本和剩余价值，都分别相等；在本表，两国可变资本和剩余价值，都分别不等，但可变资本和剩余价值之和，即工人创造的新价值，两国相等，都是120。这就是说，两国的工人有同样的劳动生产率，在相同的时间内创造出同量的价值(120)，但对这价值的分配，即可变资本和剩余价值在其中占的份额，两表不同。在前表，两国完全相同，即两国工资相等，剩余价值也相等，在本表，两国完全不同，即发达国家工资高，剩余价值低，落后国家工资低，剩余价值高，尽管两国分别的工资(即可变资本)和剩余价值之和相等。在这条件下，两国交换商品，生产价格相等时，价值就不等。这是狭义的不平等交换。

伊曼纽尔认为，这两种不平等交换，虽然都有剩余价值的国际转移，但两者有质的区别，只有由工资水平的差别而产生的剩余价值的国际转移，才是真正的不平等交换，亦即上述的狭义的不平等交换。他认为，这是因为广义的不平等交换，也可以发生在国内，这只要将两国看成是两种生产部门，就有这种现象发生。**在这里，他没有看到，一国之内，得失相抵，投下的劳动和实现的价值相等，**

国家之间，就不是这样。他认为，狭义的不平等交换，是由工资差别引起的，这种差别又是由历史上和制度上的因素造成的，只要劳动力在国家之间不能自由流动，这种差别，及其不平等交换，就不能消除。

以上是我对伊曼纽尔运用马克思的价值与生产价格在大多场合下有偏离，用以说明发达国家和落后国家交换中存在着不平等之理论的说明。但愿我的说明没有走样。

对于伊曼纽尔的理论，宋认为有缺点。他说：伊曼纽尔在他的论断中把工资的作用突出到决定一切，未免失之偏颇。问题是必须进一步阐明，工资水平本身由哪些因素决定？马克思在揭示资本主义劳动力商品的价值决定时指出："在比较国民工资时，必须考虑到决定劳动力的价值量的变化的一切因素：自然的和历史地发展起来的首要的生活必需品的价格和范围，工人的教育费，妇女劳动和儿童劳动的作用，劳动生产率，劳动的外延量和内含量。"① 此外，当考察对象涉及不同社会制度的国家或社会制度相同但生产力水平差异较大的国家的贸易时，决不要忽视生产关系的特点，更是不言而喻的。

"总之，伊曼纽尔的不平等交换模式，为了突出他的所谓的狭义的不平等交换，把国际平均利润率作为前提，这对于不同历史时期错综复杂的国际贸易关系来说，其局限性是无需多说的。从方法论角度来看，他的模式主要不足之处是未能在经济分析中突出强调生产关系这个因素，因而论述和论断难免失之偏颇，陷于片面。"②

---

① 《资本论》第1卷，第613页。

② 《世界经济文汇》1984年，第3期，第39页。

诚然，是存在这样的事实或宋视为的缺点。但是，这并不影响其理论的正确。何况从论述的结论中可以看到，伊曼纽尔是谈到工资差别的历史和制度原因的，只是没有具体论证。列宁在帝国主义论中，不也说资本输出，是由于那里的工资低，而不论证吗？

当然，我并不认为伊曼纽尔的理论一点缺点都没有。不是的。他第二个图表便是有缺陷的，那就是虽然所费不变资本两国相同，但所用不变资本两国都不相同。如上所述，外资在落后国家经营的石油业，所用不变资本应同发达国家的相同。如果我们将第二表的所用不变资本都改为120，即两国总和仍为240，也能得出相同的结论。

这可以表解如下：

国家类别	所用不变资本	所费不变资本	可变资本	剩余价值	价值	生产成本	利润率	利润	生产价格
发达国家	120	50	100	20	170	150	0.333	73.3	233.3
落后国家	120	50	20	100	170	70	0.333	46.7	116.7
两国	240	100	120	120	340	220		120	340

这样我们可以看出，两国所用和所费资本相同，同量劳动创造的价值相同，但由它分割为可变资本和剩余价值不同，结果生产价格在发达国家高于价值，在落后国家则低于价值。两者交换，生产价格相等，价值不等。“利用现代化的生产工具，而远远没有要求现代化的享受”，[①]说的就是这个意思。发达国家跨国公司在落后国家设的车间，雇用当地工人，资本的技术构成和发达国家的一样，工资却低得多，不就是这样的吗？这个严酷事实迫使我们进一

① 《现代化的问题》，1963年第2期。

步思考一些问题。

由于这样，伊曼纽尔就认为落后国家工资特别低，从这方面使资本有机构成低，资本在国家之间可以自由流动，国际生产价格形成，落后国家商品生产价格低于价值，发达国家则相反，两方交换，也是大量劳动交换小量劳动，贫国受富国剥削，因此主张落后国对出口商品要征税，以便截留一部分剩余价值。因种种原因，这办法没有实行。20 世纪 70 年代运用得较好的石油武器，在运用中存在分歧，削弱自己的力量。现在，假如加入 WTO，就更加无法截留了。

提出我提不出的问题:货币和地租的理论

坦率地说:马克思关于货币和地租理论的著作，我读过多遍，文章写过，专著也写过；但是，惭愧得很，宋读这些著作能提出问题，我就提不出问题。

关于货币理论，宋说:根据统计报表的数据，MV＝PQ(M:货币流通量；V:货币流通速度；P:物价水平；Q 或 T:商品和服务总量)，假设某一年 500 元×4＝2 元×1 000，经过一定时期后的某一年，1 500 元×4＝3 元×2 000。货币数量论者会说，物价水平从 2 元涨到 3 元，是由于流通中的货币量从 500 元增为 1 500 元；按照劳动价值论，商品价格之所以上涨的原因，在于单位货币所含劳动量减少了 50％(设商品所费劳动不变)，于是货币流通量的增加乃是适应于价格上升适应性地增加的结果。到底何者正确？假如这里论及的时间长达例如四五十年之久，我们可以通过对金币和其他商品生产的劳动生产率的变化，来实证地加以检验。那么，劳动价值论可能得到实践的支持。但是，假如流通的是纸币，鉴于我们理论分析时这样的用语:“假如流通的是金币会有的货币供给量”,由于无法在实践中找到,因而每单位纸币代表的金币无法确定,所以,这时的价格究竟是由纸币数量决定的,还是由纸币代表的抽象劳动决定的?答:两者都言之成理,但任一方无法驳倒对方。

我认为:“假如流通的是金币会有的供给量”,就是流通中的纸币总量的价值,取决于没有纸币流通时所必需的金币量的价值,如果相等就是价格标准不变,如果超过,就是价格标准降低,如果不足,就是价格标准扩大:这样,以货币的价格标准来表示商品的价格,后者的变化,就可以统一地以金币量或纸币数量来表示了。

宋继续说:“如果我们进一步思索,势必提出这样的问题:理论探索中构思的贮藏货币和蓄水池,在现实生活中,又是通过何种调节机制,使得贮藏货币成为流通工具进入商品交换的流通中的货币量恰好等于商品流通总金额所需要的货币量,不多也不少?”

“为了回答这个问题,我认为必须搞清楚,在这里扮演价值贮藏手段角色的贮藏货币是怎样界定的。按照《资本论》第1卷,第150页‘货币贮藏’的论述,在商品流通中作为交换媒介的货币从商品的买方转入卖方以后,假如,‘卖之后没有继之以买,货币就会停止流动。……于是货币硬化为贮藏货币,商品出售者成为货币贮藏者’。”

“然而,在现实生活中,当物物交换发展到以货币为交换媒介以后,当商品售卖者换得货币以后,在他转而买进所需商品以前,总有一段时间间隔,也就是货币总是作为贮藏货币暂时不参加流通,这段时间,可以是一秒钟、也可以是几天甚至一年或更长。在这场合,怎样界定贮藏货币以区别于参加流通的货币?当然,我们可以说,在M=PQ/V这个方程中M指的是参加流通的货币,因而贮藏货币是排除在外的,那么,M的数量是怎样决定的?假如我们回答:'M的数量是由PQ决定的',这并没回答我们这里提出的问题,即M是通过何种调节机制以使得M=PQ/V。从理论的逻辑推导来说,这种貌似有理的答案,实质上是寓结论于前提之中的循环推论或同义语反复,即先假定M=PQ/V,然后证明流进流出蓄水池的M之值在停止流动时,必将等于PQ/V之值,并没有阐明调节M流进流出的机制是什么。因为,除非计划经济中的计划长官,可以根据也是他安排的PQ之值,再假定V为已知,由此可以决定M之值(流通所必需的货币量),在市场经济中,成千上万群众各自自行其事,要使他们各自的MV相加之和恰好等于亿万种PQ之和,显然只能是神话。"[①]这个问题,我提不出,也无法解答。还是让下一代人来解答吧。

……

关于地租理论,宋说:"我发现,与价格持久地超过价值的垄断价格相联系的地租,马克思称之为'地租',而不是称之为'绝对地租'。事实上,马克思把这两种地租作了明确区分:'在任何情况下,这个由价值超过生产价格的余额产生的绝对地租,都只是农业剩余价值的一部分,都只是这个剩余价值到地租的转化,都只是土地所有者对这个剩余价值的攫取;正像级差地租的形成是由于超额利润转化为地租,是由于土地所有权在一般起调节作用的生产价格下对这个超额利润的攫取一样。这两个地租形式,是惟一正常的地租形式。除此之外,地租只能以真正垄断价格为基础,这种垄断价格既不是由商品的生产价格决定,也不是由商品的价值决

① 《现代西方经济学》,复旦大学出版社1988年版,第754～755页。

定，而是由购买者的需要和支付能力决定。’①”②

他又说：“我们可以把《资本论》第3卷第45章谈到的垄断、垄断价格及其与绝对地租和地租关系概括分类如下：

首先，地租可以划分为两大类三种形式：第一类，正常的地租，以价值规律为前提（这里是指价格的最高限是价值，因而属于自由竞争市场类型的产品）支付的地租，这包括两种形式，即级差地租与绝对地租。第二类，非正常地租，以价格持久地超过价值（因而属于垄断市场类型的产品）的垄断价格为基础所支付的地租，这种地租形式我建议简称为垄断地租，以区别于马克思所说的‘正常的地租形式’，特别是其中的绝对地租。

其次，按不同含义的垄断及其与相应的地租形式分类，可以分为两大类四种情况。

第一类，由于自然条件所产生的垄断，即由于自然界存在的生产要素的供给有限，以致必需使用这些要素才能生产出来的产品的供给量，与对它的需求量相对而言，持久地供不应求，因而价格持久地超过其价值。马克思举例的特殊美味的葡萄酒即其一例。这种产品的价格完全取决于购买者嗜好的强烈程度和支付能力。

此外，可以设想一种情况与上述性质相同。例如，一个与外界隔绝的岛国，与人们对农产品的需求相对而言，可耕地的数量相对不足，并且在可耕地上追加投资所需其他生产要素也不足，在这场合，农产品的价格将持久地超过其价值。

第二类，由于土地私有权造成的垄断，也可以称为人为的垄断以区别于上述的自然条件的垄断，即由于土地是地主私有的，农业

---

① 《资本论》第3卷，第861页。

② 《现代西方经济学》，复旦大学出版社1988年版，第430页。

资本家必须支付地租才能使用土地。马克思把这种原因引起的销售价格也称为垄断价格，但明确区分了两种情况：

一种情况是，只要付给某一数量的地租，地主愿意出租的土地的数量，从而农产品的供给量，可以适应需求的增加而增加，因而农产品的销售价格虽然持久地超过其生产价格，但不能超过其价值。这种垄断价格（生产价格＜垄断价格＜价值）支付的地租，即是马克思在地租理论史中独创地科学地论证的绝对地租。

另一种情况是，垄断价格也是由土地私有权引起的，但价格持久地超过其价值。这样的垄断价格支付的地租，马克思的用语是'地租'，即与惟一正常的两种地租形式——级差地租与绝对地租相区别的土地所有者从农业资本家手中攫取的超过平均利润的超额利润。在现实生活中，可以设想存在着这样一种情况，即，自然界存在的可耕地的数量本来是很充裕的，只是由于土地私有者为了攫取到高额地租，人为地限制出租的土地的数量，用马克思的话来说，'他不能增加或减少这个就业场所的绝对量，但能增加或减少市场上的土地量'。"①这样，土地私有权引起的人为的耕地不足，造成了农产品持久地供不应求，导致了农产品价格持久地超过其价值，产生了有别于级差地租和绝对地租的另一种地租形式，即以真正的垄断价格或普通意义上的垄断价格（垄断价格＞价值）为基础的地租。②

像这样分析和定义垄断价格，说明它同地租之关系详细的理论，是我从前没有见过的。

---

① 《资本论》第 3 卷，第 853 页。

② 以上参见：《现代西方经济学》，复旦大学出版社 1988 年版，第 431～433 页。

对我国改革的建议和看法[①]

宋有深厚的经济理论基础，又总是从中国的实际出发，提出一套逻辑严谨、言之有理有据的理论根据。

文章说：宋认为，我国的通货膨胀，基本上或主要是1985年以来，实施价格改革，有计划地逐步调高放开农副产品价格。矿产品价格以及一些原材料价格的结果，是(?)需求也过多引起的物价上涨，即使存在肯定是微不足道的。1988年，国家毅然决定价格改革“闯关”决策，是为了给国营企业运行机制的改革创造必要的市场条件，是高瞻远瞩十分正确的决策。

这里，笔者想说明一下：在计划经济体制时代，上述产品的价格是被压低的；其亏损则由国家财政补贴。一些高档消费品的价格则是抬高了的；其盈余作为国家财政收入，一部分用来补偿那些亏损的企业。换言之，压低和抬高部分互相抵消，亦即从全社会看，计划价格等于价值。这一点，苏联长期主管计划经济的沃兹涅辛斯基说得很清楚。因此，根据这原理，放开一些产品的价格，就不是物价水平上涨的原因。

笔者认为：随着中国从计划经济体制向市场经济体制的过渡，计划价格逐渐减少。从20世纪80年代中期开始，中国的物价水平有一段时期是逐渐高涨的。这期间消费物价指数的变动如表1所示。[②]

---

① 主要摘自《他被誉为“宋价格”》，载《现代市场经济周刊》1995年5月22日。

② 《中国统计年鉴》，中国统计出版社1992年版，第235页。

表 1　　消费物价指数表

（以上年为 100）

年份	1985	1986	1987	1988	1989	1990
指数	108.8	106.0	107.3	118.5	117.8	102.1

1985 年到 1990 年中国国民生产总值指数和货币发行指数的情况如表 2 所示。①

表 2　　国民生产总值指数(甲项)和货币供应量指数(乙项)对照

（以上年为 100）

年份	1985	1986	1987	1988	1989	1900
甲项	112.8	108.1	110.9	111.3	104.4	104.1
乙项	132.1	1 225.6	117.4	108.4	108.1	112.3

统计资料缺少关于货币流通速度的数据，但根据薛暮桥的说明，在这一时期，它是变化不大的，大体上是一年周转 5 次。假定货币流通速度不变，从上面两个数据就可以看出，货币供应量的增长，从发展趋势看，是明显超过国民生产总值的增长的，因此，就发生通货膨胀，就使纸币贬值，导致物价上涨。原因本来是很清楚的，但一经我们的经济学家解释，我觉得反而不清楚了。薛暮桥将这种情况描绘为“议论纷纷，似乎束手无策”。他们共同的方法论错误就是离开纸币供应量过多来谈论物价上涨。

我认为，我国这次物价上涨及对其原因的议论之多，很像 18 世纪末开始、英国因反对法国拿破仑战争、而滥发不兑现银行券厂

① 甲项见《中国经济年鉴》，中国经济管理出版社 1992 年版，第 31 页；乙项见《国际经济和社会统计提要》，中国经济管理出版社 1992 年版，第 293 页。

所引起的以黄金市场价格高于其造币厂价格为特征的物价上涨，对此，也是议论纷纷。李嘉图以一元论的纸币发行过多论，来说明问题。在我国则是薛暮桥以一元论的纸币发行过多论来解决问题。我同意薛的看法。对于改革，宋先生说得很客观：搞改革，办法很容易想出来，做起来困难万千。

为什么"知易"？因为第二次世界大战后 40 年来，西方发达国家和发展中国家提供了十分丰富和有用的成功经验，也有一些失误教训。为什么"行难"？因为社会主义国家搞改革，两头（最高决策者与少数熊彼特式企业家和工农群众）最积极，中间阻力很大。因为这是一场向各式各样"既得利益""革命"，包括金钱、名利、权力、意识形态、传统的"定见"或"范式"、生活习惯、思想方法以及灵魂深处的思想、感情等等。政府既是改革的推动者，又是改革的对象。

宋先生认为，一个社会的发展，从长期看经济决定政治，从中期看，经济和政始相互作用；从短期看，政治决定经济，政权决定政策。说到这一点，宋先生双目炯炯有神，十分肯定地强调自己的观点。

与价格双轨制配套的"双轨过渡"的过渡时期越短越好。因为，与价格双轨制配套的"双轨过渡"物资分配的计划内与计划外同时并存，提供了钱权交易的机会，使新中国成立之后几乎绝迹的行贿受贿、贪污腐化得以滋生，收入分配之极大不均，特别是极大的不均，源自极大的不公正，民愤大，人之常情。在这种形势下，本能地憎恨资本主义的同志，必然会有这样的想法，权衡利弊，"一收就死"总比"一放就活"、"一活就乱"好得多。于是，稳定第一，改革暂停。这样，社会主义搞改革出现了周期 5～7 年的"改革周期"：活而乱的繁荣阶段 3～4 年，稳定停滞的萧条阶段 2～3 年。

宋先生风趣地说，作为总结历史经验，让我们搞一次永远无法验证的纯逻辑游戏。假如把价格改革设计为15～20年，全面改革的双轨过渡时期必然长达最少20年。实践已经反复证明，长期生活在物价稳定、生活小康的人们，每调高一次价格，必然出现一次排队抢购，迫使决策者放慢价格改革步伐；农副产品与工业消费品相互推动螺旋上升表现出加速度通胀，迫使当局放慢价格改革步伐；消灭权钱交易的根本措施，惟有依靠全面改革到位，在此之前，只能采取应急措施，求助行政命令的老办法。这样，渐进价格改革与全面改革的关系成了两个变量相互牵制的恶性循环：前者走得慢，拖住了后者的大腿；反过来，后者被迫止步，拖住了前者的大腿。"改革周期"波动幅度可能很小，但周期次数反比例增加。

早在1985年春，宋先生就构思了一套以"菜篮子"工程作为价格改革突破口，配套进行企业改革和宏观调控体制的反"休克疗法"的激进改革方案，并预言，到20世纪90年代中国的价格改革基本完成。他的理论预言已在我国的改革实践中得到了证实。为此，宋承先教授的理论被称为"中国的重农学派"，而他本人则被学界尊称为"宋价格"。

在国际上颇享盛誉的当代经济学大师、诺贝尔经济学奖获得者M.弗里德曼(M. Frideman)在接受《经济学消息报》记者采访时曾说过：如果中国经济学家能在中国经济改革成功后描述出中国经济改革成功的全过程，中国是怎样获成功的及为什么能够成功，那么他可能获得诺贝尔奖。

宋承先教授独特、完整的中国经济思想，对中国现代经济学的学科建设产生了相当的影响。在即将出版的《经济学：中国特色的探索》中，宋先生提出了中国学派经济学的三大基本原理，在宏观经济学、发展经济学、过渡经济学、经济政治学等学科都有独到的见解。

虽然，宋已入古稀之年，他依然雄心勃勃、孜孜以求地为论述中国的经济改革并获取诺贝尔奖而努力。

没有结束的结束语

宋学长走了，他带着遗憾走了。

笔者作为他的学弟，写完本文也有遗憾。我虽然写了他既通西方经济学（他写了《西方经济学》），又通四卷《资本论》（他通马克思的经济理论，又写了《资本论》提要第4册），但是没有说明他如何沟通马克思的理论和瓦尔拉斯的理论，亦即未能说明本文开头语没有引用的"马克思经济学等价于瓦尔拉斯经济学，即《资本论》等价于一般均衡论的这一重大结论，被经济学术界称为MSW体系（即马克思—宋—瓦尔拉斯体系）"这一段。这当然不是由于疏忽，而是由于虽殚思竭虑，仍不了解为何有这一体系。

我按照提示，读了《现代西方经济学》中关于瓦尔拉斯一般均衡理论的论述，只觉得瓦尔拉斯的理论与马克思的再生产图式、与他在1868年7月11日致库格曼信中论述的社会劳动的分布决定商品的交换价值的理论、与他在《资本论》第3卷论述生产食物的农业劳动是决定社会劳动比例关系的起点的理论（因此是第二部类决定第一部类），以及与他在《剩余价值理论》（即《资本论》第4卷）中论述第二层含义社会必要劳动决定商品价值的理论相比，孰优孰劣，还要研究。由此就认为：《资本论》就等价于一般均衡理论，我是想不通的。《资本论》研究什么，大家都知道，集中到一点就是：剩余价值理论。那么，一般均衡理论呢？我实在不懂"等价于"是怎样产生的？"等价于"是货币与商品交换时结成的关系，表示在质相同上量的相等。那么，这里的"等价于"，其质的相同何在，量的相等又何在？

我说过宋的论述风格很像李嘉图。李嘉图出版其传世之作《政治经济学及赋税原理》时，估计在英国能读懂它的人，不超过25个。宋的论著有的我实在读不懂。MSW体系可能就是这样。那么，就等待他人，尤其是他的得意门生来评论吧！他们接过宋的衣钵，学习宋的道德文章，应该由他们继续写宋的学术思想。我坚信他们比我聪明得多，能完成此任务。

记得两年前，我参加全国《资本论》学会的年会，有人提出：马克思的经济理论能否吸收西方经济学的某些成果？一位著名经济学家回答说：西方经济学不能被马克思主义经济学吸收，因为有排异现象，云云。可是，我翻阅宋的《西方经济学》，发现他叙述古典经济学时，有机地论述马克思的经济理论，像是天衣无缝，这是当然的，因为古典经济学是马克思经济理论的来源；就是叙述当代西方经济学时，谈一些马克思的经济理论，也显得和谐。这就说明，这好像不存在互相排斥的问题。可惜宋再也不能参加这样的会议了。不然他的发言定会极大地启发我们。

斯人已逝，风范优存！

宋承先主要论著目录

一、主要著作

1.《马尔萨斯经济理论批判》,上海人民出版社 1955 年版。

2.《论重农主义》,上海人民出版社 1957 年版。

3.《资产阶级经济危机理论批判》,上海人民出版社 1962 年版。

4.《〈资本论〉提要第 4 册》,上海人民出版社 1983 年版。

5.《增长经济学》(合著),人民出版社 1982 年版。

6.《现代西方经济学》(微观经济学),复旦大学出版社 1988 年版。

7.《现代西方经济学》(宏观经济学),复旦大学出版社 1994 年版。

8.《现代西方经济学思潮》(主编),湖南人民出版社 1981 年版。

9.《西方经济学名著提要》(主编),江西人民出版社 1989 年版。

10.《过渡经济学与中国经济》,上海财经大学出版社 1996 年版。

二、主要论文

1.《关于马克思扩大再生产及生产资料优先增长原理的初步研究》,《复旦学报》1956 年第 2 期。

2.《关于纯粹流通费用的补偿问题》,《经济研究》1956 年第 6 期。

3.《关于纯粹流通费用中可变资本部分的补偿形式问题》,《学术月刊》1957 年第 5 期。

4.《关于"社会必要劳动时间"问题》,《学术月刊》1958 年第 4 期。

5.《西方资产阶级的经济危机理论》,《学术月刊》1961 年第 9 期。

6.《关于实现扩大再生产的基本条件问题》,《学术月刊》1962 年第 8 期。

7.《也谈我对生产力问题的两点认识》,《经济研究》1962 年第 8 期。

8.《凯恩斯主义与战后资本主义发展速度问题》,《复旦学报》1979 年第 4 期。

9.《关于生产力的两重性与生产发展动因的一点想法》,《学术月刊》1979 年第 8 期。

10.《关于扩大再生产平衡条件的三个公式》,《社会科学研究》1981年第3期。

11.《马克思国际价值理论初探》(上、中、下),《世界经济文汇》1984年第1、2、3期。

12.《垄断、垄断价格与绝对地租以及级差地租的实体与形式》,《学术月刊》1984年第12期。

13.《需求与社会必要劳动时间与市场价值》,《学术月刊》1985年第4期。

14.《简单再生产条件下Ⅰ(V+M)与ⅡACⅡBC的交换》,《复旦学报》1985年第4期。

15.《资本论中货币流通的表达问题》,《学术月刊》1985年第11期。

求实与创新相结合的经济学家

——巫宝三

◎ 朱家桢

一、两度入哈佛、回国从事科研

巫宝三(1905～1999)原名巫味苏,江苏省句容县人。1925 年入吴淞政治大学。1926 年冬该校停办。1927 年入南京中央大学,1930 年转入清华大学经济系,1932 年毕业,同年入南开大学经济学院，从事研究工作。1933年经同学汤象龙介绍，转入陶孟和先生主持的社会调查所（设在北平）。1934年随社会调查所并入中央研究院社会科学研究所。历任助理研究员、副研究员、研究员及南京中央大学兼职教授，直至1949年初。其间1936～1938年由中央研究院派赴美国留学，获哈佛大学硕士学位。1938～1939年在德国柏林大学进修。这期间与同在美国留学的孙家琇女士相识相恋。此时孙女士为国内抗日斗争的爱国激情所影响，决定放弃攻读博士学位，赶赴柏林，先与巫宝三结婚，然后一起回国参加抗日战争。而当时的德国警方，竟要求他们出示祖先非犹太血统的证明，才能结婚。巫宝三十分憎恨法西斯的无理要求，遂寻求中国使馆的帮助，绕开了这恼人的麻烦，终于在中国使馆内举行了婚礼。婚后蜜月就开始了匆匆的回国行程。先从意大利乘船至香港，再换乘人畜共处、门窗紧闭的闷罐车，经越南海防等地，历尽艰辛，终于到达中国抗战大后方的昆明。当时两人已身无分文，生活十分困难，靠变卖衣物度日。随后巫宝三找到了已迁昆明郊区农村的社会所，孙家琇亦到了位于昆明城边的西南联大任教。虽然安了家，但每天上班和回家，都要步行20多里田埂路，风雨无阻，颇为艰辛。后来孙家琇转到乐山的武汉大学任教，开始了两地分居。由于日本侵华战争的加剧，对大后方不断进行轰炸，人们就经常要"跑警报"。巫宝三上有年迈又跑不动的老母，下有出生不久体弱多病的女儿，既要上班工作，又要照护家人的生活和安全，担子是很沉重的。但巫宝三始终以坚强的意志，坚定抱着抗战必胜的信念。

历尽艰难的八年抗战，终于迎来了胜利。1946年巫宝三一家，随社会所迁回南京。1947～1948年巫宝三受罗氏基金会资助，再度赴美进修，完成博士学位论文《中国资本形成与消费支出

(1933)》,获哈佛大学博士学位。1948 年冬,巫宝三回到南京。当时国民党政府已处于风雨飘摇中。为了南逃,南京机关大搬迁,把中央和北平两图书馆珍藏的善本图书及故宫最精美的艺术品,都先后搬往台湾。对此,社会所以陶孟和先生为首,表示坚决反对,并于 1949 年 3 月 6 日在《大公报》上发表署名文章《搬回古物图书》,对搬迁行径,严辞斥责:“这些古物与图书,决不是属于任何人、任何党派”,“它们是属于国家的,属于整个民族的,属于一切的人民的”。同时坚决抗拒当局关于中央研究院全部迁往台湾的命令。陶孟和说:“朱家骅(当时是中研院院长)是我的学生,我可以顶他,他不会把我怎么样。”巫宝三则是坚决拥护陶先生的拒搬立场,积极参与护院护所,坚守岗位,等待解放。因此在整个解放过程中,社会所的图书资料等丝毫无损。当南京解放之次日,陈毅司令员布衣军服,带一个卫兵,来到社会所看望陶先生及全所人员。巫宝三回忆说,及至互道姓名,才知是陈总。

1950 年改组中央研究院及所属各研究所,成立了中国科学院,陶孟和任中国科学院副院长兼社会所所长,巫宝三任社会所副所长。为了适应新的形势,全所研究人员积极参加了华北革命大学的学习班,学习马列主义理论,改造思想。接着 1951 年巫宝三与全所研究人员一起参加了当时的农村土地改革和随后的知识分子思想改造运动。1952 年底社会所由南京迁到北京。陶孟和辞去兼所长的职务。1953 年起,社会所改名为经济所,由巫宝三任代所长。但是,对于这位党外代所长来说,要开展对现实经济问题的研究工作,简直是一筹莫展。因此他力主组织上派一位党员经济学家来领导研究所。对此,陶孟和亦深以为然。终于在 1954 年党员经济学家狄超白被任命为经济所代所长,巫宝三任副所长。

1956 年中国共产党开展整风运动,向党外人士征求意见,号召“大鸣大放”。1957年6月以北京大学经济系教授陈振汉为首，邀集北大经济系教授徐毓南、罗志如，经济研究所副所长巫宝三，邮电部副部长谷春帆，中国人民银行干部学校副校长宁嘉风等，一起研究讨论关于开展经济科学工作中存在的问题与意见。经反复讨论，三易其稿，写成《我们对于当前经济科学工作的一些意见》，进呈中央。其主要内容是：认为当前经济科学研究工作缺乏一些必要的条件，多数经济科学工作者脱离实际，无法接触并掌握实际的经济资料。业务部门的一些领导，不重视经济科学工作的作用，这种状况应当改变。同时认为对资产阶级经济学要深入研究，批判地吸取其可以利用的东西，反对一棍子打死的态度。对于马列主义经典著作，应采取实事求是地随着时代发展而不断发展的态度，反对一字一句照本背诵、转述的方法。不料这份“意见书”却招来了莫大的灾祸。陈振汉等四人被划为“资产阶级极右分子”，受到点名批判，并降职降薪，监督劳动。巫宝三虽未划为右派，但被撤销了副所长职务。与此同时，更意想不到的是，他的夫人孙家琇教授，因被别人盗用她的名字张贴大字报，而把她定为“右派”，这真是天大的冤枉。从此，巫宝三在政治上遭受不公正对待。直到打倒“四人帮”后，才获得政治上的解放。1980～1981年审判“四人帮”时，巫宝三被任命为中华人民共和国特别法庭审判员，参与了对“四人帮”的审判工作。

“文革”结束后，巫宝三自1979年起任经济研究所顾问，经济研究所学术委员会委员，《经济研究》编辑委员会委员、顾问，中国社会科学院经济所评审委员会委员，中国社会科学院研究生院教授、博士研究生导师，北京大学兼职教授；1978～1982年担任经济研究所经济思想史研究室主任。此外，还担任中国经济思想史学会名誉会长，中华外国经济学说研究会顾问，中国民主促进会第

四、五届中央委员，第六、七届中央常委，第二、三届中央参议委员会委员，第五、六、七届全国政协委员、北京市政协第五届委员、常委、副主席，第六届委员、常委等职。

二、开创中国国民所得理论

巫宝三从小生活在农村，因此从青年时代起，就很关注农村的经济问题。当 1926 年大革命浪潮澎湃发展，《东方杂志》开展关于农民状况调查的征文时，他应征发展了《句容农民状况调查》一文，对农村的阶级结构、土地占有、生产收入、各阶级的消费构成、农村的金融流通、农民的教育与农民组织等问题，进行了调查分析。对广大农民所受“摇脑袋之村长、走狗之办事员、惟钱势是视之劣绅土豪及作威作福之恶官污吏”的种种剥削与压迫，进行了大声的申斥，表现出他对农村经济问题的正确认知和敏锐的分析能力。进入 20 世纪 30 年代后，他更至力于中国农业经济问题和西方经济学说的研究。为了改善和发展中国的农村经济，在 30 年代前期，他对农村的合作社组织，进行了考察研究，特别是对农村信用合作社的现状与历史、利弊与存在问题，进行了深入细致的调查研究，提出了在城乡间实行资金融通，从组织合作社入手培植农民互助自助力量，以及如何利用已有银行的放贷组织、农业金融机构及合作银行等具有创见性的意见与建议。对于当时一批教育救国论者在定县农村开展的平民教育实验，他以一位经济学家的眼光，进行了实地考察。他在肯定平教会开展农村扫盲文字教育工作所取得的成绩的同时，指出：“我也不否认文字教育可以帮助农村各种兴革的发展”，但对于“中年男女农人”来说，“他们所渴求的是痛苦的解除和生活的改善”，“他们对于文字教育远不如实际生活问题之有兴趣”。因为在农村，“总的说来由于贫”，“现在中国农村的最重要的病态是贫，是无组织”。因此，他极力主张农民应组织起来，发展“合作社的组织，直接代表农民的经济利益”。对于平教会开展的农业生产改良与经营技术改进的工作，巫宝三指出，“一个科学家的看法，是如何增多生产，而一个经济学家的看法，则为如何增加得利”。他反对平教会以县为单位搞“自给自足的经济计划”，指出“现在社会经济结构到了交换经济阶段”，应打破自给自足的经济观念，大力提倡发展商品生产。他的这些意见和批评，表现了一位经济学家的卓越见识。接着，他于 1934 年 6 月在《东方杂志》上发表了《民国二十二年的中国农业经济》一文，对 1933 年中国农业的生产状况、农产品数量、成本价格、农民购买力、农村利息率及农民生活程度，一一进行了考察。对一年来造成农产品数量减少，价格下跌，农业生产成本增高，农民购买力下降，农村利息率增高，农民生活水平降低，从而形成农村经济愈凋敝，资金愈外流，利息愈增高的原因，进行了分析，并在此基础上提出了撤销粮食外运之禁令，加征外国粮食进口税，改善交通运输以减轻农产品运输成本；组织农村信用合作社，以提供农民低利贷款及废止扰民苛政等一系列有利于改善农村经济发展的意见，反映出他对农村经济现实的把握和洞察力。

巫宝三对西方经济学的研究，有很深的造诣。20 世纪 30 年代后期，他曾编译出版了美国 30 年代初通用的教科书《经济学概论》。他对此书不是单纯的文字翻译，一方面它压缩了关于美国经济制度方面过多的叙述；另一方面结合了中国经济的现实，是一部具有独创性的译著。此书当时为西南联大等校采用作教科书。1943 年他在英国《经济研究评论》上发表《预期储蓄与流动偏好》一文。这是一篇研究凯恩斯经济理论的力作。在 20 世纪 40 年代前期,巫宝三相继发表了《农业与经济变动》及关于农业经济问题的几篇论文(后编成《农业十篇》一书),其中《农业与经济变动》一文发表于清华大学《社会科学》第3卷第1期。该文是从落后的农业国经济的现实出发,对西方发达国家经济学界的农业经济理论进行分析并提出质疑的一篇极富创见性的论文。文章探讨了在农业国家(不同于发达的工业国)中,经济变动是如何发生的,分析了杰奉斯与谟尔的收成学说所提出的"农业丰收是成为发动经济繁荣的因素"的理论,指出它既不完全适合工业国家经济变动的实际,更不能在农业国家成立。文章进一步分析了经济变动中的弹性需求理论,认为这一理论也是从英美等发达工业国家立论的,而对于像中国、印度等农业国家来说,就并不适用。因为在不同农业国、不同对外贸易关系的情况下,农产品需求弹性有着种种差异,由此引起不同的经济变动。归根结底是取决于各国经济结构的不同。文章还探讨了需求弹性的变动问题,指出汉森教授的有关论点,对发达的工业化国家是真实的,但对中国、印度等农业国则不适用。文章最后批评了凯恩斯关于经济兴衰发动于农产物存积周期的论点,但赞同熊彼得的"在一个前资本主义社会所包含的资本主义部分愈小,则资本主义过程中,特殊变动所产生的影响愈小,而外来因素则成为经济变动的主因"的观点。该文以富于理论性创见而获得中央研究院杨铨社会科学研究奖。

巫宝三在研究西方经济理论时,不是作一般的介绍和阐述,而是十分注重联系中国经济的实际。这是他的研究思想的一个特点和优点。在他研究农业经济和总量分析的经济理论时,联系到中国经济的实际,发觉中国经济中存在两个突出的现实问题:一是在中国经济中,农业生产占有极为重要的地位;二是要使中国经济发展,就要大量投资,而这些投资,必须从每年的国民生产中减去消费部分以后，才能获得。因此，为了研究这个问题，就必须进一步研究中国的国民生产(国民收入)有多少？农工商等各业在其中各占比重是多少？国民生产总额中用作消费部分有多少？剩下可用作投资部分有多少等等。弄清这些国民经济的基本问题和数据，对于研究和制定中国财政经济的发展计划以及国民经济各方面作进一步的研究，都具有头等重要的意义。但是要进行这样的研究，就需要详细占有每个经济部门的材料，这对于统计资料完备的现代国家来说，体现国民所得概念的国民生产总值(GNP)和国内生产总值(GDP)的计算，已是政府部门的一项经常工作。然而对于统计资料极端缺乏和凌乱的20世纪30年代的中国来说，国民所得的估计，是一个十分棘手的难题，在当时的社会科学界，则更是一个没有开发的课题。巫宝三为了开创这项研究，从20世纪30年代末就着手进行筹划。首先是对国民所得概念的厘定和理论的阐发，进行深入的探讨，然后与汪馥荪(敬虞)、章季闳(有义)等五位研究人员一起，对中国国民所得的实况，进行前所未有的精密测量，于1945年完成《中国国民所得(1933)》(上、下两册)，被列为中央研究院社会科学研究丛刊之一，于1947年由中华书局出版。这是我国第一次对国民所得作出的较为详备的研究，也是我国在这方面的第一部著作。得到国内外的高度重视和好评。美国哈佛大学费正清教授认为，此书“是对中国国民所得现有的最详备的估计”。联合国1948年出版的《各国1938～1947年国民所得的统计》中的中国部分，介绍并引用了此书。巫宝三在完成此书的前后，还撰写了《国民所得概论》(正中书局1945年)、《中国国民所得估计方法论稿》(华西大学《经济学报》第1卷第1期，1944年)、《国民所得与国际收支》(哈佛大学《经济学季刊》(1946年)、《中国国民所得的一个新估计》(芝加哥大学《政治经济学杂志》(1946

年)、《中国国民所得:1933 修正》(《社会科学杂志》第 9 卷第 2 期,1947 年)、《中国国民所得 1933、1936、1946》(《社会科学杂志》第 9 卷第 2 期,1947 年)等一系列有关研究国民所得的著作和论文。同时他还与汪馥荪先生合作写成《抗日战争前中国的工业生产和就业》一文,发表于英国《经济学季刊》(Economic Journal)1946 年 9 月第 223 期上。该文在当时有关资料十分缺乏和凌乱的情况下,以极大的努力,克服种种困难,对中国的工业生产和就业状况做出了相应的估计和测算,并与英、德、美三国的工业生产和分配状况进行了比较分析。20 世纪 90 年代末,日本学者久保亨和牧野文夫两位教授对此评价说:该文“从总体上把握近现代中国经济的发展过程,特别是为探讨民国时期(1912~1949)中国工业的生产规模及其结构而进行的必要的基础工作”,“是一项令人惊叹的成果”。此外,巫宝三又根据抗战胜利后的一些新材料,估算了 1946 年的中国国民所得,得出的结论是:南京政府在八年抗战之后,又掀起内战,工农业生产继续遭到破坏,导致了经济衰落,投资成为负数,整个国民经济连简单再生产也不能维持。据此,他在上海《大公报》上发表了《消蚀的经济》一文,揭露南京政府经济崩溃的情形。解放前巫宝三对国民所得的一系列研究,在理论和实际方面,都是做出了重要贡献的。

三、推动中国经济思想史研究进入新阶段

新中国建立后,巫宝三积极学习马克思主义理论,努力用马克思主义理论指导自己的研究工作。但是,在 1957 年的“反右”运动后,他在政治上受到不公正对待,直接影响到他对新中国现实经济问题的研究,使他不得不转变研究方向。当时他感到中国经济思

想史这个领域，一向少为人们注意，在世界经济思想学说史中，中国经济思想史是个空白。这与我国悠久丰富的思想文化遗产的状况是极不相称的。他认为，整理和研究中国经济思想史，也是社会主义思想文化建设中的一项重要任务，因此，下决心为实现这个任务而贡献自己的精力。从此，他中止了国民所得的研究，转入到中国经济思想史的研究。这个转变，对研究对象来说，是个大改变。但由于他过去在研究工作中，一向重视经济理论结合中国的经济问题，并且对中国文化素有浓厚的兴趣和良好的素质功底，因此，实现这个转变，亦比较自然。

巫宝三认为，在现有的经济学说史或经济思想史中，其古代部分，只限于希腊、罗马和西欧，而没有古代东方国家，如印度和中国部分，这显然是个很大缺陷。这个缺陷的产生，就中国来说，主要是由于我们对本国自古代到近代的经济思想，没有作出充分和深入的研究，并提出相应的研究成果，使一般经济学说史的研究者，可以有根据来阐述中国在经济思想史发展方面的贡献。因此，我国的经济思想史研究者的一个重要任务，就在于要从中国保存的丰富的古代文献(这是世界各国罕有的)中，发掘经济思想，用来丰富世界经济思想史的内容。这是一项十分艰巨而繁重的工作。它首先需要广泛深入地研究古代文献，从中掌握第一手思想史资料。然后要在掌握资料的基础上，对各种经济思想、范畴和有关思想家的经济思想，逐个进行专题研究，对史料进行理论分析，并通过充分的讨论，提出具有说服力的论断。而要做到这一点，还需要与西方经济思想进行比较研究，从中总结出我国各历史阶段经济思想的特点及其体系。巫宝三认为，要进行这样的研究，不仅要正确认识经济思想的内容，而且还要有一套研究的具体方法。基于他对古今中外经济思想的深刻了解和认知，提出了研究经济思想应包括的三个方面的内容的观点，即一是作为经济思想基础或出发点的哲学思想；二是对于各种经济问题的见解、主张和政策方案；三是对各种经济现象和问题内在、外在关系的分析。他认为一个大经济学家的经济学说，常常包含了这三个方面。如亚当·期密的经济学说，既有以道德哲学作为它出发点的哲学思想，又有对于资本主义经济体制成因和各种关系的理论分析，还有由此而得出的经济自由主义的各种经济政策处方。但一般思想家的经济思想，则往往着重于表述经济思想的一个或两个方面。在近代是如此，在古代更为显著。如近代的数理经济学家，他们既不说明其经济分析所源出的基本思想，也不提出据以分析所作出的政策意见，而仅仅是对经济现象和问题本身内在和外在的关系作分析和说明。在古代，经济思想还没有成长为独立学科，往往附属于哲学、政治、伦理等基本思想中，因此在研究古代经济思想时，同时研究它所源出的哲学、政治、伦理等基本思想是非常必要的。巫宝三的这一观点是他长期从事经济思想研究所得出的体验和总结。它对于进一步深化经济思想的研究，在理论和实践上，都是很有意义的。在这一基本思想的指导下，他还提出了一套研究经济思想史的具体方法，这就是：首先从编辑经济思想资料入手，目的在于掌握第一手材料。在此基础上，再进行各个专题的研究，以便对不同思想家的不同经济思想，逐个进行深入探讨，然后再进行综合的系统的研究，写成各个历史时代的专著。根据这一基本设想，他在 20 世纪 50 年代就对鸦片战争前后这个时期的经济思想和经济政策的资料，进行了选编，并在此基础上，对一些思想家的经济思想进行了简略的论述，写成《中国近代经济思想与政策资料选辑（1840～1864）》一书，于 1959 年出版。这是新中国成立后，第一部有关研究中国经济思想史的著作。它把学习运用马克思主义理论和进行扎实的材料搜集、整理工作结合起来，为在新的基础上开展中国经济思想史的研究工作，提供了一个重要的出发点。但是，巫宝三认为，这部著作的出版，对研究中国经济思想史来说，还仅仅是个初试和起步，像中国这样一个曾经历了长期封建社会的国家，封建的思想文化，在两千多年前的先秦时代，就有过灿烂的发展历史，以后各个时代的思想学说，主要是对先秦时代的继承和发展，如果不对先秦经济思想进行充分和深入的研究，以后各个时代的研究，就缺乏基础。因此，中国经济思想史的研究，应从先秦时代开始，由古及今，循序展开。为此，他积极倡导和组织了中国社会科学院经济研究所和中国人民大学、北京师范大学、南开大学、杭州大学、安徽大学、广东省社会科学院、河南省社会科学院、云南民族学院等有关单位的学者，成立了中国经济思想史著作编写组，着手编写资料、论文和专著三种著作。首先是收集和注译古籍中有关经济思想史的资料，编写出一套从先秦到清代的多卷本《中国经济思想史资料选辑》，在此基础上，深入开展专题研究，写出一系列专题研究论文，为撰写专著提供扎实的基础。自 1985 年以来，编写组相继编写出版了《中国经济思想史资料选辑》先秦卷、两汉卷、隋唐卷、宋元卷、明清卷共 5 卷 6 册；《古希腊、罗马经济思想资料选辑》和《欧洲中世纪经济思想资料选辑》各 1 卷；专题论文集《中国经济思想史论》和专著《先秦经济思想史》各 1 卷。除了上述编写组的集体性研究论著外，巫宝三还对中国古代的重要经济思想著作《管子》一书进行了系统的研究，写成了《管子经济思想研究》一书，于 1989 年由中国社会科学出版社出版。此外，他还在各种学术刊物上发表有关中国经济思想史研究的论文数十篇。这些研究论著累计达 400 多万字。它为推动中国经济思想史这门古老而又年轻的学科的发展，做出了重要的贡献。

四、求实与创新的学者风范

巫宝三治学严肃认真，实事求是，坚持探求真理，不随声附和。他的治学精神，体现了求实精神与创新精神的结合。他认为创新是科学研究的生命，没有新发现、新见解，科学研究就停滞了。但创新必须建立在求实的基础上，必须是实事求是的，才能站得住，才会有说服力。本着这种精神，他对学术界某些尚待解决的问题，总是抱着实事求是的态度，进一步作深入的探究，提出自己的新见解和新的论证。如对《管子》一书的研究，一方面他深入探索《管子》原著的原意；另一方面博览前人的研究成果，审慎地进行比较鉴别，在此基上提出自己的见解。如一些学者根据《侈靡篇》中"末事起，不侈，本事不得立"，断言其为重侈与重商思想。巫宝三认为，《管子》一书以重本立论，《侈靡篇》亦是以重农为主旨的。文中"不侈"应作"丕侈"解，就完全符合其重农主旨了。对于《侈靡篇》中侈靡与主俭并存的现象，一些学者认为两者是矛盾的，巫宝三认为，它论述的是在不同情形下的统治阶级的消费政策，两者并不矛盾。对于《侈靡篇》中关于消费对生产反作用的论述，巫宝三给予了高度的评价，认为这是超出了所有古代思想家的独到之处，是对古代消费理论的突出贡献。

对于《轻重篇》，学术界有一种比较流行的观点，认为它是主张君主运用货币和价格政策控制全国的货币和物资去牟利，是代表了商人阶级的本性。巫宝三认为，《轻重篇》所主张的趋向和目的，是旨在把商品货币经济纳入封建主义轨道，用以巩固封建生产方式和封建统治，并非是为了发展商业、奖励商人和积累商业资本。相反，它是以排斥富商大贾，为强化封建统治服务的。因此，它既非重商主义，亦不代表商人阶级本性。

关于《轻重篇》中提出的“币轻”、“币重”的理论，近几十年来，不少学者都把它与16世纪以后，法英出现的货币数量说相比拟。巫宝三在作了深入的比较辨析后指出，《轻重篇》所说的数量，不是货币数量说所说的数量，而是影响商品货币交换价值的供求数量。因此，它不是货币数量说所意味的货币价值论，而是在一定的货币流通数量条件下，由货币供求关系所决定的理论。

巫宝三对《管子》中提出的“相地而衰征”的租税政策高度重视，认为它在理论和实践上都具有划时代的意义，它比史学界广为重视的“初税亩”要早半个多世纪。它不但包含了租税负担公平的原则，而且还包含了级差地租的原理，在经济理论上有重要意义。此外，在分配关系方面，《管子》提出的“富上足下”的原则和“食民有率”即直接生产者保有必要产品的最低比率的思想，在古代经济思想中，亦是少见的卓越思想。

关于《轻重篇》的成书年代，学术界的分歧很大。巫宝三认为，各种见解，都有史实为据，各有所是，亦各有所非。但以《轻重篇》与《韩非子》的文体、用词和概念等方面作比较，以及该书对西汉时期私铸盗钱这一当时重大的经济问题全无反映等情况来看，《轻重篇》很可能是成书于战国末至秦初的韩非子学派之手。

巫宝三在学术上提出的许多新见解，都体现了他的创新和求实相结合的精神，这一精神也体现在由他发起组成的中国经济思想史著作编写组的学术活动中。正如他在《先秦经济思想史》一书的“编著说明”中所说，该书“在保持全书的整体性和在主要论点上的一致性”的同时，“提倡各自提出新的见解和研究性成果，可以有不同的写作风格，论点亦不强求一律”。这充分体现了他既提倡严肃认真、实事求是的治学精神，又尊重个人学术思想自由的学者风范。

巫宝三在经济思想史的研究工作中，一贯提倡对中西经济思想作比较研究。他在《中西古代经济思想比较绪论》一文中指出，对中西经济思想作比较研究，其目的在于阐明两者的共性与各自的特点，尤其是后者。为此，文章以中国的西周至战国时期(前11世纪至前221年)与古希腊、罗马(前12世纪荷马时代至前5世纪罗马帝国灭亡)作比较，分析了两者在社会经济发展和经济思想方面的异同，并着重分析了古代中国所特有的经济思想，如对封建经济问题的理论分析以及封建主义的功利思想、租赋思想、富国思想等。它既分析鉴别了彼此的异同，又充分论述了中国经济思想的特点及其体系，从而丰富了经济学说通史的内容，把经济思想史这门学科的研究，在广度和深度上推向前进。

对于如何看待西方经济理论的问题，巫宝三有他一贯的主张。他过去是研究西方经济理论的，解放后也做过一些介绍和批判西方经济理论的工作，如60年代初，参加编写大学教材《经济计量学》、《福利经济学》等。他认为对于西方经济理论，既要批判其谬误和庸俗的东西，也要吸取其中合理的有价值的因素。马克思就是在研究、批判和吸取前人的思想理论基础上，创立起自己的学说和最好典范。当前在新的历史条件下，批判地吸取西方经济理论中有用的因素，对进一步发展马克思主义理论和适应经济改革与社会主义经济理论建设的需要，都是有必要的。他的这一观点，在《经济研究》1981年第8期上发表后，在经济理论界产生了广泛的影响和认同。

巫宝三先生是我国老一代著名经济学家。他学贯中西，是中国经济思想史研究新阶段的开拓者之一。他热爱祖国，热爱所从事的学术事业，不计名利，不尚虚荣，脚踏实地，潜心于学术，直至耄耋之年，仍孜孜不倦地工作，以自己渊博的知识，优良的学风和高尚的品德，教育培养了一批又一批的硕士和博士研究生，为国家造就有用人才和弘扬祖国文化而贡献了毕生精力。他的道德文章是永远值得人们怀念的。

（2004 年 10 月 17 日于北京）

巫宝三主要著译书目

一、专著、译著

1.《中国粮食对外贸易,其地位、趋势及变迁(1912~1931)》,“国防设计委员会参考资料”第二号,1934年2月,南京。

2.《农业经济学》(翻译),奥伯利昂著,商务印书馆1935年,上海。

3.《福建省粮食之运销》(与张之毅合著),“社会科学研究所丛刊”第11种,商务印书馆,1937年,上海。

4.《经济学概论》(大学丛书)(与杜俊东合译),商务印书馆,1937年,上海。

5.《农业贷款与货币政策》,“社会科学研究所社会经济问题小丛书”第2种,1940年8月,昆明。

6.《战时物价之变动及其对策》,“社会科学研究所社会经济问题小丛书”第5种,商务印书馆,1942年,重庆。

7.《农业十篇》(与汤佩松合著),独立出版社,1943年,重庆。

8.《国民所得概论》,正中书局1945年2月,重庆。

9.《中国国民所得,1993》二卷(主编),“社会科学研究所丛刊”第25种,中华书局,1947年,上海。

10.《中国近代经济思想与经济政策资料选辑(1840~1864)》(与冯泽、吴朝林合编),科学出版社,1959年,北京。

11.《用商品生产商品》(世界名著,翻译),斯拉法著,商务印书馆,1963年第1版,1991年第3版,北京。

12.《经济计量学》(《当代资产阶级经济学说》第4册)(与孙世铮、胡代光合著),商务印书馆,1964年,北京。

13.《中国经济思想史资料选辑》(主编)先秦卷二册,1985年;两汉卷,1988年;三国至隋唐卷,1992年;宋金元卷,1996年;明清卷,1990年。中国社会科学出版社,北京。

14.《管子经济思想研究》,中国社会科学出版社,1989年,北京。

15.《经济问题与经济思想史论文集》,山西经济出版社,1995年。

16.《古希腊、罗马经济思想资料选辑》(主编),商务印书馆,1990年,北京。

17.《西欧中世纪经济思想资料选辑》(主编),商务印书馆,1998年,北京。

18.《先秦经济思想史》(主编),中国社会科学出版社,1996年,北京。

二、论文

1.《句容农民状况调查》,《东方杂志》第24卷第16号,1927年8月,上海。

2.《论银借款之不利与不必要》,《大公报》1931年2月20日。

3.《我国银本位币制之实行》,《大公报·经济周刊》1933年3月15日,天津。

4.《河北省农村信用合作社放款之考察》,《社会科学杂志》第5卷第1期,1934年3月,北平。

5.《定县主义论》,《独立评论》第96号,1934年4月,北平。

6.《民国二十二年的中国农业经济》,《东方杂志》第31卷第11期,1934年6月,上海。

7.《乡村人口问题》,《独立评论》第134号,1934年12月,北平。

8.《察绥晋旅行观感》,《独立评论》第196、197号,1935年1月,北平。

9.《王同春开发河套轶记》附记,《禹贡》第4卷第7期,1935年10月,北平。

10.《我国农业政策之商榷》,《新经济》第3卷第8期,1940年10月,北平。

11.《论我国人口与经济进步》,《今日评论》第4卷第10期,1940年9月,昆明。

12.《论农村人口过剩》,《中央日报》副刊《人文科学》第4期,1941年1月,昆明。

13.《农业与经济变动》,清华大学《社会科学》第 3 卷第 1 期,1941 年,昆明。

14.《论目前的货币、物价与生产》,《时事类编》等第 64、65 期,1941 年 7 月,重庆。

15.《我国银行信用膨胀问题的商榷》,《金融知识》第 1 卷 3 期,1942 年 5 月,重庆。

16.《论我国农业金融制度与货币政策》,《金融知识》第 1 卷第 4 月,1942 年 7 月,重庆。

17. *Food Problem in War-Time China*, Pacific Affairs, Vol, 15. No. 3 1942, Sept, N. Y. U. S. A. 即《我国战时的粮食问题》,《太平洋事务杂志》第 15 卷第 3 期,1942 年 9 月,美国纽约。

18.《战时工资变动》(与桑恒康合撰),《人文科学学报》第 1 卷第 2 期,1942 年 12 月,昆明。

19.《平均地权与地尽其利及其实行》,《经济建设季刊》第 1 卷第 3 期,1943 年 1 月,重庆。

20. *Ex-ante Saving and Liguidity Prefrence*, Review of Economic Studies 1943 Winter, London, 即《预期储蓄与灵活性偏好》,《经济研究评论》杂志,1943 年冬季号,英国伦敦。

21.《中国国民所得估计方法论稿》,华西大学《经济学报》第 1 卷第 1 期,1944 年,成都。

22. International Payments in National Income, Quarterly Journal of Economics, Vol. 60, No. 2, 1946, Feb. U. S. A. 即《国民所得中的国际收支》哈佛大学《经济学季刊》第 60 卷第 2 期,1946 年 2 月,美国。

23. *A New Estimate of China's National Income*, Journal of Political Econcmy, 1946, Dec. U. S. A. 即《中国国民所得的一个新估计》,芝加哥大学《政治经济杂志》,1946 年 12 月,美国。

24.《中国国民所得(1933 修正)》,《社会科学杂志》第 9 卷第 2 期,1947 年 12 月,南京。

25.《中国国民所得(1933,1936,1946)》,《社会科学杂志》第9卷第2期,1947年12月,南京。

26.《现行外汇政策必须改变》,《世纪评论》第1卷第1期,1947年,南京。

27.《论九万三千亿大预算》,《世纪评论》第1卷第6期,1947年,南京。

28.《假如有十亿美元借款就可以改变币制了吗?》,《世纪评论》第2卷第16期,南京。

29.《消蚀的经济》,《大公报》《星期论文》,1947年10月12日,上海。

30.《新中国物价稳定的过程》(与萧步才、胡积德合撰),《新建设》1953年第7期,北京。

31.《关于我国过渡时期经济法则的作用的几个问题》,《经济研究》1955年第2期,北京。

32.《当代"福利国家"谬论的渊源和性质》,《经济研究》1963年第3期,北京。

33.《现代资产阶级福利经济学说和福利国家的几个方面》,《新建设》1964年第4期,北京。

34.《〈侈靡篇〉的经济思想和写作时代》,《经济研究所集刊》第1集,1979年又载《中国社会科学》1980年第5期,北京。

35.《关于物质生产和非物质生产问题》,《科研简报》第6期,1981年7月,中国社会科学院经济研究所,北京,又载《经济学动态》1985年第6期,于光远:《孙冶方同志1981年给我的一封信》一文附录。

36.《经济思想史的学科建设亟须加强》,《经济研究》1981年第8期,北京。

37.《谈谈研究中国早期经济思想的意义、现状和前景》,《经济研究》1982年第8期,北京。

38.《管子乘马篇经济思想研究》北京师范大学经济系《经济学集刊》(2)1982年5月,北京。

39.《经济思想史研究的对象、方法和意义——经济思想史研究的回顾和前瞻》,《经济思想史论文集》(纪念陈岱孙教授任教 55 周年),北京大学出版社,1982 年 8 月,北京。

40.《中西古代经济思想比较研究绪论》,《经济理论与经济史论文集》(纪念赵迺传教授从事学术活动 56 周年),北京大学出版社,1982 年 8 月,北京。

41.《学习"必须加强经济科学和管理科学的研究和应用"方针政策的一点体会》,《经济研究》1982 年第 12 期,北京。

42. *On the Significance, Present Situation and the Prospect of the Study of Early Chinese Economic Thought* ,Social Sciences in China ,Vol. 4,No. 2, 1983,Feb,Beijing。

43.《"轻重"各篇的经济思想体系问题》,《经济科学》1983 年第 2、3 期,北京。

44.《轻重 16 篇的成书时代问题》,《南开经济研究所季刊》1983 年第 4 期,天津。

45.《管子轻重学说的渊源、基本思想和基本概念》,《经济研究所集刊》第 7 集 1984 年,北京。

46.《谈中国古代经济思想史研究的几个问题》,《南开经济研究所集刊》1984 年第 2 期,天津。

47.《先秦租赋思想的探讨》载《中国经济思想史论》人民出版社,1985 年 2 月,北京。

48.《西方福利经济学述评》序,商务印书馆,1985 年,北京。

49.《对"七五"计划的意见——关键在于严格执行》,《群言》1986 年第 1 期,北京。

50.《"度地"篇和"地员"篇对于发展农业生产力的意义及其农学思想渊源》,《中国经济史研究》1986 年第 1 期,北京。

51.《管子的货币、价格学说和政策》,《经济研究所集刊》第 8 集 1986 年,北京。

52.《管子研究小识》,《管子学刊》创刊号 1987 年 8 月,山东淄博。

53.《严格控制计划外投资必须采取立法措施》,《群言》1987 年第 5 期,北京。

54.《政治经济学原理的历史考察》序,《贵州社会科学》1987 年第 7 期,贵阳。

55.《三峡工程在"经济上是合理的"吗?》,《群言》1988 年第 6 期,北京。

56.《庄子的经济思想》,《北京社会科学》1989 年第 3 期,北京。

57.《中国古代经济思想对法国重农学派经济学说的影响问题的考释》,《中国经济史研究》1989 年第 1 期,北京。

58.《孙武、孙膑的经济思想》,《管子学刊》1989 年第 3 期,山东淄博。

59.《国蓄篇经济思想研究》,《平准》第 2 集 1990 年 3 月,北京。

60.《中国经济思想史研究展望》,《经济研究》1990 年第 4 期。

61.《改善大中型企业经营管理造就社会主义企业家》,《民主》1990 年第 4 期,北京。

62.《古代希腊、罗马经济思想资料选辑》序,商务印书馆,1990 年,北京。

63.《中国思想史研究的几个主要方面及其意义》,《中国经济史研究》1991 年第 1 期,北京。

64.《先秦经济思想史》导论,中国社会科学出版社,1996 年,北京。

65.《中国古代经济分析论著述要》,《中国社会科学院研究生院学报》1992 年第 1 期,北京。

66.《繁荣社会科学非常重要》,《中国社会科学院通讯》第 28 期 1992 年 11 月,北京。

67.《纪念孙冶方同志》,《经济研究》1993 年第 4 期,北京。

68.《管仲"相地而衰征"的历史意义和理论贡献》,《河南师范大学学报》1993 年第 3 期,河南新乡,又载《齐文化纵论》华龄出版社,1993 年,北京。

69.《纪念招商局成立 120 周年学术研讨会论文集》序,1994 年,深圳。

70.《简论中国经济思想史研究的三个主要方面》,载《东亚地区社会经济思想与现代化研讨会论文集》,1994 年,北京。

71.《纪念我国著名社会学家和社会经济研究事业的开拓者陶孟和先生(1888~1960)》,《近代中国》,1995 年,上海。

72.《试释关于唐代丝织业商人的一则史料》,《中国经济史研究》1996 年第 2 期,北京。

73.《唐代重商思想的兴起》,《中国经济史研究》1997 年第 3 期,北京。

74.《中国古代地租和田赋思想的演进》,《南京社会科学》1998 年第 8 期,南京。

中国经济史学家

——张国辉

◎ 陈争平

一、张国辉先生生平

张国辉先生1922年10月出生于浙江省温州市一个教师之家，少年时代是在敌寇入侵、国难当头、人民颠沛流离的艰难岁月里成长起来的。1942年夏，他毕业于浙江省立温州中学高中部，恰逢日本侵略军侵扰浙东，金华、温州、台州先后陷落，同学们因而不能继续升学。1943年春，张国辉通过紧张的竞争考入国立东南联合大学，在战乱年月中获得了宝贵的大学学习机会。1943年秋，东南联合大学又奉教育部命令，并入设在浙江云和的国立英士大学。张国辉在英士大学主攻经济学专业，他当年做出这一选择的主要原因一方面是有感于经济学科本身的魅力，更重要的是认识到近代中国之所以总是受列强欺凌，与中国的贫穷落后有关，希望用经济学知识为祖国的富强做贡献。1944年6月日军再次侵扰浙东，英士大学提前放假，张国辉只好休学在偏僻乡村一所学校里任教，直至抗战胜利后才得以重返大学学习，1948年毕业于英士大学法学院经济系。张国辉回忆动荡多变的大学学习生涯时，曾感慨地说："在国家民族多难的岁月里，我们那一代大学生大多数在思想上少一些彩色的憧憬，多了一点应付颠沛流离生活的实际能力，这是时代的赐予"。①

张国辉先生从青年时代起，就努力将所学经济学知识应用于民族经济的发展，坚持走理论与实际紧密结合之路，立志于中国经济研究，其后虽历经动乱而矢志不移。他大学毕业时正值国民党政府面临土崩瓦解的前夕，多数大学毕业生就业非常困难，他也一度深感报国无门，后来在一偶然的机会下以毕业论文作自荐书在中央水产试验所水产经济系找到了一份工作，分工在沪东一带从事渔村经济的调查研究。

中华人民共和国成立后，张国辉为了在新时代里更好地从事中国经济的研究，经夏鼐先生的介绍，向中国科学院社会研究所

---

① 国务院学位委员会办公室编：《中国社会科学家自述》，上海教育出版社 1997年版，第174页。

(现中国社会科学院经济研究所的前身)寄去几篇他在上海工作期间写成、发表在上海《大公报》的文章,希望调往该所工作。当时中国科学院副院长兼社会研究所所长陶履恭(字孟和,以字行)一向认为真正的科学不能只建立在推理上,只有注重社会事实的调查研究,强调用归纳方法对事实作系统的研究,曾培养了张培刚、巫宝三、严中平、梁方仲、汪敬虞、章有义等一批很有才华、富有创新精神的研究人员。他看了张国辉的文章后也很赞赏作者的文才和学风,同意接纳张国辉进所。1950年3月,张国辉毅然放弃原先工资待遇较高的工作,来到北京进入中国科学院社会研究所工作。

张国辉调进中国科学院社会所后不久,即奉命前往河北、江苏等地从事社会经济调查,主要从事"工业企业的工资问题"和"个体手工业"等方面的调研。他当时陈年累月深入工厂、街道和乡村基层,进行扎扎实实地社会调查工作,在完成调查报告的同时,还在《光明日报》(1950年12月16日)和《经济周报》(1952年第二期》上发表了《天津工业发展过程的分析》(曾被收入陶大镛编的《新经济论丛》)、《两年来无锡市工业发展的分析》(其中部分材料被陈真主编的《中国近代工业史资料》所摘录)。张国辉所做的工作受到陶孟和的支持,陶老曾在所里会议上表扬了张国辉的工作成绩。1952年后陶孟和已不再兼任所长,不久中国科学院社会研究所改组为经济研究所,所里的研究工作方向有较大变化,社会学专业研究被无情地取消,此时张国辉仍然坚持在基层做扎扎实实的社会经济调查工作。1953年,张国辉在前期调查研究和查阅大量资料的基础上,发表《恢复时期中国工业的发展》一文(载于学术性月刊《新建设》1953年第11月号)。该文后来被一些学校和机关列为学习过渡时期总路线的参考材料,并被收入中南人民出版社编的《关于国家社会主义工业化》的论文集。其后,张国辉又以两年多的时间在浙江义乌、河北高阳和湖北武汉等地开展手工业基本情况的调查，并同有关同志合编了《1954 年全国个体手工业调查资料》一书，由三联书店于 1957 年出版。

1957 年，著名经济学家孙冶方开始主持中国科学院经济研究所。全所在孙冶方的领导下，不仅树立了学术民主的研究风范，而且所里研究力量也进行了合理的调整。张国辉实现了多年来的宿愿，得以专门从事中国经济史的研究。那时，严中平任副所长兼中国近代经济史研究组（1978 年改组为中国经济史研究室）负责人，严先生一贯旗帜鲜明地提倡扎实严谨的科研作风，非常蔑视教条主义的空论学风，反对轻视资料工作的倾向，提出了在积累大量资料的基础上进行专题研究，在专题研究基础上进行综合研究的经济史研究组工作程序。张国辉完全赞同严先生提出的这一工作程序，为了言必有据，“文章不写一句空”，张先生情愿坐“冷板凳”，多方搜求中外文历史文献和档案，和汪敬虞先生等一起采用“地毯式轰炸”的办法，在北京、上海等地到处搜集分散而零散的中外文史料，将近代中国工商企业的历史沿革、近代市场行情变化等情况逐一考订。例如，为了取得第一手资料，在条件十分艰苦的情况下，他把当时所能见到的《申报》内容全部查阅，分类记成卡片，并记下了大量有关收集整理《申报》的笔记。但是在紧随而来的所谓“大跃进”岁月里，科学研究所需要的正常的工作秩序被完全打乱，代替它的乃是接连不断的批判“资产阶级学术思想”等政治任务[①]，中国经济史研究组的研究工作受到干扰。

从 1961 年开始，张国辉先生长期参与经济研究所主持的中国近代经济通史（1840～1949）的研究和撰写工作，首先是参与严中

---

① 张迪恳：《张国辉先生传略》，《近代中国》（沪）第 1 辑。

平主编的大型学术专著《中国近代经济史，1840～1894》有关工作，张先生主要承担有关中国资本主义发生这一专题，并涉及中国近代企业史、行业史等方面的研究和撰写工作。该专著“形式上虽采取通史体例，实际上更接近于专题论文汇编。在观点方面，由各章节执笔人各抒己见。”①经过对大量史料的梳理和消化，张国辉先生对中国资本主义发生这一专题逐渐形成了一些自己的观点。

20世纪60年代初期，张国辉先生先是在有关中国近代企业产生的问题上选择了现代煤矿工业中的基隆煤矿和开平煤矿以及现代航运业中的轮船招商局等企业，作为研究的典型对象。作为阶段性研究成果，张先生分别就金融、矿业、交通运输业等行业的资本主义发生问题，发表《19世纪后半期中国钱庄的买办化》（《历史研究》1963年第6期）、《中国近代煤矿企业中的官商关系与资本主义的发生问题》（《历史研究》1964年第3期）、《关于轮船招商局产生与初期发展的几个问题》（《经济研究》1965年第10、11期）等文中，引起了国内外同行的重视。苏联学者涅波姆宁在其所著《中国经济史，1864～1894》一书中，征引了上述论文的某些论点，并认为这几篇文章“对中国资本主义产生的论述做出了自己的贡献”；美国学者琼斯、麦克尔德里、郝延平、王业键等教授在他们所作的有关19世纪后期中国金融、买办等著述中都注意到了上述“钱庄买办化”一文的论述。②

1966年，“文化大革命”爆发，中国科学院经济研究所也被卷入大动乱漩涡之中，张国辉先生的研究计划被迫中断。十年动乱

① 严中平主编：《中国近代经济史，1840～1894》“编辑说明”，人民出版社1989年版。

② 张迪恳：《张国辉先生传略》，《近代中国》（沪）第1辑。

期间，张先生既受政治运动的冲击，后又赴华中“五七干校”长期参加繁重的体力劳动。1976 年“四人帮”被粉碎后，科学研究工作所需的正常环境并没有能马上恢复，张国辉先生往往利用晚上时间，重新翻出尘封已久的卡片和各种资料，进行温习。其后，拨乱反正渐次展开，科研环境逐步好转，张先生又孜孜不倦地投入心爱的经济史研究工作之中。因动乱研究所职称评定工作深受影响，1979 年前张国辉先生在中国社科院经济研究所当了 28 年助理研究员。张国辉调入中科院社会(经济)研究所后由于工资比在上海低了十几元，还要寄钱给温州老家，生活还是很清苦的。工作的劳累，营养的不足，使他自己和夫人的身体都很受影响(后来他从事医务工作的夫人因患肾衰竭早于他 11 年而去)。1979～1982 年晋升为经济研究所副研究员。张先生后来曾回顾说，他的前半生历经动乱难以安定，一直到拨乱反正以后他的工作和生活才安定下来，改革开放又使研究人员思想逐步解放，因而他到后半生才进入学术研究生涯的最好时期。

1979 年，张国辉先生出版了个人学术专著《洋务运动与中国近代企业》(中国社会科学出版社出版，由于受读者欢迎，于 1984 年再版)，为中华人民共和国建国 30 周年献上自己的一瓣心香。《洋务运动与中国近代企业》出版后，颇受国内外学者的重视与好评。1980 年 11 月 17 日刊登在《人民日报》的介绍文章指出：这是“作者经过多年研究而撰写的一本有见解的中国近代经济史著作”。著名经济史学家傅筑夫教授赞赏这部书是“一本科学的谨严著作”；[①]日本学者中井英基教授发表书评指出，“作者就所论述的问题作了细致的分析，下了很大的功夫，作者的努力是相当成功

① 傅筑夫：《进一步加强经济史研究》，《天津社会科学》1982 年第 6 期。

的";"这本专著可以说是洋务运动时期企业的集大成的著作",它是"把洋务运动史的研究提高到新水平的宝贵成果"。[①] 著名美籍学者、加州大学历史系刘广京教授也对这本书作了较高的评价,认为张国辉先生等研究"甚深入"。[②] 这本书与我国著名经济史学家汪敬虞的《唐廷枢研究》、聂宝璋的《中国买办资本主义的发生》两书先后出版,即成为中国社会科学出版社建社初始的开山之作,推动了中国近代经济史的研究。

1981 年,张国辉先生应中国史学会主持的"纪念辛亥革命七十周年"学术讨论会之约,撰写《辛亥革命前中国资本主义的发展》一文(载于《近代史研究》1982 年第 2 期,曾被收入《纪念辛亥革命七十周年学术讨论会论文集》,中华书局 1983 年版;《近代中国资产阶级研究》第 1 辑,复旦大学出版社 1983 年版),从经济史的角度论证了辛亥革命的意义。论文在大会宣读后,受到与会的海峡两岸学者们的重视。[③]

在 1982 年召开的第二次"洋务运动史"学术讨论会上,张国辉先生发表《论外国资本对洋务企业的贷款》(载于《历史研究》1982 年第 4 期)一文。张先生认为要克服以往在"左"的教条主义路线影响下研究工作中简单"贴标签"的倾向,因而在该文中提出必须根据旧中国不同时期具体的历史情况,对外国资本贷款的性质和作用进行具体分析。

1983 年后张国辉先生任中国社科院经济研究所研究员,兼任中国社科院研究生院经济系教授、博士生导师,并应《中国大百科

---

① 《近代中国》(日文)第 11 卷,1982 年 9 月。

② 刘广京:《经世思想与新型企业》,联经出版公司 1990 年版,第 392 页。

③ 详见《湖北日报》、《文汇报》,1981 年 10 月 15 日。

全书》编委会聘请，任该全书经济学卷中国经济史编写组成员。他在从事研究生教学的同时，继续进行中国经济史研究工作。他发表了《论中国资本主义发生时期资产阶级的构成》(载于《近代史研究》1984年第1期)，亦受到学术界的重视，被收入《洋务运动论文选》(阮芳纪等编，人民出版社1985年版)和《近代中国资产阶级研究》续辑(复旦大学历史系、《历史研究》联合编辑，1986年7月版)。张国辉先生上述观点主要发表在《中国新式企业的发动和封建势力的阻挠》(载于《历史研究》1986年第2期)和《中国资本主义现代企业产生的历史条件》(载于《中国社会科学》1986年第3期)等论文之中。张国辉先生上述研究成果，反映了他"对近代中国由封建社会转化为半殖民地半封建社会这一历史进程的深刻理解和理论认知"。[1]

这一时期张国辉先生更多的精力是投入于因"文革"而一度中断的大型学术专著《中国近代经济史，1840～1894》有关工作之中。在漫长的撰写过程中，该大型专著主编严中平和各位撰稿人均恪守严谨的治学态度，坚持实事求是的原则，力求写出一部经得起时间考验的信史来。张国辉先生分工负责研究和撰写有关清政府经济政策和举措、中国资本主义企业的产生和初步发展等重要章节。这部专著从筹备到出版花了20多年时间，用翔实的资料，系统而精辟的分析，再现了1840～1894年在外国资本主义侵略和本国封建统治下中国社会经济的演变过程，1989年10月由人民出版社出版(2001年10月再版)。这部专著出版后曾获1990年孙冶方经济科学奖、第一届吴玉章奖一等奖(1991)、1993年中国社会科

① 朱家祯:《一部深刻反映中国半殖民地半封建社会时代经济特点的金融史》,《中国经济史研究》2004年第2期。

学院优秀成果奖、国家社科基金项目优秀成果一等奖(1999)、首届郭沫若历史学奖二等奖(1999)等。中国社会科学院副院长刘国光在"孙冶方经济科学奖"发奖会上的发言中评价这部著作"是解放以后40年来我国最重要的社会科学著作之一,代表了已有中国近代经济史研究的最高成就",其突出的特点和优点是:①马克思主义与中国历史实际相结合;②中国经济与世界经济相结合;③史论结合,实事求是;④全书结构严谨、分析细腻,文字流畅。严先生主编的这部专著,是中国近代经济史研究的一个"里程碑"式的重要成果,标志着经济史学科的发展进入了一个新的阶段。

这一时期张国辉先生也着力研究流通领域我国传统金融业在外国资本大举进入中国市场后出现的种种新变化。众所周知,我国传统金融业的经营管理方式落后,原始资料往往缺失不全或隐讳失真,加以在长期时局变化中,散失严重,没有较为系统完整的资料可资利用,成为研究近代金融史的一个难点。对此,张国辉先生积多年锲而不舍的努力,广泛收集、整理、发掘了大量第一手资料,查阅了清代有关时期的《实录》,道光朝咸丰朝《东华录》,有关各地方志书、文集、报刊、《清代碑刻史料》、《上海碑刻资料》及大量中外学者的论著、中英文档案、中国海关贸易报告及英国驻华领事有关商务报告等等,经过认真钻研,出版了《晚清钱庄和票号研究》(中华书局1989年版)一书。这本专著荣获中国社会科学院1977～1991年优秀科研成果一等奖。

在大型学术专著《中国近代经济史,1840～1894》有关工作尚未全部结束时,张国辉先生又着手经济研究所的另一大型学术专著《中国近代经济史,1895～1927》(汪敬虞主编,是上一部大型学术著作的续编,被列为国家社会科学"八五"重点项目之一)的研究和写作工作,他具体承担清末民初外国资本对华工矿企业投资及中国资本主义经济发展历史研究工作。作为阶段性成果，张先生陆续发表了《中国棉纺织业1895～1927年的发展与不发展》(《中国社会科学院经济研究所集刊》第10集，中国社会科学出版社1988年版)、《甲午战争后40年间中国现代缫丝工业的发展与不发展》(《中国经济史研究》1989年第1期)、《论汉冶萍公司的创建、发展和历史结局》(《中国经济史研究》1991年第2期)、《近代上海地区缫丝工业研究》(《上海研究论丛》第六辑，上海研究中心、上海市地方志办公室编，1991年9月版)、《开平，滦州煤矿的创建、发展和历史结局》(《近代中国》1992年第3辑)、《从开滦煤矿联营看中国近代煤矿工业发展状况》(《历史研究》1992年第4期)、《甲午战争后日本资本掠夺，经营抚顺烟台煤矿》(《中国经济史研究》1996年第4期)等论文。《中国近代经济史，1895～1927》于2000年5月由人民出版社出版。中国社科院组织的有关学术委员会评审意见认为：这部专著最重要的学术贡献就是提出了资本主义的发展与不发展作为近代中国经济史的中心线索。这一思想具有鲜明的理论意义，为中国经济史研究提供了一条新的思路。这部专著提出了不少发人深省的见解，这些新见解对于中国近代经济史研究的进一步深入，无疑会是一次新的推动。张国辉先生所承担的有关工作，是对于这部专著所提出近代中国经济史研究中心线索等见解的必不可少的有力论证。这部专著出版的当年，即获得第九届孙冶方经济学优秀成果奖惟一的著作奖；2002年又获得中国社科院第四届优秀科研成果一等奖、第二届郭沫若中国历史学奖一等奖、第四届吴玉章人文社会科学一等奖。

在完成《中国近代经济史，1895～1927》有关工作后，张国辉先生马不停蹄地投入《中国金融通史》[1]第二卷的研究和撰写工作。《中国金融通史》第二卷是张国辉先生在综合过去研究成果的基础上,对自1840年鸦片战争爆发至1911年清政府垮台这70多年间中国近代金融业的产生、发展、演变过程作系统的论述和总结的力作。这部书被誉为“深刻反映了中国半殖民地半封建社会时代经济特点”。[2]

张先生年届八十后,身患多种疾病却依然笔耕不辍。2002年,其晚年撰写的论文《晚清、财政与咸丰朝的通货膨胀》荣获中国社科院优秀科研成果奖。

2004年4月,张国辉先生因心脏疾病逝世,享年82岁。

二、张国辉先生主要学术观点和学术贡献

张国辉先生曾对自己半个多世纪的学术生涯进行自我总结:“面对19世纪60年代以后,百余年错综复杂的经济活动的历史实际,宜乎先从生产领域和流通领域入手进行考察。严格根据史实,具体地而不是笼统地对各种体制的近代企业的产生、发展及其内在联系和变化进行尽可能详细的分析,整理出比较清晰的发展脉络,进而探讨它们在发展过程中所反映的特点,分析其在特定的历史条件下所产生的影响和历史作用。至于在流通领域则广泛考

---

① 《中国金融通史》是我国第一部全面阐述中国自古迄今金融活动及其规律性的专业通史,它系统、完整地反映了中国金融业的发展、演变的历程。它是由李飞等主编、邀请多位专家学者撰写的多卷本专著,第一、第二、第三、第六卷已由中国金融出版社陆续出版。其中第二卷由张国辉撰写,2003年10月出版。

② 朱家祯:《一部深刻反映中国半殖民地半封建社会时代经济特点的金融史》,《中国经济史研究》2004年第2期。

察，从全社会的经济营作中选取传统金融业如钱庄、票号等在参与国内外商业、贸易中的营运状况，考察它们在社会经济运动过程中如何从职能的逐步变化导致性质上的变化。概括地说，五十余年来我所承担的科研任务大抵是在这两方面做了一点探赜索隐、拾遗补阙的努力。”[①]他十分谦虚，实际上他几十年努力已得到学术界广泛好评，他的学术贡献被认为是“足以作为中国经济史研究的一块奠基石”。[②] 按照张先生的自我总结，可以大致分生产领域的考察、流通领域的考察和其他方面来总结他的主要学术观点和学术贡献。

（一）生产领域的考察

张先生认为，在生产领域应该具体地将19世纪60年代以后官办、官督商办、官商合办和商办的现代企业产生、发展及其内部的变化情况清理出一个比较清晰的脉络，而后据以进一步探讨这些企业在发展过程中所体现的不同性质，及其在特定的历史条件下所起的作用。他先选择了清后期洋务派官僚创办的新式煤矿企业进行典型分析，发表了《中国近代煤矿企业中的官商关系与资本主义的发生问题》等论文，后来又把考察对象扩大到整个洋务企业群体，写成个人学术专著《洋务运动与中国近代企业》。在这部专著中，张先生围绕中国资本主义产生的历史命题，通过对近代航运业、煤矿、金属矿、纺织业、电讯及铁路运输业等产生的历史条件和发展历程的研究，用详尽的史实论述了洋务运动与中国近代企业产生和发展的关系，进而探讨中国资本主义发生过程的特殊性。

---

① 《张国辉集》前言，中国社会科学出版社2002年版。

② 张小颐：《鸿儒作古、硕德长存——追忆著名经济史学家张国辉先生》，《博览群书》2004年10月。

从这些企业的兴办过程中，他考察了新兴的资本力量与企业内部所存在的封建主义势力怎样通过各种不同形式表现其复杂矛盾的；在企业外部又是如何同外国资本势力进行控制与反控制的斗争从而求得自身的存在和初步发展的。他进一步将生产领域的企业发展与市场条件变化联系起来，从 19 世纪中叶以后手工业遭到破坏、商品市场的扩大、劳动力市场的扩大及货币资本的积累这四个方面，论述了中国传统经济在外国资本入侵后发生的种种变化，认为近代中国资本主义关系只能在半殖民地社会秩序形成的过程中发生，因此它的发展历程不能不具有自己的特殊性。他还论述了 19 世纪六七十年代中国封建势力对中国资本主义产生所起的阻挠和压制作用。他认为，官督商办制度是洋务派官僚与买办相结合的形式，其实质是官僚买办集团对近代企业的垄断和分肥，形成早期的官僚资产阶级。他赞同汪敬虞先生关于近代洋务派所办官督商办企业既有走向官僚资本、又有走向民族资本的两种前途的观点，但他认为从洋务企业发展长过程看，“民族资本越来越受压抑，前途越来越暗淡”。

张先生在参加大型学术专著《中国近代经济史(1895～1927)》的研究和写作过程中，查阅和整理了大量有关清末民初中国经济历史的中外学术专著、报刊杂志、地方志、奏稿、文集、资料书及历史档案等。在详细而扎实的资料收集整理工作基础上，张先生特别注意选取典型，尽量收集近年“解密”的中外档案资料，如“开滦档案”、“汉冶萍档案”等，在发掘史料和分析问题上比以往工矿业史研究有所前进。他经过详细分析，指出甲午战后西方列强对中国经济侵略开始过渡到以资本输出为主的新阶段，在引起中国社会剧烈动荡的同时，也引发了全国性的实业救国热潮，中国资本主义经济的发展进入了一个新的阶段。他论述了在这一阶段外国在华工业投资的整体实力，还就四大支柱产业，即轻工业中的棉纺织业，重工业中的船舶修造业，垄断中国烟草市场的卷烟工业和垄断中国大通商口岸公用事业系统的水、电、汽工业，单独作重点叙述。他从列强划分势力范围的角度，分别论述了日本对抚顺、烟台煤矿的掠夺和以"中日合办"形式对辽宁鞍山铁矿的垄断，英国对开平、滦州煤矿的廉价和福公司对焦作煤矿的侵夺，德国对山东淄川、坊子煤矿的攫夺和德日资本的交替，以及"中日合办"鲁大公司的产生等重要案例。他指出在这一阶段，中国民族资本不仅新设厂矿的资本数量有了较明显的增长，活动的范围也在不断扩大。除了已见成效的棉纺织和缫丝业继续保持领先地位之外，面粉、火柴、卷烟和机器制造也相继兴起。与近代工业发展密切相关的煤矿业也成为民族资本投入的重点。此外，新设企业的配置，也由沿海沿江向内地伸展，成为前所未有的新气象。他在分析矿冶业的发展历程时，除了注意矿山的开发情况以外，还注意到产品对各地市场的开拓以及与外资市场竞争等情况。他还实事求是地分析了近代半殖民地半封建社会条件下中国民族资本主义不能充分发展的历史原因。张先生的上述研究成果，对中国近代经济史研究起到的开拓性作用。

（二）流通领域的考察

在流通领域，张国辉先生认为金融不仅在现代社会经济关系中处于举足轻重的中心地位，即便在百多年前的晚清社会，金融问题也曾在经济生活中有着举足轻重的影响，因此他着重考察近代中国旧式金融业如钱庄、票号在参与对外贸易和国内商业的运行中，怎样从职能上的变化导致性质上的变化，力求从中探求近代中国资本主义发生、发展的奥秘。他先后发表《19世纪后半期中国钱庄的买办化》、《19世纪后半期中国票号业的发展》（《历史研究》

1985年第2期)、《20世纪初期的中国钱庄和票号》(《中国经济史研究》1986年第1期)、《清代前期的票号和钱庄》(《中国经济史研究》1987年第4期)等论文，1989年出版了《晚清钱庄和票号研究》一书。他考察了旧式金融业钱庄的活动，集中分析钱庄庄票、汇票这些信用手段在口岸本地和在口岸之间，如何为洋货向内地扩张和土货向口岸集中的运动上发挥作用的；从庄票在中外商人的使用情况上判断19世纪60年代初外国洋行已比较普遍地接受钱庄庄票，并用以作为支付手段；60、70年代之交，外国银行也开始接受庄票作为抵押，向钱庄进行短期信用贷款，使钱庄的活动能量更为扩大。外国银行通过拆款，使钱庄逐步落入外国金融势力附庸的地位，同时钱庄在中外贸易活动中的活跃，也使它的职能迅速扩大并导致其性质发生变化。他指出，晚清重要信用机构票号以经营汇兑业为主，以商人商号为主要的服务对象，发展也颇为迅速。到19世纪50年代，票号业务已有新的拓展，经营由汇款而产生的金融周转，包括因预收汇款而形成的存款和预付汇款而形成的放款，数量也日益增多。太平天国革命时期，由于战区扩大，交通阻梗，清朝政府虽严厉禁止各地公款和税收由商号承汇，只准运解现金，但在内战剧烈进行期中也不得不允许交由各地票号汇兑了。票号承汇公款以后，又通过交结清王朝的官吏，为他们垫付川资，代垫捐官款项，和向官府捐纳报效等等，与清政府的关系有所加深。以至发展到为户部解缴税银，为各省关代垫京饷和协饷，以缓和清朝中央和地方政府的财政危机。他深入剖析了钱庄和票号这两大传统金融业组织为外国资本倾销商品、收购原料提供金融服务，成为外国资本势力控制中国金融市场的有效工具，从而起到了加深近代中国社会的半殖民地半封建性质的作用。他同时还从社会经济发展的角度，论述了钱庄、票号在扩大商品流通，向腹地市场扩散，特别是随着其职能的演变，从流通领域向生产领域的扩展，对促进市场经济的发展，冲击旧的封建经济结构解体，所起的积极作用。他指出，不论钱庄或票号都是缺乏资本主义企业那样重视积累的制度。由于历史条件的局限，它们均没有深刻认识到办理储蓄的重要性，从而限制了它们对社会货币资本的积聚和集中。张先生在这本专著里对晚清钱庄和票号的发展变化的过程及其性质与作用，作了实事求是的、有理论深度的分析，所提出的一些与学术界某些流行观点不同的独到见解，在理论和史实上都很有意义。

贯穿于张先生晚年所著《中国金融通史》第二卷的中心思想，是把近百年来中国传统金融业的发展、变化，置于中国封建社会转化为半殖民地半封建社会这一历史进程中进行考察，深入剖析外国资本势力的入侵，如何使传统金融业在中外经济势力的碰撞交融中，发生职能的演化，逐渐沦为外国资本势力所控制，并为外国资本势力控制中国金融市场服务的附庸。张先生认为，这样才能发现这一时期中国金融市场风云变幻的真正深层次的根源。过去的一些有关论著，往往把造成晚清金融恐慌的原因，归诸于中国传统金融业自身经营管理上的种种缺陷和错误。而《中国金融通史》第二卷通过对一系列史料的分析，有力地揭示出外国资本势力是如何一步步控制和操纵金融市场，“牢牢地掌握了上海金融市场的领导权”，从而迫使中国传统金融业处于“人为刀俎，我为鱼肉”的境地，导致大批传统金融业破产，“充分反映了半殖民地国家民族金融业的可悲命运”，它令人信服地揭示了半殖民地半封建社会中，金融市场动荡的真正根源。对于传统金融业在中国近代社会经济生活中所起的作用，张先生也进行了深入剖析，并对过去经济史学界较少涉及的官钱局和典当业也辟有专题，对其发展变化的过程，作了比较系统的考察。

(三)其他方面

除了上述两方面之外，张先生还有其他多方面的学术贡献。

他在中科院社会(经济)研究所工作的最初几年，精力主要用在工厂和乡村社会调查上。这些年他曾在调查研究基础上写了几篇有关建国初期中国工厂与手工业发展的文章，这些文章至今仍有重要价值。那几年调查所得资料内容很丰富，其中有许多从未利用和发表，有十分宝贵的资料价值。[①]

他发表的《论中国资本主义发生时期资产阶级的构成》等论文，分析了在中国资本主义经济形成过程中资产阶级各个组成部分的状况和特点；他还结合近代中国民族工商企业发展的历程分析了新的经济关系和社会阶级关系的变化。

张先生在1981年发表的《辛亥革命前中国资本主义的发展》论文中指出：中国资本主义经济从诞生后到清政府垮台这50年间，曾经出现过三次有利于新生产方式发展的实际，但是都因为内外反动势力的阻挠、压抑而得不到应有的发展。到20世纪初期，中国资本主义经济虽然在若干部门有了不同程度的发展，但是就总的状况而言，这种发展是很不充分的。辛亥革命在中国资本主义经济有所发展的基础上爆发，同时也为中国资本主义的进一步发展扫清道路，它是反映民族资产阶级愿望和要求的一场革命。当时他的这些观点受到海峡两岸与会学者们的重视。

张先生在1982年发表的《论外国资本对洋务企业的贷款》论

---

① 据汪敬虞先生讲，张先生等人当年在无锡调查的资料价值更高。张先生原本要进一步对那些资料整理利用，却被当时某些领导以“批判个人主义，提倡集体主义”为理由强令全部上交，而这些资料上交后下落不明。

文在分析了若干笔主要的外国实业贷款的具体内容后，进一步指出：19 世纪 80 年代中期以后，外国实业贷款中的一部分已经从通常的经济贷款转变为带有资本输出的性质，甲午战争后这种变化迅速发展成为实业贷款中比较普遍的现象，从根本上说这是同世界资本主义向垄断资本主义阶段过渡这一特征相关联的。这篇论文受到同行们的重视，有学者认为张先生这篇论文对外国资本给洋务企业的贷款进行了“深入分析”，“克服了以往研究工作中的概念化和公式化倾向，比较符合历史事实”。①

张先生晚年还发表了《晚清货币制度演变述要》(《近代史研究》1997 年第 5 期)、《晚清财政与咸丰朝通货膨胀》(《近代史研究》1999 年第 3 期)等论文，对晚清财政与货币制度的相互关系等进行了深入探讨，得到学术界的好评。

三、张国辉先生治学特点等

张国辉先生治学主要特点之一是厚积薄发，精益求精。年轻时的工作经历，使得张国辉推崇陶孟和先生重视社会调查的做法，以及严中平先生提出的“在积累大量资料的基础上进行专题研究，在专题研究基础上进行综合研究”的工作程序。自 1957 年张国辉先生调入经济史组工作后几十年来，他的精力大半放在广泛收集和整理历史资料上，查阅了大量原始档案、方志、文集、中外报刊及中外学者学术专著，尽可能使论述有翔实丰富的资料基础。在积累了大量资料之后，张先生也不轻易下笔写文章，直到经过深入分

① 史济今：《三中全会以来中国近代经济史研究在若干问题上的新进展》，《中国近代经济史研究资料》第 2 辑，上海社会科学院出版社 1984 年 9 月出版。

析，广泛考察，经过长期的思考和探索，通过对大量史料耙梳考订，逐渐形成了一些自己的看法后，才撰写了有关文稿。他和汪敬虞先生一样，都经常对年轻学者讲，写文章一定要讲质量，要“摔在地上当当响”（原是严老之语），他们自己都是以身作则，写每篇论文都可谓呕心沥血，精益求精。张国辉先生特别提出，文稿措词应忌“满”（既不要把话说得“太满”，也不要绝对化）。他还有一个特点：每次殚精竭虑写好文稿后，又认为连续思考同一专题，难免产生某种思维“惯性”，最好先把文稿搁置几个月，先看其他专题的资料，然后再回头仔细审稿，再作修改后才能拿出去发表。张先生要求其学生也如此，而其学生曾提出写好的文稿再放几个月恐怕会“过时”，张先生则答曰：我们写的不是新闻稿，而是学术论文，多放几个月就会过时的学术论文就干脆不要发表，没有发表价值。张先生上述精益求精的治学观念，与当前学术界急功近利的浮躁之风相对照，显得格外珍贵。

张先生治学主要特点之二是重视典型分析，主张“先点后面”。他根据自己对严中平所提工作程序的理解，更为重视典型企业、重要行业的个案研究，在此基础上逐步建立了自己对中国资本主义发展和近代企业研究的体系。张国辉先生的每件个案研究都建立在翔实资料积累的基础上，因而都极有说服力。张国辉先生清醒地认识到，随着更多资料的开掘和更深入的研究，他的某些观点肯定有过时和不完善之处。他的《洋务运动与中国近代企业》一书自出版后自己一直不断地修订，希望以后有机会再版这本书时把他所认为的不足之处一一改订过来。他也希望能在专题研究基础上进一步作更大范围“面”上的综合研究，还希望写一套系统的中国工业史专著，一套系统的中国矿业史专著，并在中国近代金融史方面也有进一步的写作计划，可惜他于 2004 年春因病逝世，这些计划都没能完成。

张先生治学主要特点之三是涉猎很广，主张加强国际比较研究和跨学科研究。他以中国近代经济史研究为自己的专业，在治学方法上赞同严中平先生所提的“四就”（即不能就中国论中国、不能就近代论近代、不能就经济论经济、不能就事论事），立“四新”（即要提出新问题、提出新观点、提出新材料、运用新方法）之说，他认为这意味着要大大拓宽我们的学术视野，要加强国际比较研究和跨学科研究。

张先生在英士大学经济系学习期间受的是现代经济学的系统教育，并选修了早年留学德国的许德瑗教授主讲的经济史课程，正是在这样的学习背景下，他逐渐形成了这样一种观点：中国经济众多问题都有其历史根源，要解决这些问题必须追根寻源，必须加强中国经济史研究，他的大学毕业论文就选择以《中国商业资本历史透视》为题，请许德瑗教授指导。张先生曾醉心于新古典派经济学（到他晚年时仍要求他的博士生一定要精读马歇尔的《经济学原理》），又对凯恩斯主义经济学产生浓厚兴趣，后来又努力学习马克思主义政治经济学理论，晚年时他又购置和阅读了不少西方产业经济学、发展经济学、新制度经济学的书籍，认为这些来自西方的经济学理论和方法对于中国近代经济史研究都有借鉴意义。张先生又强调更重要的仍然是广泛收集和整理反映中国经济实际情况的资料，要把经济学理论与中国实际有机地结合起来。他鄙视在引进西方经济学理论方法上所存在的生搬硬套、削足适履等不良学风。对于中国传统经济思想，张先生认为正如我们在医学方面引进西医又不能抛弃传统中医一样，对传统经济思想的精华仍然要好好总结。张先生晚年时，在与他的博士生交谈中多次提到北大陈振汉教授所讲的“从中国历史特点考虑，广泛意义的社会学，而不是新古典或新制度经济学是我们今后应更加注意的理论和方法”，他认为陈振汉教授是一位西方经济学功底深厚的学者，却主张结合社会学理论和方法来研究中国经济实际，这很值得我们仔细思考和消化。张先生认为，陈振汉教授的观点与当年陶孟和先生所提倡的路子接近，陶老的治学经验应当认真总结。

张国辉先生购买和阅读了不少欧美经济史的著作。过去出版的一些经济史名著，如克拉潘所著三卷本《现代英国经济史》等，张先生都仔细阅读并作了笔记。年届八十后，他对美国经济史产生特别浓厚的兴趣，要求他的学生凡是看到国内新出版的有关美国经济史的书籍都要帮他买。他十分希望国内经济史学界能加强比较经济史研究，但是当他的学生要求他在这方面起表率作用，写一些比较经济史研究的文章时，他又觉得不能轻易下笔。他临终前几个月，听说北大厉以宁教授新出版了一本《资本主义的起源——比较经济史研究》，就打电话请他的学生帮他买一本，而那个学生因工作忙延误了几天，他就拖着行走不便的病体，自己去跑了几家书店买了一本，看了厉以宁教授这本书后又向学生推荐，并再次强调不能就中国论中国，要加强国际比较研究。

张国辉先生历经半个多世纪的学术生涯，在探讨治学方法上有不少真知灼见，但是他在这方面下笔更为谨慎，基本上没有发表过有关治学经验一类的文章。每当学生们向他请教这方面的经验时，他总是推荐学生们去看严中平的《科学研究方法十讲》（人民出版社 1986 年出版）一书，以及陈振汉、吴承明等教授的有关文章。他自己在治学方法上的一些独到见解，只是散见于他平时和学生们的交谈之中。

张国辉先生既是一位治学严谨的方正学者，又是一位平易近人的忠厚长者。他为人虚怀若谷，又热情诚恳。他一向认为科学事业的成就从来都是全社会广大科学工作者共同努力的结果。常有一些外单位或外地学者慕名来访，或向张先生请教有关理论方法，或希望张先生提供难以寻求的资料，张先生总是热情地尽力相助。

张先生淡泊名利，对于一些职位什么的，包括一些学会理事头衔之类，不屑于争，认为时间最宝贵，不值得在这些事上耗费时间和精力。

他的学生张迪恳曾有如下评价："他（张国辉先生）常常希望青年人在学术上要尊重前人的劳动，要乐意听取学术观点上的不同意见，但更应当认真反复思考，形成自己的见解而不要盲从。"[①]他的其他学生也以自己的亲身经历，十分赞同张迪恳的评价。例如，他的另一位学生还记得有一次和张先生的交谈。那一次张先生论及陶孟和先生重视社会调查的做法，又用了已故毛泽东主席的话"没有调查研究就没有发言权"。而该生则质疑说：对毛主席所说的"没有发言权"应当如何理解？应当如何看待"假说"和理论在科学发展史上的地位？张先生初闻质疑略有不快，认为不该怀疑他们这上两代人极为宝贵的经验，后又认为该生的质疑也有一定道理，师生两人并谈起胡适的"大胆假设、小心求证"。张先生讲起有的杂志曾辟有"思想火花"一类的栏目，可惜难以坚持下去。该生则说现在互联网上"思想火花"很多，有各种各样的奇谈怪论，也杂有很多谩骂。张先生说他的孙女还是个大学生时就有了自己的电脑和手机，他们读大学时最希望的是国家安定和平，至于网络和手机等是做梦也想不到的，现在变化这么大，以后还会有什么新变化很难预料，只是希望青年人要尊重前人的劳动，要认真总结前人的

① 张迪恳：《张国辉先生传略》，《近代中国》（沪）第1辑。

经验，要了解当前最缺的是什么，他认为当前最缺的还是脚踏实地、认真负责的调查研究。从这些交谈中可以看出，张国辉先生对中青年学者既严格要求，又循循善诱，确实如张迪恳所说，是一位“受青年人尊敬的好导师”。

张国辉先生现已辞世一年多了，但是他那拳拳爱国之心、如金子般高贵的人品、那些掷地“当当响”的文章和睿智而亲切的话语，永远活在后学者心里。

张国辉主要论著目录

一、主要专著

1.《洋务运动与中国近代企业》，中国社会科学出版社1979年第1版，1984年第2版。

2.《晚清钱庄和票号研究》，中华书局1989年版。

3.《中国近代经济史(1840～1894)》(合作)，人民出版社1989年第1版，2001年第2版。

4.《中国近代经济史(1895～1927)(合作)，人民出版社2000年第1版。

5.《中国金融通史》第2卷，中国金融出版社2003年版。

6. 1983年受《中国大百科全书·经济学卷》聘，任该卷中国经济史编写组成员，合作编写《中国大百科全书·经济学卷》。

二、主要论文

1.《天津工业发展过程的分析》，《光明日报》增刊，1950年12月16日。

2.《恢复时期中国工业的发展》，《新建设》(学术性月刊)1953年第11月号。

3.《19世纪后半期中国钱庄的买办化》，《历史研究》1963年第6期。

4.《中国近代煤矿企业中的官商关系与资本主义的发生问题》，《历史研究》1964年第3期。

5.《关于轮船招商局产生与初期发展的几个问题》，《经济研究》1965年第10、11期。

6.《论外国资本对洋务企业的贷款》，《历史研究》1982年第4期。

7.《辛亥革命前中国资本主义的发展》，《近代史研究》1982年第2期，曾被收入《纪念辛亥革命七十周年学术讨论会论文集》，中华书局1983年版；《近代中国资产阶级研究》第1辑，复旦大学出版社1983年版；《辛亥革命与近代中国(1980～1989年论文选)》，湖北人民出版社1991年版。

8.《论中国资本主义发生时期资产阶级的构成》，《近代史研究》1984年第1期,被收入《洋务运动论文选》,阮芳纪等编,人民出版社1985年版;《近代中国资产阶级研究》续辑,复旦大学历史系、《历史研究》联合编辑,1986年7月版。

9.《19世纪后半期中国票号业的发展》,《历史研究》1985年第2期。

10.《中国资本主义现代企业产生的历史条件》,《中国社会科学》1986年第3期。

11. The Historical Conditions That Created Modern Capitalist Enterprise in China MARCH 1987, FIRST LSSUE.

12.《清代前期的票号和钱庄》,《中国经济史研究》1987年第4期。

13.《中国棉纺织业1895～1927年的发展与不发展》,《中国社会科学院经济研究所集刊》第10集,中国社会科学出版社1988年版。

14.《甲午战争后40年间中国现代缫丝工业的发展与不发展》,《中国经济史研究》,1989年第1期。

15.《论汉冶萍公司的创建、发展和历史结局》,《中国经济史研究》1991年第2期。

16.《近代上海地区缫丝工业研究》,《上海研究论丛》第六辑,上海研究中心、上海市地方志办公室编,1991年9月版。

17.《开平,滦州煤矿的创建、发展和历史结局》,《近代中国》1992年第3辑。

18.《从开滦煤矿联营看中国近代煤矿工业发展状况》,《历史研究》1992年第4期。

19. China's Quest For Modernization —A Historical Perspective, Edited by Frederic Wakeman of and Wang xi,美国加州大学出版社1997年出版。

20.《甲午战争后日本资本掠夺,经营抚顺烟台煤矿》,《中国经济史研究》1996年第4期。

21.《晚清货币制度演变述要》,《近代史研究》1997年第5期。

22.《晚清财政与咸丰朝通货膨胀》,《近代史研究》1999年第3期。

我的经济学求索之路

——张维达

◎ 张维达

张维达，男，1930年1月出生于辽宁省海城县前楼峪村，汉族。1947年10月参加革命工作。1953年中国人民大学统计学专业研究生毕业。现任吉林大学经济学院教授、政治经济学专业博士生导师。曾任国务院学位委员会第三届经济学科评议组成员、全国博士后管委会第三、四届经济学与管理学专家组成员、国家教委授予高校教授副教授评审权咨询专家、吉林大学学位委员会委员暨经济学分学位委员会主席、吉林大学社会科学学术委员会副主任；历任中国社会主义经济规律系统研究会副理事长、中国价格学会理事、中国物资流通学会理事、吉林省社会科学界团体联合会副主席、吉林省经团联副会长、吉林省政治经济学学会理事长，兼职《经济纵横》杂志主编、《高校理论战线》杂志编委、《经济学家》杂志学术委员、《社会科学战线》杂志编委等。学术业绩收录于《中国当代文化名人小传》、《当代世界名人传(中国卷)》，并被英国剑桥传记中心载入《国际名人辞典》第24卷，特邀为该组织理事会成员，美国传记协会遴选为杰出人物并授予学术委员会名誉顾问。

一、走上学术研究之路

我走上学术之路，既不是来自少时的远大抱负，也不是个人兴趣的选择，完全出于党和国家的工作需要。

少年时光是在日本军国主义铁蹄下，祖国东北山河沦陷、民不聊生中度过的。家境贫寒、租种几亩薄田度日，唤起我求学的渴望，以期谋得一个有薪水的职业使家庭从贫困中挣扎出来。13岁那年，考入百取其一的伪满日本创办的公立海城商业学校学习。求学的艰辛，几经濒临辍学的酸楚，磨炼出自强自立的性格。

抗日战争的胜利，以及随后家乡获得解放。1947年我怀着翻身的喜悦参加地方人民政府革命工作。参加革命后，我读的第一本马列主义的书是毛泽东《论目前形势和我们的任务》单行本，使我的视野顿时开阔。开始了解世界革命潮流和新民主主义三大经济纲领，憧憬着新中国建设的曙光。接受革命道理的启迪，使我产生上大学深造的愿望。经组织同意，1949年考入实行供给制的东北行政学院货币银行系学习。这在旧社会是做梦也不敢想的事，而在新社会却梦想成真了。我成了我们家乡穷僻山村出来求学的第一个大学生。

在东北行政学院货币银行系学习，从课程作业到银行业务实习，我都很用心。由于过去在商业学校学到一些经济学知识，这次攻读货币银行专业，使我向往将来到金融战线上工作。1950 年学校改名为东北人民大学(现为吉林大学)。1951 年下半年开学后，学校决定让我提前毕业调出任教，并派至中国人民大学统计学教研室跟苏联专家攻读统计学专业研究生。1953 年研究生毕业后，回校执教至今。从此，决定了我的一生从事高校教学和科研工作的命运，走上了致力学术研究之路。

二、从统计学转向政治经济学研究

人的知识往往不是沿着直线行进的，而是如列宁所说的“近似于一串圆圈”(《谈谈辩证法问题》)。说来也巧，我攻读研究生专业的选择，从不热衷政治经济学到热爱政治经济学，仿佛就是这样一个认识的圆圈。经历这个近似螺旋式的曲线是在攻读统计学专业的时候，主要受我的研究生导师的启蒙和影响。

统计学专业的导师尼基塔·廖佐夫，是沙俄时期的著名的统计学教授，前苏联通讯院士。他讲授统计学，不仅仅讲解高等数学在统计方法中的应用，更特别强调社会经济统计学的基论基础是政治经济学，经常旁征博引马克思的《资本论》和列宁的有关经济学论著。原来我是以经济数学的偏好学习统计学的，不料又转而以新奇的目光开始研读《资本论》。自修《资本论》这三部浩瀚的巨著，从难懂到弄懂，反复钻研，以其无懈可击的科学性和“天衣无缝”的逻辑力量征服了我，深切感到经济学科能够称得上理论的是政治经济学。

这两年攻读统计学专业研究生期间，按专业规定必修的三门马克思主义理论课、统计学系列专业课和外语课以及毕业论文，均取得优秀成绩，除此还额外完成自修《资本论》和到外系旁听若干部门经济学的不计学分成绩的“学业”。至今我仍然感到，当涉猎西方经济学一些著作的时候，无论这些著作在经济表象上描述和分析如何细腻入微，而在理论深刻性和科学性上没有哪一部著作可以同《资本论》相匹比。可以说，我从统计学专业仿佛走了一圈又回到热爱政治经济学专业，是从学习《资本论》开始的。这也是激励我毕生致力于政治经济理论研究的执著和主要缘由。

三、迈出科学研究的第一步

青年的血总是热的。当我刚步入学术研究的时候，主要凭一股闯劲。而在悉心投入学术研究的过程中，真正尝到其中的甘苦，一面教学，一面习作，历经多少个不眠的日日夜夜，逐步养成笔耕不辍的习惯。

在理论研究上，我把统计学作为分析工具，研究《资本论》对社会主义经济的应用。我的科学研究的第一篇处女作《关于生产用固定资产折旧的计算方法》，发表于《经济研究》1956 年第 3 期，主要运用《资本论》原理联系中国社会主义实际，同苏联学者关于固定资产折旧范畴和计算方法问题进行争鸣。我想，要同别人争鸣先要同自己争鸣，要说服别人先要说服自己，只有以理服人才能赢得别人认同。为研究和写作这篇文章，花费整整一年的时间，钻研理论经济学原著，翻译苏联有关经济文献，搜集中国实际资料，反复研究和自省，经过自读和文字修改，撰写这篇1万5千字长文，而阅读文献资料则有几十倍的文字。论文发表后，不仅当时在国内产生不同反响，而且在日本直到20世纪80年代有的杂志文章还把拙文作为一派观点引述。

老一辈资深经济学家关梦觉教授对我结合教学开展科学研究工作给予热情鼓励。他是我当年初登大学讲堂时的师长，常对我说："只教书不搞科研，到顶是个教书匠，只有奋发科学研究，才能成为有造诣的学者。"他对我在《经济研究》上发表论文给予高度评价，认为"研究《资本论》就应当这样不停止在注释上，要联系实际，重在应用，用马克思的观点、立场和方法回答现实问题，坚持和发展马克思主义经济理论。"关梦觉先生的这些教育和指导，始终给我留下铭心不忘的记忆。尤其他的严谨治学和勤于笔耕的学风，对我影响至深。至于他在著述上的文字考究和脍炙人口的文采，更加令我仰慕，促进我向这方面不断地努力，至今养成在文章写作上注意文字推敲，总要经过反复自读和锤炼。

1956年时逢国家号召向科学进军，激励我全身心致力于《资本论》和政治经济学研究。甚至借"1957年整风运动"停课的机会，我背地里进行理论经济学专题研究和资料积累。当运动一结束，便于1958、1959年在《人文科学学报》上连续发表《略论工业企业流动资金周转指标》和《略论商品的质的规定性》等几篇长文，在社会上特别在同辈青年教师中产生积极反响。

回眸看去，最初写作的文章是稚嫩的，但却使我的学术生涯迈出坚实的一步。人们多半羡慕学者的金秋果实，却不甚不解他们春夏耕耘的辛劳。其实，做学问决不是潇洒走一回，而是要勤于动脑，勤于动手，要坐得住冷板凳的寂寞，耐得住爬稿纸格子的枯燥，肯付出勤劳笔耕的艰辛。

四、结合教学起步科研似乎是个必经阶段

大凡高校里的学者，多半是从教学中发现问题起步科学研究的，这似乎是一个必经阶段。我觉得，一概鄙视这一阶段研究工作，有点不合情理，真正扎实地做学问，总要从继承前人积累下来的间接知识开始，不过研究问题要切记避免从本本出发。

我对政治经济学的科学研究，开始注重两个结合：

一是理论研究注重同知识学习结合。理论研究的目的在于应用，不是为了自我欣赏。当面向应用进行理论研究的时候，必须具备交叉专业知识。这便使我深切感到“学然后知不足，教然后知困”，越往深研究越感到知识面的“短缺”。经济学科领域比较广泛，从经济学说史到现实经济学，从理论经济学科到应用经济学科，囊括众多经济学科专业。各经济学科专业之间相互交叉，没有隔绝的篱笆墙。面对广泛的经济学科，反倒对我形成一种“倒逼机制”，激发我如饥似渴地吸取其他经济学科专业知识。为了研究需要，有目的、有针对性地钻研各经济学专业知识，学以致用，在理解、消化广泛的知识学习中用于经济理论研究。这比起翻页数的“死读书”，起到事半功倍的效果。

二是经济关系的定性研究注重同定量分析结合。这样就把政治经济学研究和统计方法运用融合起来，以提高理论研究成果的观察性和适用性。从 20 世纪 50 年代以来发表的许多论文都有这个特点，这也发挥了我曾从事统计学专业研究的长处。在多年从事政治经济学课程讲授时，既着重阐释经济范畴质的规定性，又增添许多公式、图示、计算的量的规定性分析。后来，当 1981 年 1 月受教育部委托，我编写高等学校文科选用教材《政治经济学教科书

(资本主义部分)》时,便把过去教学的定量材料积累,不仅在书中添进对经济范畴量的规定性分析,而且在若干章节后的学习思考题中编入经济范畴模拟定量的计算习题。该书出版,受到各校经济学科各专业师生的欢迎,1987 年曾获北方十三省、市、自治区社会科学优秀图书一等奖,1988 年获吉林省社科优秀成果一等奖。有的同行专家发表书评认为,书中的定量分析和模拟计量,是“别树一帜的独创”。实际上,这不过是对马克思主义定量分析方法的应用和发挥。

政治经济学的定量分析必须以定性分析为基础,揭示和阐明经济规律,决不能像西方经济学走向数学化,以至用数学规律取代经济规律,抹煞政治经济学的科学性。1983 年当纪念马克思逝世一百周年的时候,我又专门写出《〈资本论〉中的定量分析方法及其现实意义》一文,在《经济研究》1983 年第 4 期上发表。从中阐明《资本论》中运用定量分析方法的内在原因、主要类型和应当遵循的基本原则。

总结这一阶段科学研究,从教学实际中发现问题、探讨问题,深化了基本理论理解,拓宽了知识领域,为学术研究奠定了坚实基础。随着研究的深入,使我的目光逐步跳出经院式研究的圈子,关注社会实践的重大问题开展研究。

五、实际磨练引发理论联系社会实际的领悟

政治经济学是一门实践性很强的科学。从社会实际出发研究经济理论,才会使经济理论有所作为,发挥理论指导实践的能动作用。这就要求经济理论研究,必须从教学出发转到从社会实际出发,走出课堂面向社会实际,真正做到马克思主义基本原理同中国

实际相结合。否则，从理论到理论，即使在理论上提出什么“新说”或有多么大“创造性”，顶多在学术圈子里被评说和认同，得不到社会呼应或青睐。

这些体会或认识，引起我回忆往事一段工作变动的历史“插曲”。20世纪50年代以来，正当我悉心投入经济理论研究的时候，1960年组织上决定调我到学校党委宣传部任部长工作。对这突然的工作调动，我一时思想转不过弯来。虽然我参加革命较早，在大学和研究生期间一直兼做班级工作，回校教学也兼做校团委工作，但掂量自己，总觉得不适合走“仕途之路”。别看我有时诙谐，实际上性格耿直，不善“公关”，不愿当干部，只求做个“清水教员”，仰慕学术界的“无冕之王”。学校主要领导做我的思想工作，认为我多次兼做社会工作，有一定组织领导能力，指出从事马克思主义理论研究，而党委宣传部门是理论宣传实际工作，恰好理论与实际结合，并答应我可以兼任教学和研究。

任职党委宣传部工作以来，一面努力完成宣传任务，一面在8小时之外还兼任教学和研究。当时，先后兼任讲授《资本论》、《政治经济学》，并曾讲授《马克思主义哲学原理》与经典原著选读等课程。同时，根据观察社会实际引发的理论思考，在报刊上发表一些短小散文和杂论，由于8小时之外的时间有限，已无力撰写大块文章了。除参加由东北局组织三省合作编写的《辩证唯物主义和历史唯物主义》一书（吉林人民出版社1961年版）外，还发表了《取得经验要有一个过程》（《吉林日报》1962年10月30日第三版）和《正确对待城乡差别》（《吉林日报》1964年2月8日第二版）等短文。这些文章虽然短小、杂散，但在当时却有极强的针对性和现实性，引起社会关注和反响。

然而，路途从来不会总是平坦的。尤其在那“阶级斗争天天讲”的年月，我这样说真话，论实事，却不时地受到无端的责难和批判。过后，1964 年冬，安排我下乡接受一年的“再教育”。从此多年就搁笔不写、读而不作了。后来，我曾从积极方面来总结，作为理论工作者，有一段实际工作阅历，甚而受到一些磨难，可以说也许是一次“炼狱”。实际上，我后来习惯于从社会实际出发捕捉理论焦点，把现实中的矛盾提到理论上思考和分析，这些敏感观察力和理论思维能力的提高，可能得益于这些实际工作的磨练。如果没有这段实际工作的经历，我身上的十足的书生气，恐怕至今也很难有多少摆脱。

六、社会主义商品经济与市场经济研究的主攻方向

对经济理论的研究，我主张广泛而不杂，专一而不钻牛角尖，要有明确的主攻方向。我逐渐确定主攻方向，是在我国“文革”灾难结束提出改革开放以后的事。改革开放的洪流和实践呼唤，使我从搁笔十年的学术沉寂中唤起奋笔研究的激情。

开始从回顾新中国成立后 30 年的历史经验与教训，研究毛泽东曾提出正确的但在实践上反而未加贯彻的经济思想。先后发表了《学习〈论十大关系〉》（《理论学习》1977 年第 1 期）、《略论价值规律是一个伟大的学校》（《吉林大学社会科学学报》1979 年第 2 期）、《生产价格与经济体制改革》（《社会科学战线》1979 年第 3 期，辑入《社会主义制度下价格形成问题》中国社会科学出版社 1980 年版）等论文，并出版了《价值规律在社会主义建设中的作用》（吉林人民出版社 1981 年版）专著。

继之，面对中国实际，着重于社会主义商品经济理论研究的主

攻方向，引起我对马克思预见的社会主义理论和当代社会主义实践的差异分析和思考。我认为，马克思预见的社会主义原则是科学的，其基本原理是正确的，不存在所谓“过时论”问题，我们必须坚持马克思主义基本原理同中国实际相结合。现阶段社会主义实践与当年马克思预见的不同在于要不要还存在和发展商品经济问题。马克思曾在《共产党宣言》中阐述商品生产和商品交换对于促进社会化大生产发展的巨大推动作用，使资本主义生产方式不到一百年创造的生产力超过了过去一切时代全部生产力的总和。同时，他在《资本论》中也谈到商品生产会出现商品拜物教，进而导致货币拜物教、资本拜物教。恩格斯在《反杜林论》中也曾分析只要存在货币就难免恢复和出现高利贷。马克思对商品经济的二重见地分析，是无法证伪的，依然都是活生生的现实。社会主义要不要存在和发展商品经济，不是利弊选择问题，而在于是否具有历史的、客观的必然性。我反复琢磨，马克思、恩格斯为什么认为未来社会主义社会时商品经济将要消亡？为什么新中国成立以来当经济发展顺利的时候就穷折腾，提出限制乃至排斥商品经济，在遇到经济困难的时候又提出乃至强调利用价值规律和贯彻等价交换原则？于是我又回到历史考察：中国始终没有经过像西方发达国家那样经过发展商品经济创造生产力超过历史总和的阶段。西方列强用大炮轰开中国大门，并未使中国发展起商品经济，反而沦为殖民地、半殖民地。从“自然历史过程”来思考，人类社会生产发展必经商品经济充分发展阶段。这使我领悟，在当今时代，中国可以逾越资本主义制度进入社会主义，但对商品经济发达阶段则是不可逾越的。

实践提到人们面前的问题是社会主义和商品经济能否相容？斯大林在 20 世纪 50 年代承认社会主义存在商品生产和商品交换

是以公有制存在全民所有制和集体所有制两种所有制形式为根据的，这对社会主义商品经济理论取得重大突破；但他对于全民所有制内部的经济关系却依然否定其经济的商品性。我国改革开放伊始，提出改革高度集中管理体制，重视价值规律作用。这就涉及商品经济基本理论问题。当代社会主义实践和改革的使命感，使我逐渐明确社会主义和商品经济相容，归根到底是社会主义全民所有制和商品经济相容问题。面对改革现实，我提出《论价值规律在全民所有制经济中的调节作用》(发表在《晋阳学刊》1980 年第 3 期)，阐明《全民所有制商品经济根据的几种论点述评及我见》(《经济纵横》1985 年创刊号)，并发表了《关于短缺经济条件下发展生产资料市场问题的理论思考》(《经济研究》1987 年第 10 期，1990 年获中国物资流通学会优秀论文一等奖)、《论按劳分配模式的换型》(《中国社会科学》1988 年第 2 期，该刊英文版 1989 年第 2 期，《新华文摘》1988 年第 6 期全文转载，1992 年获吉林省社会科学优秀论文一等奖、1995 年获教育部人文社会科学优秀成果二等奖)和《全民企业实现自负盈亏的困扰和出路》(《活力》1998 年第 12 期，获“全国纪念党的十一届三中全会十周年理论讨论会”入选论文奖)等。

随着我国经济体制改革由有计划商品经济体制转变为社会主义市场经济体制目标，使我研究社会主义商品经济理论的主攻方向极大地提升了我的思想境界。我对社会主义商品经济的领悟较早，而对市场经济却警觉西方经济学主流学派把它同私有制联系在一起的舆论导向。我认同我国市场经济体制的选择，是从实践观察认识到：一是第二次世界大战以来，东欧原社会主义国家经济改革引入市场调节机制，当时并未引起社会主义基本制度改变，西方许多发达国家还实行经济计划，也未由此改变资本主义基本制度:二是我国改革开放以来,东南沿海及经济特区在充分发挥市场作用使生产力得到迅速发展;三是我国实现社会主义现代化要大力发展商品经济,不能不把市场作为资源配置的基础性手段。特别是邓小平关于"社会主义和市场经济不存在根本矛盾"、"计划和市场都是发展生产力的方法"、"计划经济不等于社会主义"、"市场经济不等于资本主义"等重要论断,使我更加自觉地认识到我国经济体制转变为社会主义市场经济的必然性。当党的十四大后不久,我便出版了《社会主义市场经济导论》(中国财经出版社 1993 年版,1995 年获吉林省社科优秀著作一等奖),以后又发表了《社会主义市场经济条件下的市场公平和社会公平》(《经济研究》1995 年第 8 期,1998 年获吉林省社科优秀论文一等奖)、《国企改革要把着眼点切实转变到搞好整个国有经济上来》(《经济学动态》1997 年第 12 期,1999 年获中央宣传部"五个一工程"奖)等著述。

从社会主义有计划商品经济向社会主义市场经济的转变,人们存在着认识和行为的不断适应和转变过程。从社会观察,我发现对改革反应,时而出现许多经济行为的两面人格:同一个人,一面对本企业产品要求涨价,一面到商店购买商品又骂涨价;一面在本单位分离富余人员,一面在本单位又把自己子女安排在身边吃"大锅饭";一面在政府机构"贯彻"政企分开,一面既当"婆婆"又要当"老板",等等。从改革过程分析,这是人们对体制变迁的转型时期出现的不正当理念和不规范行为的反应。针对这些社会现实,我先后发表了《关于社会主义市场经济体制的几个基本理论问题》(《社会科学战线》1993 年第 1 期)、《要用市场经济观念转换企业经营机制》(《市场经济研究》1993 年第 1 期)、《准确把握市场经济特征既要更新观念又要矫正误区》(辑入《社会主义市场经济理论与实践》吉林人民出版社 1994 年版)、《改革:呼唤社会主义市场经济法规》(《经济纵横》1993 年第 8 期)等几篇时评。

科学研究和教学是相辅相成的。经济体制改革的理论研究,推动我对政治经济学教材建设的探索。1984 年写出《关于社会主义政治经济学体系的几个问题》一文,提出"应以探索有中国特色的社会主义经济为指导思想"进行体系的研究。该文作为一家之言发表在《经济研究参考资料》1984 年第 11 期,后被收辑于《社会主义政治经济学体系探索》(经济科学出版社 1985 年版)、《社会主义政治经济学理论体系集锦》(浙江人民出版社 1986 年版)各书中。结果我发现,在讨论体系的热潮下出版的各本社会主义政治经济学著作,依然没有冲破前苏联社会主义政治经济学教科书的体系框架,包括关梦觉教授和我主持完成的《社会主义政治经济学研究》一书(上海人民出版社 1988 年版),也莫不如此。这使我觉察到,就体系框架讨论体系,在抽象的概念上争来争去,很难取得实质性的进展。马克思曾说:"人体解剖对猴体解剖是一把钥匙。反过来说,低等动物身上表露的高等动物的征兆,只有在高等动物本身已被认识之后才能理解。"(见《经济学手稿(1857～1858)》)我国现阶段社会主义处于不成熟阶段,特别是经济体制改革刚刚起步,讨论社会主义政治经济学体系对苏联式教科书体系很难突破,难免陷入不可解的先验式争论。所以,当年在 80 年代的体系热的时候,有的杂志来函邀我写体系争论的文章,我深表感谢而未命笔。

后来到 90 年代末期,我获得教育部实施"高等教育面向 21 世纪教学内容和课程体系改革计划"立项,组织东北三省高校主要从事政治经济学教学的一些教授集体新编一部《政治经济学》(高等教育出版社 1999 年出版),被评为"面向 21 世纪课程教材"和"普通高等教育'九五'国家教委重点教材"。新编《政治经济学》依然以生产关系为研究对象，但在内容和体系上进行多方面改革。在研究对象上，拓宽生产关系研究领域：既研究基本生产关系，又研究非基本生产关系；既研究基本经济制度，又研究经济运行和经济发展；既坚持所有制的姓“社”姓“资”社会属性分析，又重视所有制的多样化不问姓“社”姓“资”的实现形式探讨。在课程体系上，打通资本主义两阶段和资本主义、社会主义两部分的传统理论框架，按照抽象到具体、本质到现象的逻辑，建立浑然一体的篇章结构。该书的出版，受到社会广泛关注和反响，《人民日报》(1999 年 11 月 4 日)、《经济学动态》(1999 年第 10 期)发表专家评述，认为“是在探索马克思主义政治经济学理论体系方面的一项颇具特色的新成果”，“是整合 20 世纪人类经济思想方面的一个初步的但很勇敢的尝试”。该书于 2001 年获吉林省社科优秀成果一等奖，2002 年获教育部全国高校优秀教材二等奖。面对经济全球化的新形势和国内经济体制改革的新发展，我对《政治经济学》进行重大修改和增删，于 2004 年出版修订第二版。

七、我的主要观点述要

在社会主义商品经济条件下，研究市场经济体制、经济机制、经济运行、实现形式等基本经济理论，许多经济范畴需要重新认识和审视。我对这些现实问题研究，始终坚持把马克思主义同中国改革实际结合起来，注重一般性和特殊性的辩证分析，随着经济改革实践的进程不断探索。沿着这个主攻方向开展研究取得的理论认识和主要观点，简要概述有：

(1)社会主义和商品经济相容要从社会主义经济关系寻找内在根据。社会主义商品经济不能只限于用两种所有制或多种经济成分并存去解释，导致全民所有制经济内部的商品“外壳论”。全民所有制存在商品经济，根源于现阶段全民所有制经济的企业是采取全民公有的生产资料同按劳取酬的劳动者相结合的生产方式。劳动者按劳动参与企业分配，使企业集体对其劳动成果拥有独立经济利益，企业彼此之间必然发生真正意义上的商品经济关系。

(2)商品经济和社会主义相容，逻辑的结论必然确认商品经济和按劳分配相容。按劳分配是公有制在个人利益分配上的实现形式。关键要把按劳分配原则和按劳分配模式区分开来。按劳分配原则是由公有制决定的，而商品经济本身不决定分配原则，但商品经济会引起按劳分配原则的实现形式的变化。在商品经济条件下，按劳分配原则的贯彻必须突破实物的分配模式，实行分配模式即实现形式的换型。同时，还必须明确适应商品经济的按劳分配不等于按劳动力价值分配，两者是截然不同的分配原则，简单地等同起来是不科学的。

(3)商品经济的基本规律是价值规律。从理论上考察，价值规律不是社会主义经济新产生的特有的规律，而是存在于商品经济的几个社会、包括社会主义社会在内的所共有的同一个价值规律；同时，价值规律本身又不是外在于社会主义社会的经济规律，而是社会主义社会商品经济同样必然发生的内在规律。对此，我提出价值规律具有二重性的命题：既是几个社会共有的客观规律，又是社会主义社会依然存在的内在规律。在社会主义社会，不存在如有的学者认为的“两种价值规律”。

对于价值规律的含义，涉及对马克思提出的第一种含义社会必要劳动时间和第二种含义社会必要劳动时间的理解，学术界历来有争论。我认为，人们所说的第二种含义的社会必要劳动时间，马克思特意表述为“另一种意义”的社会必要劳动时间，以便区别于人们所说的第一种含义的、即价值决定意义的社会必要劳动时间。在争论中，有的把“另一种意义”的社会必要劳动时间又反回来放在“价值决定”意义上讨论，这不符合马克思的原意，更谈不上所谓“发展”而是跑题了。马克思对“另一种意义”的社会必要劳动时间的解释是“整个价值规律进一步发展的表现”。价值规律表现是价格，价值无不通过价格表现来实现。我主张，要突破把价值规律表述为价值决定规律，而应当看成是价值决定和价值实现的规律。从现实经济生活来考察，不仅要从价值决定揭示价值源泉，更要研究价值表现为价格的规律性，这对审视和指导商品经济运行另有更为现实的意义。

(4)社会主义经济运行形式由产品经济转变为商品经济，则对价格必须进行改革，由核算工具转变为调节杠杆。从我国实际出发，对价格改革要实行调、放、管相结合。对大多数竞争性产品放开由市场形成价格，不能放手不管，国家物价部门要由过去管定价转变为管市场价格行为。如果国家对开放价格只放不管，对违纪行为不予查处，是宏观管理的一种失策。

价格改革是固定价格变为可变价格，长期压抑价格既不反映价值又不反映市场供求关系的影响因素释放出来，会引起物价涨落变动。因而，价格改革要考虑国家财力和居民收入的承受力，会牵动千家万户。这便决定我国价格改革必须采取渐进性改革，企图“一步到位”、“毕其功于一役”、“闯关冒险”是不切实际的，会引发经济生活动荡，不利于社会稳定。

(5)我国发展社会主义商品经济，首当其冲要从发育生产资料市场开始，在理论认识上突破生产资料商品“外壳论”。要逐步缩小统一计划分配物资的种类和比重，逐步扩大生产资料市场范围，最后使物资统配调拨被统一开放的生产资料市场所取代。要尽量缩短生产资料的调拨价和市场价的“双轨价格”并存的过渡期，适时实行价格并轨，由商品市场价格取代政府调拨价格，以利于生产资料市场健康发展。

(6)我国发展社会主义商品经济必须彻底实行经济体制改革，由社会主义有计划商品经济体制转变为社会主义市场经济体制。要把经济体制和社会主义初级阶段基本经济制度区分开来。社会主义基本经济制度是不以人们的意志为转移的人类社会发展阶段的必然产物。它标志着我国的社会主义社会性质。经济体制不分姓“社”姓“资”，是适合本国国情和生产力发展的资源配置手段与经济运行方式的选择，不存在一套固定模式。我国经济体制改革同样是一场深刻的社会革命。要在社会主义初级阶段基本经济制度的前提下，对社会主义市场经济体制的改革不断深化和完善，在改革过程中始终把握社会主义的基本方向。

(7)市场经济体制是使市场对资源配置起基础性作用，不能离开有效配置资源而把市场经济看成是万能的。在转向市场经济体制的过程中，要时刻注意解决三个误区：一是把市场经济误认为搞“拜金主义”。对市场经济的正当盈利和不择手段的惟利是图等同起来，伪劣假冒、坑蒙拐骗泛滥，不仅浪费资源，而且严重破坏生产力。二是把市场经济误认为一切都可以市场化。市场经济是经济市场化，即使在经济领域，市场对公共部门和自然垄断行业调节的有效性也是有局限的。而在文化领域不能完全市场化，要把文化事业和文化产业区分开来，否则不免要泛“黄”，难出精品，不利于社会主义精神文明建设。至于政治领域更不能市场化，否则会出现“权钱交易”，腐败丛生，葬送社会主义前途。三是把市场经济误认为经济自由放任。市场经济不是要回到亚当·斯密的“守夜人”

年代不要国家宏观调控和管理，市场配置资源不是取消计划手段的宏观战略性指导，市场经济自主行为不是不要法律规范和道德约束，否则会使市场运行无序和损害配置资源效率。现代市场经济要把国家宏观调控和市场调节机制有机结合起来。

(8)社会主义市场经济体制是同社会主义基本制度结合在一起的。市场经济体制本身不分姓“社”姓“资”，但都无不置于一定社会基本制度之下，不同社会主义基本制度结合，便同资本主义基本制度结合，没有什么“中间道路”。我国市场经济体制必须加上“社会主义”四个字，否则意味着放弃社会主义，这在当代中国是行不通的。把市场经济体制同社会主义基本制度结合在一起，实行社会主义条件下的市场经济体制，这在世界上迄今没有现成经验可循。我国建立和完善社会主义市场经济体制是有深远历史意义的伟大的创新事业。

(9)我国经济体制改革，中心环节是国有企业改革。这是社会主义基本经济制度和市场经济相结合的重点和难点。我国国有企业改革，不能就企业改企业，必须把国企改革的着眼点转变到搞好整个国有经济上来，按照控制国民经济命脉的行业和重要领域实行企业有进有退的战略性重组，以利于发挥主导作用。在改组、改造的前提下实行两面配套改革：一方面是企业实行制度创新，实现投资主体多元化，建立和完善现代企业制度，真正成为法人实体和市场竞争主体；另一方面是政府实行政资分开、政企分开，健全国有资产监督管理机构和建立国有资本产权经营主体，维护国家所有者权益，落实国有资产保值增值责任。前者改革难点在于解决企业历史负担问题；后者改革难点在于政府“要用自己的刀削自己的把”。没有国有资产监督管理与营运体制改革，国有企业改革不可能到位。

(10)市场经济体制运行涉及效率和公平问题。对此，无论西方学者或我国学者都有不同解释，理论界存在较大歧义。我认为，市场效率是指市场机制优化资源配置的效率。公平则划分为市场公平与社会公平。市场效率和市场公平是一个硬币的两面，两者相辅相成。社会公平是收入分配的公平，市场经济是无能为力的，两者存在矛盾。不同社会制度有不同社会公平观。社会主义社会公平观是逐步实现人民共同富裕。社会主义市场经济体制与社会主义基本经济制度结合，要求把市场效率和逐步实现共同富裕的社会公平结合起来，既发挥市场经济的效率优点，又发挥社会主义基本经济制度的优越性。我们要用市场效率推动社会生产力的发展，以社会公平奔向逐步实现社会主义的共同富裕目标。

上述的理论认识和主要观点，体现在我出版的20部著作（含教材）和发表的120余篇学术论文之中。并出版了《张维达选集》(1956～1994)（“中国当代经济学家文丛”之一，山西经济出版社1996年版）和《张维达文集——中国市场经济与国有企业改革的政治经济学研究》(1995～2001)（长春出版社2001年版），先后曾获省、部级社科优秀成果15项次奖励。

八、把学识奉献给社会

“悠悠出山水，浩浩无停注”。真理的探求没有终极，我50余年的学术探索之路不过是迈向新的科研征途的一个起点。

回顾我的学术求索，多属面对实践进行的基础理论研究，听从实践的呼唤，不愿作奉命文章，反映我当时理解了的认识，不说自己不愿意说的话。我的学术思想和主要观点，并不都是我首次提出来的。大体说来，可以分为三类：一类是我赞同的某些学术思想;另一类是在理论讨论中提出我的独立见解;还有一类是我首次提出来的观点。说我的学术思想,其实是说我的学术主张。我经常反躬自问自己的学术见解是否符合实际,力求经受住实践的检验和时间的考验。

随着时间的推移和实践的发展,我的文章有的是稚嫩的,有的见解尚没有揭示问题的实质,还要跟上时代的步伐孜孜以求。作为经济理论研究的学者不同于“经济人”的心态,不应追求成本和收益比较,而要求索社会经济发展的真谛。不求从社会多占一份奢侈,但愿在接近悠悠无尽头的真理长河中滴下几滴水。

多年来,我在学术研究和理论教学中取得的业绩,受到党和政府的多次鼓励。1990 年被评为吉林省优秀教师,1991 年被批准享受国务院政府特殊津贴,1997 年被评为吉林省“三育人”先进个人,1998 年中共吉林省委、省人民政府授予吉林省首批省管优秀专家,教育部、国务院学位委员会授予 2000 年全国优秀博士学位论文指导教师。

高校里的学者既要以学术研究奉献给社会,还要把学识传授给学生,为人师表。学者既要有渊博学问,更要有崇高人格,被社会所认可和尊崇。2001 年 10 月,学校为我举行执教 50 年庆典暨学术思想研讨会。吉林省委书记、副省长、国家教育部社科司副司长和我校校长在会上讲话,还有经济学术团体及已毕业的硕士、博士、博士后相继发言,对我的学术成就给予热情鼓励。此情此景,使我体验到,学术的成就总是有限的,而学术的事业却是无限的。“长风破浪会有时,直挂云帆济沧海”。我愿再接再厉,与时俱进,乘风破浪,迈向学术征程的美好明天。

张维达主要论著目录

1.《价值规律在社会主义建设中的作用》,吉林人民出版社 1981 年版。

2.《政治经济学教科书(资本主义部分)》(主编),吉林人民出版社 1981 年版,1986 年修订第二版。

3.《统计学理论与方法》(主编),吉林人民出版社 1983 年版。

4.《价值规律与价格改革探索》,吉林大学出版社 1988 年版。

5.《社会主义经济体制比较通论》,辽宁人民出版社 1989 年版。

6.《企业工资管理》(主编),吉林人民出版社 1989 年版。

7.《社会主义市场经济导论》(主编),中国财政经济出版社 1993 年版,高等教育出版社、吉林大学出版社联合出版修订第二版。

8.《政治经济学》(主编),高等教育出版社 1999 年版、2004 年修订第二版。

9.《张维达选集》(1956～1994)(中国当代经济学家文丛),山西经济出版社 1996 年版。

10.《张维达文集——中国市场经济与国有企业改革的政治经济学研究》,长春出版社 2001 年版。

东方管理学派创始人

——记苏东水教授的学术大师风范

◎ 颜世富　陈　静

苏东水教授既是温文尔雅、博学多识、才思敏捷、著作等身的学术大师，又是一个写出“任凭风浪起，稳坐钓船中”豪迈词句的英雄好汉。

一、山川秀美，英才荟萃

苏东水，字仲生，别号德生，福建省泉州人，汉族。1932 年 10 月 23 日出生于一个爱国华侨家庭。泉州是举世闻名的文化古城、著名侨乡、宗教圣地、台湾汉族同胞主要祖籍地，古人盛赞它“山川之美，为东南之最”，是“市井十洲人”的都会。

一方水土养一方人才。泉州在历史上出现过众多著名的文学家、科学家、政治家、军事家、思想家，像宋代的苏东水教授的先祖苏颂便是世界首创钟表的科学家，同时又是一位贤相。在近代历史上，泉州也养育了众多著名的企业家、慈善家，当今世界华人富翁名录中 230 名中有 35 名是泉州籍的。泉州籍的海外华侨、华人和港澳同胞有 670 多万人，台湾同胞中有 900 万人祖籍泉州。据不完全统计，在上海工作的泉州籍的院士、博士生导师、教授、高级工程师、高级建筑师、高级律师、高级经济师、高级医师、高级记者以及厅局级领导达 500 余人。其中，苏东水教授又是泉州成功人士中的佼佼者。

苏东水教授 1953 年毕业于厦门大学企业管理系，在校期间勤奋刻苦、博览群书，为后来的知识创新打下了厚实的基础。他毕业后到国家重工业部任调研员。他多次深入到许多工矿企业和农村，就企业管理、技术管理、技术教育，以及如何提高劳动生产率等问题发表了 100 多篇文章，并编写了大量的关于新中国建设的通讯报道。

后来，苏东水教授先后在上海社会科学院、上海财经大学、复旦大学等单位任教、从事科研工作。他从 1972 年起到复旦大学工作，此后他的主要教学科研工作就以复旦为基地，面向全国，走向世界。苏东水教授历任复旦大学校学术委员会委员、学位委员会委员、经济管理系主任、复旦大学经济管理研究所所长、复旦大学东方管理研究中心主任、复旦大学工商管理博士后流动站站长和应用经济博士后流动站站长，为复旦大学创建经济管理学科、应用经济一级学科和产业经济学与企业管理学科博士点国家重点学科建设做出了杰出的贡献，被授予“复旦大学首席教授”称号，为复旦大学国家重点学科应用经济学学科学术带头人，博士生导师，国务院表彰为“发展中国高等教育事业有突出贡献专家”。被聘任为国务院学位委员会经济学科、应用经济和工商管理学科评议组成员、全国博士后管委会专家组成员。

此时，苏东水教授还担任世界管理协会联盟(IFSAM)中国委员会主席、中国国民经济管理学会会长、上海管理教育学会会长，世界管理论坛学术委员会主席、东方管理论坛执行主席、世界华商管理大会执行主席；历届世界管理大会中国代表团团长，并将担任2008年IFSAM世界管理大会主席。同时，苏先生还先后协助泉州创办黎明大学、仰恩大学，在上海联合创办东华国际人才学院、东亚管理学院，担任校长。除此之外，他担任着许多国内外高校的兼职教授及地方政府的决策顾问。

二、遍数佳绩，心潮涌动

苏教授执教半个多世纪，首次创立改革开放之初中国的社会主义宏观经济——国民经济管理学科体系，建立以“人为学”为基础的管理心理学、产业经济学、企业管理学、区域经济学等新学科体系，50余年笔耕不辍，既灵敏天成，又勤奋治学，其主要著作近80余部，授课20余门，并承接国家和各部委重点课题20余项，获20多个奖项，其中10项为国际、国家和部省级特等、一等奖，并创建新学说，即以“以人为本，以德为先，人为为人”的“三为”思想为核心的东方管理学，为中华民族在国际管理学界独树一帜之学派。

（一）创立国民经济管理学科理论体系

苏东水教授自1982年起主持编写的《国民经济管理学》是我国第一部社会主义宏观经济管理专著，他还著有《经济管理导论》、《国民经济管理学讲义》、《国民经济管理500题》等。他主持编写的《国民经济管理学》受到学术界和中共中央组织部、宣传部、国家经委等国家有关领导的充分肯定和重视，曾在中南海组织对该书的评议，并将其确定为全国党政经济、管理干部的教材。该书主要是通过对国家经济生活的各部门、各组织、各环节、各领域，比较系统全面地论述了国民经济管理的目标、过程、内容、组织、方法和效益，对我国经济管理体制的改革和完善，提高我国经济管理水平，促进国民经济管理学科建立、教学与研究，均具有重大意义。该书有许多创新内容：第一，在我国首创比较完整的、合理的国民经济管理学科理论体系；第二，在理论上有所突破，为建立中国特色国民经济管理理论开拓了一条新路；第三，把传统与现代的管理科学结合起来；第四，系统解释应该如何提高社会效益；第五，在此基础上研究与建立了几个分支新学科，如：经济监督学、经济决策学和城市经济学等。

苏东水在总结10余年的教学经验及收集多方面意见与建议的基础上，又于1998年主编出版了《中国国民经济管理学》。该书形成了理论、主体、过程、行为和国民经济管理学的体系。它研究了作为国民经济管理主体的政府的管理模式、经济政策及领导行为；阐述了国民经济管理过程，如何有效制定发展战略，实施国民经济计划决策、监督调控，运用管理手段、协调平衡、发展经济；探索了国民经济运行中，如何有效地对产业、区域、资源、人力、市场、企业、涉外、国有资产及劳动与分配等经济行为进行管理；最后探讨了社会经济协调发展中的指标系统、发展道路和人的问题。该书发行300余万册，为国内外同类著作发行量之冠，引起较大的社会反响，并先后获得全国优秀图书奖、国家教育委员会高等学校优秀教材一等奖、上海哲学社会科学优秀著作一等奖等奖项。

（二）创立以“人为学”为基础的管理心理学科理论体系

苏东水教授是国内最早介绍、研究行为科学的学者。1979年他在上海组织了全国第一个行为科学研究小组并任组长，在他参加主编的《工业企业经营管理学》(1981年版)第23章中曾列专章介绍了行为科学，并首先主张在复旦大学开设这门课程。他于1986年出版了《现代西方行为科学》和《管理心理学》，成为国内利用行为科学理论对企业高级管理人员进行仿真测评研究的开拓者。苏东水教授出版的以“人为学”为基础的《管理心理学》，对人的个性、人的需要、人的期望、人的挫折、人性管理、激励行为、决策行为、领导行为、组织行为、创造行为、劳动者心理、消费者心理、青年人心理、群体心理、心理测量等内容进行了深入、广泛的研究。该书从体系到内容，一直对中国管理心理学、组织行为学的教学科研工作发挥着重要影响。到目前为止，《管理心理学》已经出版了四版，发行量超过100万册，是中国发行量最大的心理学著作，该书于1994年获得上海哲学社会科学优秀著作一等奖。

（三）在应用经济学研究领域的贡献

2004年12月，苏东水教授在东方出版中心出版了《应用经济学》。这本书是国内出版的第一本全面研究应用经济学的著作。企业、市场、政府、社会等四篇构成了本书的研究框架和体系。本书打破了宏观经济学和微观经济学的严格界限，深入分析了我国国民经济各个具体环节的经济活动及其发展规律、运行机制，特别是涵盖了宏观经济学和微观经济学所不能顾及的介于经济总量和经济个量之间的中间层次问题，使经济学的体系能够涵盖国民经济的各个方面、各个环节，成为一个完整的学科体系。本书的另一个特点是，打破了经济学和管理学的严格界限，把组织外的资源市场配置问题和组织内资源的计划(行政)配置问题有机地结合起来，把经济学与管理学结合起来，在更加宽广的范围内研究经济的发展和运行问题，既重视对国民经济活动的理论分析和实践经验的总结，又重视对人的行为规律的研究。

早在这本《应用经济学》问世之前，苏东水教授就对应用经济学的发展做出了许多贡献。

1. 对创立中国沿海区域经济发展理论的贡献。苏东水以马克思区域经济理论为指导，就该领域的理论、战略、区域、对策诸方面进行比较研究，并于 1986 年在日本“东亚地区开发协作国际研讨会”上作了题为“中国经济改革、发展与东亚地区协作关系”的学术报告，受到了与会各国代表的重视与好评。他从 1982 年起通过实地调查研究，1986 年首次提出了“泉州模式”(即股份制的经济模式、外向型的市场经济、侨洋式的生产条件、灵活性的经营管理、国际化的发展道路)的观点，从理论与实践上阐述并论证了市场经济发展道路。1989 年在全国举办的“海峡两岸经济文化发展研讨会”上，苏东水教授建议在泉州建立“对台贸易加工区”。作为沿海地区经济研究的一部分，苏东水教授还组织了泉州市经济社会各方面的规划，并为泉州市制定了发展战略。另外，他还主持召开了 10 余次中外管理模式比较、区域发展研究的国际学术研讨会。

苏教授在 20 世纪 80 年代中接受教育部国家重点学科博士点“中国外向型经济发展”科研项目，通过多年在大江南北的实际调查研究，进行论证，于 1991 年 4 月 18 日在上海召开的“东亚——中国沿海经济发展”国际研讨会上首次提出了中国 90 年代沿海发展战略总构思：“以上海为中心，南北两翼齐飞，以沿海为中轴，内外市场联动”的中国沿海地区经济发展模式，国内外近10家新闻媒体报道了这一具有重要意义的战略观点。后来邓小平的1992年南方重要谈话事实上肯定了这种观点。

2. 对建立中国乡镇企业经济学科的贡献。苏东水教授对中国乡村小企业的调研始于1958年，开始探讨社队工业。80年代，苏东水教授在担任华东管理学会会长时，于1987年组织编写出版了《乡镇经济学》。他主持了上海市“七五”重点科研项目“中国乡镇企业模式比较研究”，并于1986年率先主持了全国性的“乡镇经济模式比较”研讨会，提出了把乡镇建设成“城乡融合的新型区域”的战略目标；他主编的《中国侨乡经济管理学》和《中国乡镇企业家丛书》共八册，几乎涉及了乡镇企业经营管理的所有方面，全国十多家报刊专门对此作了介绍。

3. 对建立经济监督学科的贡献。1986年出版的国内首部《经济监督学》是苏教授在这方面的代表作。该著作系统地研究了经济监督的对象、历史、概念、分类、目的、职能、过程、作用和体系等，提出了这门学科的理论体系和实施的框架。苏教授在担任上海市政协委员期间，根据经济监督学的基本原理和现实情况，对政府高级管理人员如何自我监督提出了重要的提案。

(四)对建立现代管理科学体系的贡献

苏教授在主讲和研究马列主义原著与管理学科的课程期间，探讨了这两者之间的关系，在20世纪80年代中期的校学术报告会上作了《资本论》与管理科学的学术报告。1985年，苏东水教授在《复旦学报》上发表了《试论管理科学的性质与对象》。他首先以马克思关于管理二重性的理论为指导，在率先挖掘中国历代管理思想宝库的基础上，第一次阐述了管理科学的多功能、多层次、多属性的特点，明确提出管理科学是一个综合性研究生产力、生产关系和上层建筑的科学体系；与自然科学、技术科学具有同等重要地位的论点。实践证明，这一具有开创性的论点，为中国式的管理科学体系的建立指明了方向，奠定了坚实的基础。鉴于其重要的理论研究和实践指导意义，《试论管理科学的性质与对象》获上海哲学社会科学论文奖。

(五)对发展我国工业经济和企业管理理论的贡献

苏东水教授与他人合作编写的《工业经济管理》一书，获全国经济管理干部培训教材优秀一等奖。《工业企业经营管理学》(上、下册)一书，是国内该领域较早的一部著作，获得上海市"六五"哲学社会科学著作奖。他在1982年主编和撰写的国内第一套《企业经营管理教材丛书》(共计18卷)，系统地论述了企业的计划、生产、组织、销售诸环节，成为我国最早编著发行的一套较为完整、系统的生产经营管理人员的实用工具书。

(六)对研究间接控制论的贡献

1986年苏东水教授在江泽民同志主持的上海市理论双月会上提出了"间接控制论"等观点，全文被印发上报中央。苏教授提出，建立新型的社会主义经济体制，主要在于增强企业活力、完善市场体系和搞好间接控制这相互关联的三方面，公开提出了国家对企业的管理由直接控制改为间接控制为主的观点。

(七)对建立现代企业家理论系统的贡献

1987年苏教授主持了上海社科重点科研项目《现代企业家研究》，发出了对敢于在市场充分开拓创新的现代新型企业家的呼唤；并于1989年出版了《现代企业家手册》一书，首次就现代企业家的含义、特征、素质、性质、作风、行为、环境、经营管理及领导艺术作了全面论述。他组织指导设计的《现代企业家仿真测评》的科研项目被社会评价为"国内领先，具有国际先进水平"。

（八）对中国企业管理现代化研究的贡献

苏东水教授主持的《中国企业管理现代化研究》是上海市“六五”重点科研项目的成果，1989年由上海人民出版社出版。该书荣获上海社会科学特等奖，获得社会广泛好评。该课题取得了如下显著成果：一是在我国首次提出较完整的中国企业管理现代化的体系内容，即：思想、组织、人才、方法、手段现代化，并得到国家经委认可，被写入《企业管理现代化纲要》；二是就管理思想、组织、方法、手段、人才现代化开展系统研究，提出中国企业管理的理论及有关新颖观点；三是在比较国外企业管理现代化过程和经验的前提下，提出了中国企业管理现代化的模式，并进行了展望；四是研究现代管理中古为今用、洋为中用的问题；五是苏东水主编的《现代管理学》一书，在《企业管理》杂志上连续刊出。这本专著是我国第一本系统地论述中国企业管理现代化的著作，具有较高学术价值和应用价值。

（九）对创立中国产业经济学科的贡献

苏东水教授通过10年研究，首次建立了融合中外理论于一体的中国产业经济学科，在实践工作中，苏先生先后负责过“著名跨国公司在华竞争战略”、“产业经济国际竞争”、“上海产业结构调整研究”、“晋江市产业国际竞争力研究”、“杨浦区区域发展战略”、“非公高等教育产业的研究”等产业经济方面的项目。在多年实际研究工作并结合国内外产业经济学理论的基础上，苏教授著成《产业经济学》一书。该书被选为“中国高等教育面向二十一世纪重点教材”，由高等教育出版社于2000年出版第一版，并将于2005年8月出版新版。苏东水教授主编的这本产业经济学，主要对产业结构、产业关联、产业组织、产业布局和产业政策等内容进行了深入的研究，被许多大学选定为教科书。以该书为学术支撑，苏东水教授领衔的复旦大学管理学院产业经济学系被评为国家重点学科。

三、人为为人，创新学派

苏东水教授在学术研究上建树颇多，但最大的贡献是创建东方管理学派。

苏东水教授从事50余年的管理学和经济学教学、科研实践，浏览和研究的著作汗牛充栋，他发现对于管理的内涵和本质，各家各派均有不同的说法。综观古今中外各派之言，他融其精髓，得出一个自己认为较准确的观点：管理学的精华是"以人为本，以德为先，人为为人"，而管理的本质、核心是"人为为人"四个字。

在苏教授众多的东方管理理论研究成果中，《中国管理通鉴》、《管理学》和《东方管理》是三本标志性的著作。

《新闻报》1997年8月3日刊登了一篇对苏东水教授的专访：《苏东水：倾心经营"东方管理学派"》。在这篇专访前面，介绍了苏东水教授充满激情的几句话："中国不是没有管理学，是没有认真研究过，在有生之年我要尽力确立东方管理学派在世界管理学界的地位。"

现代管理学基本上以西方的理论模式为标准，言必称西方。苏东水教授早在20世纪70年代就开始探讨怎样融合古今中外管理理论的精华，建立植根于中国文化与现实土壤的独特的东方管理模式。

1996年由浙江人民出版社出版的《中国管理通鉴》分四卷，共计280万字，是世界第一部全面而系统地总结、梳理、研究中国古代管理思想的著作。苏教授率领其学术团队，在广泛搜集整理经、史、子、集等中国传统文化典籍中的管理思想的基础上，研究儒、墨、道、法、兵、纵横、阴阳、杂、农、技等百家流派、人物的管理思想，构建了以治国学、治生学、治家学、治身学为基本内容的东方管理学理论体系。《中国管理通鉴》资料翔实，考据严密，兼容并蓄，不仅为进一步深入研究中国传统管理思想奠定了坚实的基础，也为中国传统管理思想研究提供了一个成功范例。该书先后获得了教育部高等学院人文科学成果奖、1996～1997年上海市哲学社会科学优秀成果一等奖，上海汽车教育基金会一等奖。

2001年苏东水教授在东方出版中心出版的《管理学》，是在他多年探索的基础上形成的关于管理学新体系的研究成果之一，是多年思索的结晶。他自1976年开始发表研究中国古代管理思想的文章，开设“《红楼梦》经济管理思想”讲座。1986年他首开先河，在《文汇报》上发表“现代管理学中的古为今用”一文，在社会上引起极大反响。同年，他在日本参加的现代化国际研讨会上专门介绍了中国现代化管理中古为今用的事例，引起与会专家、学者、企业家的高度重视，他们提出了要与苏东水合作研究，建立管理的东方学派。苏东水主编的《管理学》具有以下特色：首先，它深入地阐述了管理学的核心：“人为为人”。指出管理学主要是研究管理领域人的行为和为人的要素、过程以达到高效目的的一门学科。其二，本书内容融合了古今中外主要的管理理论、方法和技巧。其三，该书深入阐述了由他多年探索、研究形成的一个管理学的最新体系。全书共分五篇，第一篇总论，主要是研究管理学的对象、本质和学科基础；第二篇原理，主要是研究东方管理的治国、治生、治家、人本的理论及其现代价值；西方管理理论从古典管理理论、行为科学理论到现代管理理论丛林的形成、发展及启示；华商管理中的创业、经营、创新及其国际意义。第三篇要素，主要论述管理中的主体、权力、组织、文化、心理活动及对管理效益的作用和影响。第四篇过程，主要是研究管理的目标制定、计划决策、领导指挥、监督控制、激励方法及其如何提高管理的效率、效率、效果。第五篇发展，主要探讨新时代的创业管理、知识管理及管理思想的世纪回归。

2003 年，苏教授主持的国家自然科学基金项目“东方管理学思想研究”的成果之一《东方管理》又出版了。全书分五篇二十四章，共计 55 万字。苏教授在解析《周易》、道家、儒家、佛家、兵家、墨家、伊斯兰和现代人本管理等流派的“人为”学说的基础上，提出了“修己安人”、“中庸之道”、“德治兴邦”、“德法兼容”、“以德为先”等“为人”思想和理论，并围绕“人为”学说和“为人”理论，结合现代经济管理的实践问题，构建了“人为为人”的东方管理学理论体系和研究方法。苏教授还在《东方管理》中探讨了东方管理文化的复兴、东方管理文化的现代化及世界影响和 21 世纪管理理论的融合创新等重要问题。真正做到了传统管理方法与现代管理实践交融、古代管理思想与现代管理理论交融、东方管理学研究方法与西方管理学研究范式交融，实现了东方管理学研究的古为今用、洋为中用。

苏东水教授认为，管理的本质与核心可以概括为“人为为人”。每一个人要注意自身的行为修养，“正人必正己”，然后从“为人”的角度出发，来从事、控制和调整自己的行为，创造一种良好的人际关系和激励环境，使人们能够持久地处于激发状况下工作，使能动性得到充分的发挥，“人为”与“为人”两者具有辩证关系，互相联系并且可以转化。对任何管理者或被管理者，都有一个从个人行为逐步向为他人服务转变的过程，即从“人为”向“为人”转变的过程。这一过程体现在家庭、行业、国家一切方面的管理之中，管理者与被管理者越是注重自身行为的素质，其为人即管理的效果就越快。从领导学的角度看，“人为”侧重“领”，通过领导者修炼自我素养而为被领导者做出表率；“为人”侧重于“导”通过关注被领导者的情感、利益和需求来引导他们的行为，使之与领导的行为一致，与组织群体的目标相一致。“人为为人”的要旨是把伦理与管理结合起来，把合乎规范的“领”与合乎情理的“导”结合起来，把领导者的行为与被领导者的行为结合起来，并从中寻求中正、中和、中庸、中行的途径以达成群体目标。苏东水教授指出，要建立中国特色的社会主义经济体制，应该重视研究人的行为、企业本身的行为和国家对企业管理的行为，这是经济起飞发展的三个车轮。同时，“人为为人”的观点解决了人的心理行为过程的三对矛盾：一是“激励与服务”，二是“义和利”，三是“人为和为人”。

在西方管理学占据主流地位的时期创建东方管理学派，这其间的艰辛和困苦，只有苏东水教授本人和紧紧追随他的学生才有深切的感受。一般的人，看见的大多是轰轰烈烈的壮观场面，可是有多少人明白在这些轰轰烈烈的壮观场面后面的苦心经营和呕心沥血。

例如影响盛大的“‘97’世界管理大会”。这次大会有 33 个国家和地区的 350 余位专家、学者、政府官员参加。《人民日报》、《中国日报》、《大公报》、《中国科学报》、《光明日报》、《新华每日电讯》、《中华工商时报》、《经济日报》、《新闻报》、《解放日报》、《文汇报》，以及中国中央电视台等 50 余家新闻媒体对这次会议进行了报道。其中，《新闻报》的报道最全面。我们可以从《新闻报》1997 年 7 月 20 日第 2 版文章大标题看到一些会议关注的热点：《东西方管理文化的升华》；《为人的管理》；《走向宏观间接调控》；《让管理来拥抱文化》；《“爱人”的管理》；《亚洲模式还缺什么；新文化呼唤新组织》。"东方管理在世界叫响"成为共同的声音。但是,这其中办会的艰辛却少有人知。在会议筹备过程中,苏东水教授经常深夜才从地处五角场地区的复旦大学赶回地居徐家汇地区的家里;博士生不分白天黑夜地忙会务。跟随苏东水老师的一些博士生感慨道:只要苏老师想做的事情,不管有多少艰难困阻,苏老师最终总会成功的。由于苏东水教授个人的人格魅力,他在遇到困难的时候总有人帮助。

正如在'97'世界管理大会召开前夕,苏东水教授在《'97'世界管理大会文集》的"编著的话"中写道:

'97'世界管理大会,是盛世高朋满座之大会。历经三载辛苦运筹,一言难尽。本为世为国为人办事也非容易之举。幸得知心同仁门弟力助,荣获国家经贸委、国家教委等领导明志支持,终于开成会议,深感五内。

会议结束后,苏东水教授在1998年元旦《满江红》里慷慨激昂地写到:

岁首年终,浦江红,今昔不同;东华人,遍数佳绩,心潮涌动;侨乡十年业绩丰,世管大会聚蛟龙;霹雳处,五十家媒介赞庆功;遇险阻,协力冲;干劲足,效果隆;任凭风浪起,稳坐钓船中;管理通鉴获首魁。东方学派齐心攻,再奋斗,复兴建奇功,真英雄!

1999年6月6日,经过许多艰苦的努力,复旦大学东方管理研究中心终于举行了成立仪式,复旦大学副校长孙莱祥和当时任青岛市市长的王家瑞博士为复旦大学东方管理研究中心揭牌。从此,以复旦大学东方管理中心为基地,以苏东水为核心,东方管理文化的研究团队日渐壮大,东方管理研究日益兴盛。

四、师高弟子强,学术得弘扬

苏东水教授热爱高等教育事业,乐育英才,甘为人梯,自执教以来，已培养硕士（含 MBA）200 余人、博士 80 余人、博士后 40 余人。他的许多学生都已经成为著名学者、高级党政领导干部和杰出企业家。修己安人、知行合一，苏东水教授通过培养学生在理论上、实践上研究和弘扬东方管理文化。跟随苏老师学习过的人，在事业、生活等方面都有大发展。许多已经成为国家栋梁的弟子，仍为曾求学于苏门而感到幸运，他们自发组织"东水同学会"，并将部分东方管理学理论学习、研究和实践心得汇编成集。

中国改革开放伊始，苏教授任中国国民经济管理学会会长和上海管理教育学会会长时，就为全国首次开设"企业管理"、"国民经济管理"、"管理心理学"、"经济管理"等电视讲座，听讲学员近百万人次；并受国家经委委托举办"企业管理研究生班"、"工业经济研究生班"，受国家教育部委托，由复旦与东华国际人才学院联办"现代国际经济管理高级研讨班"、"产业经济研修班"等，最早开拓高层在职人才的培养，为国家培养高级管理人才，还为复旦大学创立产业经济学博士点国家重点学科、应用经济学和工商管理一级学科、设立东方管理学博士点及硕士点做出不懈努力。由于有目共睹的成就，他被国务院表彰为"发展中国高等教育事业有突出贡献专家"。目前苏教授仍坚持亲自指导博士生，每周都给他们上课。他不仅对自己的学生言传身教，对慕名而来的学生也悉心指点，他的学生来自四面八方，甚至有一位日本著名大学的教授也屡屡来信、拜访，请求做他的博士生。

苏教授朴素的办公室，因为有师生的相聚、切磋、谈笑而倍添暖意。他本着弘扬复旦校训"博学而笃志，切问而近思"的精神研究学问，并不对学生耳提面命，而是提出问题，三言两语地点睛、诱导，让大家七嘴八舌地讨论，气氛热烈之时，教授会心微笑地记录同学的发言，声浪平息之后，他便井井有条地提炼出主要理论观点，任何一个精彩发言都不会漏下，同时他还指出发言中论点和论据的创新和不足，点明思考的方向，真令听课的学生既佩服又难以置信：教授思路如此敏捷，思维如此活跃，青年博士生倍感“虽不能至，心向往之”。

苏教授不仅在课堂上教书育人，也在社会活动中教书育人。他自幼爱好文学，富有正义感，16 岁即参加爱国进步运动。大学毕业后，除致力教学研究，还不辍社会公益，教育事业。

在苏教授的学生中，有着各行各业的精英人物。

王家瑞和金壮龙是苏老师政界学生的代表。王家瑞跟随苏老师学习时，担任国家经济贸易委员会副司长、司长。他 1995 年 8 月到山东省青岛市工作，先后担任中共青岛市委常委、青岛市人民政府副市长，中共青岛市委副书记、青岛市人民政府市长。2000 年 9 月任中共中央对外联络部副部长。2003 年 3 月任中共中央对外联络部部长。第九届全国人民代表大会代表，中国共产党第十六届中共委员会候补委员。王家瑞对于东方管理学的战略发展提出了相当多的建议：编写著作、开设课程、招收学生等。对于王家瑞这个学生，苏老师很感动：王家瑞没有因为地位的不断升迁而忽视对老师的牵挂、尊敬、爱戴。王家瑞担任中共中央对外联络部部长后，仍然一如既往地牵挂、尊敬、爱戴苏老师。

金壮龙师从苏东水教授时，任上海航天局局长、上海航天科技研究院院长。2003 年被提拔为国防科工委秘书长（副部级）。他领导上海航天人发扬“自力更生、艰苦奋斗、严谨务实、勇于攀登”的航天精神，在资金、设备、加工手段及基础工业等方面均比世界航天大国差得多的艰苦条件下，生产出了赶超世界先进水平的运载火箭、人造卫星等高科技产品，为中国航天事业做出了杰出贡献。他是把东方管理的思想运用到管理实践中卓有成效的学生之一，曾发表过“以德为先，发展航天企业”的文章。

苏东水教授的学生，多数人在企业里担任高级管理人员，如福建海宏科技发展有限公司董事长游宪生、上海建工集团副总裁童继生、漕河泾高科技园区开发总公司副总裁陈青州，他们将苏东水教授的管理思想直接用到企业管理的实际工作之中，取得了良好的绩效。

大学是苏东水教授的学生弘扬东方管理学的主战场。江西财经大学副校长吴照云教授，对中国古代管理思想的现代应用进行了深入的研究；上海交通大学管理学院院长王方华教授，在讲授战略管理、市场营销等课程中，大量融入东方管理智慧；河海大学国际工商学院院长张阳博士在学院前面树立了高大的孔子塑像；北京大学管理学院案例研究中心主任何志毅博士对于中国本土企业的成功案例进行了深入的研究，在国内开展最受尊敬的企业家评比活动，影响甚大；复旦大学芮明杰教授、苏勇教授将东方管理思想融入战略管理、管理伦理学、产业经济等学科的教学科研工作之中；袁闯博士开创了混沌管理学学术；颜世富博士的博士论文就是专门研究东方管理学的，在苏东水教授、王方华教授的鼎力支持下，在上海交通大学东方管理研究中心大力弘扬东方管理学。

通过苏东水的学生的广泛实践，东方管理学得到大力弘扬！

五、德艺双馨，大师风范

桃李不言，下自成蹊。关于苏东水教授的为人，我们可以从他的学生、同事、老乡等多方面的人士对他的评价进行全方位的认识。

全国政协常委、苏州大学教授朱永新博士认为：“苏老师对学生非常关心，凡是能够帮忙的事情，他一定会尽力”。

福建省人大常委会原副主任、中共泉州市委原书记张明俊是苏老师老家的父母官，张明俊评价苏东水教授：“作为在外地工作的泉州人的优秀代表苏东水教授心系故土，不仅每年要回老家过年，而且有一颗造福桑梓的真诚的心，经常为家乡的发展建设出谋献策并一直坚持到现在，为泉州和福建的建设做了大量的实际工作，做出了巨大的贡献”。

上海市教卫党委原副书记、上海市十届人大常委会华侨民族宗教委员会原主任委员胡绿漪称赞苏东水教授：“爱国爱乡，心系家乡父老乡亲的冷暖是苏教授的以人为本、以德为先、人为为人理念的真实写照”。

山东省荷泽市副市长夏鲁青作《东方之树礼赞》歌颂苏东水教授：“先生树人，泽被四方。戚戚乎爱生如子，孜孜乎诲人不倦”。

国家工商总局公平交易局副局长部展认为：苏先生的涵宏盛大、博闻强记和才思敏捷、德艺双馨。作为教育家，苏先生热爱高等教育事业“率先垂范”，以教书育人为天职，秉承“君子所泽，源远而留长”的信念，“欲栽大木柱长天”，立志为国家培养经国济世之才。

福建省旅游局副局长李毅强博士对苏东水教授在培养人才方面独具慧眼，不拘一格地选拔人才、培养人才印象深刻。

江西财经大学副校长吴照云教授佩服苏教授年高不闲，壮心不已，仍以“路漫漫其修远兮，吾将上下而求索”自勉，坚守三尺讲台，笔耕不辍，为东方管理思想走向世界，落地生根继续努力。

上海交通大学管理学院院长王方华教授回忆恩师苏教授是具有战略思维的学术大家，以和为贵，胸怀宽广，乐于助人，平易近人，以诚待人，做人做事做学问，处处体现一个“诚”字，同时，苏老师又具有敏锐的洞察力，独特的人才鉴别力。

河海大学管理学院院长张阳认为苏先生博学、强闻、慎思、明辨、笃行，是一位筚路蓝缕地开创了学术和智慧新路的真学者，是一位诲人不倦地积极提携学生的真导师。先生对弟子既严格要求，又呵护有加，精心指导，言传身教，耳提面命。教学生以做人之道，传以处事之方，授以治学之法。

厦门大学人力资源研究所所长廖泉文对于苏教授的亲切、谦逊，对晚辈的关系、提携，给她留下了深刻的印象。

复旦大学世界经济研究所原所长甘当善教授称颂苏教授多次在他的家乡福建和全国各地以讲座、报告、培训等方式，为民营企业家普及管理学理论和知识，培养既有实践工作经验又有现代管理理论的新型企业管理人才，促进民族经济发展。

复旦大学产业经济系系主任芮明杰教授深情地感谢苏老师对他的关怀和培养："21年过去了，我一直在老师身边学习工作，一直把老师的道德文章、处事为人、敬业精神当作自己学习的榜样，埋头于读书、写作、教学之中，时刻做到'以人为本、以德为先、人为为人'。今天想来，如果自己还有一点成绩，完全是老师教导的结果，我成长的每一步都与老师的支持和帮助分不开，所以我要感恩，我要深深地感谢老师多年来的培养与教育，没有老师也没有我的今天。"

复旦大学企业管理系系主任苏勇教授认为苏老师集智者、仁者、勇者为一身。在一般人看来，具备了苏老师这样崇高的学术地位和声望，早就应该可以功成名就，坐享其成了。但是苏老师依然在诸多领域奋斗不止，不仅坚持在教学第一线，亲自指导研究生，坚持给研究生开课，而且做课题，写著作，外出讲学、组织学术会议，样样亲历亲为，即便身体有所不适也坚持工作，使做学生的自愧不如。

复旦大学王龙宝博士感叹道：苏东水老师的学术成就，尤其是他对中国管理学与东方管理学的重大贡献为世人称道，成为我们学子仰慕的大师，苏老师是一步一个脚印，踏踏实实地走出来的。

北京大学何志毅对苏老师坚强的意志留下深刻印象：从1996年马德里会议起，我们就向IFSAM理事会递交了在中国举办大会的申请。由于种种原因，从申办到批准经过了整整8年，到举办12年，没有一种信念和毅力，是很难这样坚持的。

马来西亚杨钦文教授认为苏老师以言教身传为学生树立行为模范。他在生活行为、治学行为、治家行为中的一言一行和一举一动充分体现了他的"行为模范"角色。

福建师范大学经济学院林善浪教授用六个形象来概括苏东水教授的为人：苏老师的第一形象：和蔼可亲，平易近人；第二个形象：学识渊博，才思敏捷；第三个形象：和风细雨，诲人不倦；第四个形象：高屋建瓴，厚积薄发；第五个形象：治学严谨，精益求精；第六个形象：德艺双馨，大师风范。

苏东水教授的同学，上海社会科学院的同事黄家顺高级律师，认为苏东水教授的为人是三个字："求奉献"和"三个不求"、"三个热爱"，即"不求名、不求利、不求权；热爱祖国、热爱家乡、热爱教育事业"。

东华大学赵晓康教授称赞苏东水老师具有海纳百川，不计门派前嫌的宽广胸怀。

海宏科技发展有限公司董事长游宪生博士认为苏东水教授具有待人和善的金子般的人格。

仁虎制药集团董事长李仁发和苏教授相见不到半个小时，便被苏教授的学问和为人所折服：从一个"孝"字开始认识到中华民族5 000年文化最优秀、最精髓的文化沉淀，一下子被苏老师的东方管理学，被他的“人为为人”学说所震撼。从这四个字可以说涵盖了中国传统文化“忠孝仁义”的精华。

江苏中大建设集团董事长谈义良认为，学习和掌握苏教授的思维方式将使人终身受益。苏教授给我们提供的管理思维方式不是单一的，而是一个以东方智慧为底蕴地、东西合壁式的“二维坐标系”。

上海贝尔阿尔卡特股份有限公司副总裁，首席战略官邸扬博士，对于苏老师爱护、关心学生的细节印象深刻：“早有耳闻苏教授学问高深却平易近人，尤其见长识才、爱才，然而百闻不如一见。我还清晰地记得，当我心怀忐忑第一次推门走进苏教授的办公室，接受面试的那一刻，他那双温暖的大手和他那一句发自内心朴素的关切话语‘你真不容易啊！’犹如一股暖流涌上心头，使我旋即恢复了近乎失去知觉的温暖。”

从事教学科研50余年的苏东水教授，他仍然记忆准确、思维灵活、想象丰富，他还在继续积极思索、备课、教书育人；他依然继续穿梭于北京、上海、福州之间。他仍然激情满怀，老骥伏枥，志在千里。

附录

苏东水主要论著目录

一、主要著作

1.《中国国民经济管理学》,山东人民出版社 1982 年版。

2.《管理心理学》,复旦大学出版社 1986 年版。

3.《中国沿海经济研究》,复旦大学出版社 1993 年版。

4.《产业经济学》,高等教育出版社 2000 年版。

5.《中国管理通鉴》,浙江人民出版社 1996 年版。

6.《经济监督学》,山东人民出版社 1986 年版。

7.《乡镇经济学》,浙江人民出版社 1989 年版。

8.《中国企业管理现代化研究》,上海人民出版社 1993 年版。

9.《管理学——东方管理学派探索》,东方出版中心 2000 年版。

10.《世界管理论坛》,复旦大学出版社 1998 年版。

11.《世界华商管理》,复旦大学出版社 1999 年版。

12.《东方管理论坛》,复旦大学出版社 2000 年版。

13.《工业企业经营管理学》(上、下册),复旦大学出版社 1982 年版。

14.《工业经济管理》,上海人民出版社 1983 年版。

15.《国民经济管理学》,山东人民出版社 1983 年版。

16.《现代经济管理》(上、中、下册),泉州华侨大学出版社 1984 年版。

17.《企业经营管理教材丛书》(1～24 种),山东人民出版社 1985 年版。

18.《企业经理手册》,山东人民出版社 1985 年版。

19.《企业计划管理》,山东人民出版社 1985 年版。

20.《经济管理概论》(上、中、下册),上海人民出版社 1986 年版。

21.《现代化管理知识培训教材》(上、下册),上海人民出版社 1986 年版。

22.《现代西方行为科学》,山东人民出版社 1986 年版。

23.《企业现代化管理学原理、方法、应用》,山东人民出版社 1987 年版。

24.《企业行政管理学》,广西人民出版社 1988 年版。

25.《企业领导学》,浙江人民出版社 1988 年版。

26.《现代管理实用手册》,广西人民出版社 1989 年版。

27.《中国乡镇企业家丛书》(计 8 种),浙江人民出版社 1989 年版。

28.《乡镇企业公共关系学》,浙江人民出版社 1989 年版。

29.《现代企业家研究》,江西人民出版社 1989 年版。

30.《中国乡镇企业管理学》,山东人民出版社 1990 年版。

31.《东方管理》,山西人民出版社 2002 年版。

32.《世界管理论坛 2001》,《世界经济文汇》2001 特刊。

33.《世界管理论坛 2002》,《世界经济研究》2002 特刊。

34.《世界管理论坛 2003》,《当代财经》2003 特刊。

35.《世界管理论坛 2004》,《人口与经济》2005 特刊。

36.《应用经济学》,东方出版中心 2005 年版。

二、主要论文

1.《论管理科学的性质与对象》,《复旦大学学报》,1986 年 9 月。

2.《现代管理学中的古为今用》,《文汇报》,1986 年 7 月 1 日。

3.《试论泉州经济模式》,《复旦大学学报》,1986 年。

4.《间接控制论研究》,《复旦大学学报》,1987 年。

5.《中国中小企业经营管理研究》,日本《经营士》,1990 年 10 月。

6.《90 年代中国沿海经济发展战略的基本设想》,《文汇报》《上海社会科学》,1991 年 10 月。

7.《中国传统文化与管理现代化》,《文汇报》,1991 年 10 月 23 日。

8.《中国工业化进程的环境问题》,《第一届国际管理学会联盟大会文集》,1992 年 9 月。

9.《弘扬东方管理文化,建立中国管理体系》,《复旦大学学报》1992 年。

10.《国民经济管理学的对象、体系研究》,《经济月刊》1982 年。

11.《中国企业现代化的模式与道路》,日本东京“现代化国际学术研讨会”上发表,并载于该会专刊,1986 年 5 月。

12.《中国经济发展与东亚地区协作研究》,在日本召开“东亚开发协力国际会议”学术报告，并收入会议专集公开在日本发表，1990年11月。

13.《中国管理教育的发展与问题》，中日管理人才教育国际研讨会的学术报告，并在日本LGG会刊上发表，1991年1月。

14.《中国企业国际经营的特点》，《日本经营士》，1991年9月。

15.《纵谈上海经济》，《上海工业经济报》，1992年4月24日。

16.《中国企业改革的进程与展望》，《东亚经营学会文集》，在日本出版，1993年10月。

17.《产业组织——社会主义市场竞争理论研究的重要课题》，《中国社会主义市场竞争理论与实践研讨会文集》复旦大学出版社1993年版。

18.《中国合资企业的发展过程：问题与展望》《中外合资企业经营国际学术研讨会论文集》，香港中文大学出版社1993年版。

19.《建设有中国特色的管理学科体系——大陆管理教育回顾》，《大陆、香港、台湾管理教育研讨会论文集》1993年3月。

20.《在上海建立大市场的看法》，《理论工作者研讨会论文集》中山大学出版社1993年版。

21.《中华文化与管理科学》（英文版），《第二届世界管理大会论文集》，日本东亚国家经营学会出版。

22.《中国经济发展的现状与展望》，欧洲国家会议——非常规经济增长问题学术会议报告，1995年1月。

23.《东亚经济发展模式的研究》，《第二届东亚经济开发协作国际会议论文集》，吉林大学出版社1995年版。

24.《中国三资企业管理问题探讨》，中国三资企业发展与管理研讨会发言，1995年12月。

25.《经济增长的重要因素》，《解放日报》，1995年12月。

26.《东方管理文化的探索》，《当代财经》，1996年第2期。

27.《从文化渊源看管理科学》，《上海证券报》。

28.《东方管理文化本质的思考：“人为为人”思想探索》，《文汇报》，1996年6月。

29.《论无形资产管理》,《复旦大学学报》,1996 年,第 4 期。

30.《中国无形资产管理的现状、评估、问题与对策》,《第三届世界管理大会文集》,1996 年 7 月。

31.《面向 21 世纪的东西方管理文化——'97 世界管理大会主题报告》,《世界经济文汇》1998 特刊《世界管理论坛》。

32.《更高、更深、更广——在世界管理论坛上的讲话》,《世界经济文汇》1998 特刊《世界管理论坛》。

33.《东方管理文化的复兴》,《第四次世界管理大会论文集》,1998 年 7 月。

34.《弘扬东方管理文化　促进世界经济发展》,《世界经济文汇》,1999 年。

35.《网络时代的东方管理文化》,《当代财经》,2000 年。

36.《东方管理走向世界》,《世界经济文汇》,2000 年。

37.《伟大时代的新学说——东方管理学思想的兴起》,《世界经济研究》2002 年。

38.《论东方管理教育》,《当代财经》,2003 年。

我学习马克思经济学之路

◎ 杨国昌

应上海财经大学出版社之约，为《经济学家之路》撰稿，我数不上什么家，只是实事实写，回顾自己五十多年来学习马克思经济学所走过的崎岖道路。

一、上 路

我出生在广东梅县的一个偏僻

山村，解放前我们家乡是游击区，我的大哥也参加了游击队，受当时革命环境的影响，我很早就加入了新民主主义青年团，积极参加学生会的工作，1952 年高中毕业时，服从组织的安排，放弃考大学的机会，被保送到广州由叶剑英担任校长的南方大学政治辅导员训练班学习，接受马克思主义启蒙教育。匆匆培训了几个月就担任了梅州中学政治辅导员和初中语文教师。

真正系统学习马克思经济学是从 1953 年秋天开始的。当时我在华南师范学院政治系学习，给我们讲课的老师是吴大兰教授，她是在北京接受了苏联专家的培训后才给我们讲课的，使用的教材是苏联专家编写的政治经济学 16 分册。这门课的开头讲述商品，从商品引出价值，价值形式的发展产生货币，货币转化为资本，资本带来剩余价值，剩余价值转化为利润，利润又转化为平均利润……。一环扣一环，逻辑顺序和历史发展顺序非常清楚，我被马克思这样严密的逻辑和辩证的思维所折服，从而对这门课产生了浓厚的兴趣，每次上课我总是到得很早，坐在前排，认真听，细心记笔记，课后还时常向老师提问题，受到老师的关注，于是就由老师指定我担任政治经济学课代表。

作为课代表，不仅自己要带头学好，还要向老师反映同学的学习情况，有时还要协助老师对学习有困难的同学进行辅导。1955 年北京师大来华南师院招收政治经济学研究生时，系领导推荐我去报考，结果就考上了北京师范大学第一届政治经济学专业研究生，导师是著名的马克思主义经济学家陶大镛教授，在导师指导下我走上了学习马克思经济学之路。

陶教授对学生的要求极其严格，入学第一年除了学习俄语，主要时间用来学习《资本论》，他言传身教，向我们讲述他年青时是怎样学习《资本论》的。1938 年，他在南京中央大学经济系学习期间，与地下党组织发生联系，读了列昂惕夫的《政治经济学》，受到马克思经济学的启蒙，于是就到处去找马克思的原著，但在当时很难找到《资本论》，就托人从香港买来一套《资本论》英文版，1939年他利用暑假的时间读完了这部巨著，并在重庆《读书月报》1940年第 2 期发表《我是怎样读〈资本论〉的？》[①]。这篇文章的发表，还引出下面一段动人的故事：关梦觉先生也是一位著名的马克思主义经济学家，他从刊物上得知陶大镛手中有《资本论》，便向陶先生借书，由于他们之间交情很深，因此不得不把《资本论》借给关先生，并约定尽快归还，但事有不巧，过了不久就发生"皖南事变"，关梦觉匆忙离开重庆，不辞而别，陶先生因失去《资本论》而痛感惋惜。新中国成立后，1949 年 11 月，在北京举行中国民主同盟四中全会，他们两人在会上相遇，又谈起那部《资本论》的事。关先生解释说，"皖南事变"发生后，他奉命奔赴洛阳，随后又转到东北解放区，那时的工作和生活一直处于颠沛流离的状态，但不管走到哪里，行李袋中都忘不了带上《资本论》，后来在黑龙江省教育厅工作时，这部书被一位老干部借走了，但他向陶先生表示一定要尽快把书找回来。两年后，关先生又到北京开会，亲手把这部《资本论》归还陶先生。从这部《资本论》的传奇式经历，说明《资本论》在陶先生心中有多么重要的位置。导师的榜样对我产生了巨大的影响，曾下决心要用毕生的精力去钻研这部科学巨著。

1956 年秋，因导师生病，我被转送到中国人民大学政治经济学研究班代培。中国人民大学也是我非常仰慕的大学，被称为培养马克思主义理论教员的"黄埔军校"，那时全国高校政治经济学教师多数是从这里培养出来的，在这里有机会接受宋涛、苏星、卫

---

① 见《陶大镛文集》(上)，北京师范大学出版社 1995 年版。

兴华、孟氧等老师的教诲，对我后来学习和研究《资本论》奠定了良好的基础。

二、掉　队

1957 年，中共中央决定全党进行整风，并动员广大群众向党政工作中的缺点和问题提出批评和建议。当时，我是很单纯的青年学生，又是共产党员，没有什么历史包袱，积极响应党的号召，参与整风运动。在前期的反右派过程中并没有受到冲击，但在后期的思想总结和向党交心的过程中却成了重点批判对象，因为我对党内整风急转为“反右”运动跟不上，特别是对自己心中仰慕的恩师陶大镛教授被划为全国闻名“右派六教授”之一，感到不理解，思想上产生同情之心，因而被认为立场有问题，在 1958 年 3 月处理右派时，中国人民大学又补划了一批右派分子，我就在这时被带上了“右派分子”的帽子。按照当时的政策，被划为右派分子的，党团员一律开除党籍、团籍，我只能含泪离开了党组织。由于我是后期补带的帽子，被认为情节比较轻，行政上免予处分，但是由于我所学的专业是马克思主义政治经济学，学校领导认为，右派分子是反党反社会主义的人，不能继续留在中国人民大学学习，通知我尽快回到原送陪单位——北京师范大学。我回到北京师范大学以后，又随即被遣送到北京远郊——周口店的百花山莲花蓭村，接受群众监督，成为被专政的对象，一下子陷入了人生的最低谷。

莲花蓭村是一个偏僻的小村庄，只有几十户人家，一百来口人，解放战争时期是革命根据地，一些有文化、有能力的人都外出工作，留在村里的青壮年基本上是文盲。他们对我很友善，白天我和生产队的社员一起劳动，晚上还帮助生产队为社员记工分或给青壮年文盲讲课，帮助他们读书写字。按照当时的规定，右派分子到了农村，要召开群众大会宣布其身份，但村支书不愿开群众大会，为了应付上级检查，就在劳动休息时，把生产队社员集合起来，让我自己介绍“右派”身份。在生活上，村支书也很关心我，把我安排在一位73岁的孤寡老大娘家里，大娘膝下无子，把我当亲人对待，帮我缝缝补补，洗衣做饭，每天晚上我从夜校回来，老人都会在炉台上烤好两个土豆，等着我回来充饥。一老一少，相依为命。当我要离开农村时，老人非常伤心地依依惜别。

1958年冬，北京修建密云水库，动员各方人力大会战，我奉命回到了北师大，随即派往密云水库工地劳动。1959年3月水库建成后，恰逢北师大新图书馆落成，又派我去清点和搬运图书。由于新图书馆增设了许多阅览室，缺少管理人员，当时的馆长是延安老干部，她看中我年轻又有研究生学历，便不顾时讳，冒着政治风险，把我留在了图书馆，分配在阅览室工作。我到图书馆工作不久，恰逢新中国建立10周年，中共中央根据毛泽东的建议，1959年9月17日，中央颁布了对“战争罪犯”和各种犯罪分子的特赦令，同一天还发布了“关于摘掉确实悔改的右派分子的帽子的指示”，按照当时的政策，我在1959年10月第一批摘了右派帽子。原想从此就可以抬头做人了，但是，在阶级斗争“年年讲、月月讲、天天讲”的年代里，对我的政治歧视没有任何改变，在“文化大革命”期间，又作为“牛鬼蛇神”被揪出来挂牌游街和批斗，虽然我已摘了“右派帽子”，但被称为“摘帽右派”，这顶无形的政治帽子，伴随我度过了青年和壮年时期，直到1979年才改正过来。

三、在逆境中求索

20 年的逆境生活，苦不堪言。但是，“天无绝人之路”，我感到庆幸的是有机会在图书馆工作，读书环境很好，上级领导对我也比较宽容，信任我开展工作。我的主要收获有两点：

1. 学会了查找资料

北师大图书馆是我国高校重点图书馆之一，藏书几百万册，而我也热爱图书馆工作，十分喜爱图书，几乎自己所能支配的业余时间都用来读书，读书成了我最好的精神寄托。孤独时读书，如同大师在身边和自己作伴；失意时读书，使自己增添信心和希望；迷茫时读书，能给自己点拨方向。

头几年读书漫无目标，抱着“开卷有益”的态度，广泛阅读文、史、哲、经和教育的名著。因为读书多了，可谓“熟能生巧”，学会了一套查找资料的方法，经常帮助学生查找资料，还数次被邀请为学生作报告，介绍图书馆的利用方法。工作不到三年，我就写成了《怎样利用报刊资料》一书，因为我有“摘帽右派”身份，不许公开出版，只能内部刊印，供师生参考和馆际交流。后来经领导审查同意，把其中的一小节发表在《光明日报》(1963 年 2 月 5 日第 2 版)，这篇题为《怎样利用查阅报刊资料的工具》一文是我的处女作，在它发表 20 年之后(1983 年)还被中国青年出版社编入名家云集的《治学方法谈》一书。

2. 为研究《资本论》积累了大量资料

1966 年发生“文化大革命”，红卫兵造反派掌管了学校大权，下令停课“闹革命”，封存图书馆的所有专业书籍，只有马、恩、列、斯、毛的著作及其参考书还可以借阅，这时我又萌生了系统学习

《资本论》的念头，把《资本论》和《剩余价值学说史》全部通读了一遍，在通读过程中，积攒了很多问题。为了弄清问题，首先对本馆收藏的《资本论》及有关参考资料进行了调查，然后到北京图书馆、中国社科院图书馆、中央编译局图书馆和北京各大学图书馆进行了广泛调研，弄清有关《资本论》及参考书的藏书情况。通过调研，才了解到《资本论》有很多不同的版本。以第一卷为例，马克思生前亲自定稿的有德文第一版(1867)和第二版(1872)、俄文版(1872)、法文版(1872～1875)。后来恩格斯又修订出版了德文第三版(1883)、第四版(1890)和英文版(1887)。此外，按照德国当时的惯例，版权在作者死后30年便被取消，考茨基又于1914年重新编辑、校订和出版了《资本论》第一卷，被称为“考茨基板”(Karl Kautsky)。这些版本存在哪些差异，观点和思路有无修改，都引起自己很大的兴趣。至于《资本论》第二卷和第三卷以及第四卷(剩余价值理论)在马克思生前尚未完成，后来恩格斯和考茨基是怎样根据马克思的手稿进行整理(甚至补写)出来的？后人又有什么评价？围绕这些问题，我做了以下几方面的工作。

其一，摘编马克思恩格斯有关《资本论》的语录。

《资本论》是马克思“整个一生科学研究的成果”[①]，他从1843年开始研究经济问题起，一直到1883年临终，为写作《资本论》整整付出了40年的心血，再加上恩格斯整理出版的十余年，足有半个世纪。在这半个世纪里马克思和恩格斯在许多书信中，特别是在《资本论》的序和跋中谈到《资本论》的有关情况，我根据《马克思恩格斯全集》做了详细的摘录，足有5万余字。主要内容包括《资本论》的写作、编辑和出版过程，《资本论》的研究对象、方法和基本

① 《马克思恩格斯全集》第16卷，人民出版社1995年版，第411页。

内容，学习和传播《资本论》的意义以及俄文本、法文本和英文本的情况。

其二，系统搜集《资本论》在世界各国传播的资料。

《资本论》第一卷在德国汉堡出版以后，1868 年 9 月，第一国际在布鲁塞尔召开的代表大会上，一致通过了德国代表团提出的关于《资本论》的决议案，建议所有国家的工人都来学习马克思的《资本论》，并呼吁把这部重要著作译成各种文字出版。据有关文献报道，一百多年来，在世界上有 6 大洲 38 个国家出版过《资本论》，仅在北京图书馆就收藏有 26 种文字的译本，限于时间和能力，我主要搜集了德文版、俄文版、法文版、英文版和日文版的有关情况。此外，我还对世界各国研究《资本论》的情况做了详细的索引。第二次世界大战以后，由于社会主义阵营的建立和发展，世界各国掀起了研究马克思主义的热潮，而《资本论》是马克思的主要著作，因而在苏联、日本和欧美一些资本主义国家都发表了大量的《资本论》研究论著。其中，发表论著最多的是苏联。当时北京图书馆收藏有《苏联图书年鉴》(Ежего ик кнпги СССР)和《杂志论文索引》(ЛеАолись журнальных Статей)，我根据这两种工具书收集了 20 世纪 50 年代至 70 年代苏联发表的有关《资本论》的参考资料。其次是日文资料。日本人称自己不但是经济大国，而且是“《资本论》研究大国”，马克思的经济理论与西方经济学并列进入大学课堂，不但《资本论》的日译本大量出版，研究论著也很多。我主要根据日本出版社编的《出版年鉴》和国立国会图书馆编的《杂志记事索引》，收集了从第二次世界大战结束后至 70 年代末的有关资料。至于欧美西方国家研究《资本论》的资料比较零散，资料难以查找，我主要根据北京图书馆、中国社会科学院图书馆、中共中央编译局图书馆和北京几所高校图书馆的藏书目录，把目录中有关的图书抄录下来。

其三，系统搜集《资本论》在我国的传播资料。

中国人了解《资本论》的思想是在十月革命以后的事情。1917年的俄国十月革命，深刻地震动了全世界被压迫人民。“这时，也只是在这时，中国人从思想到生活，才出现了一个崭新的时期。中国人找到了马克思列宁主义这个放之四海而皆准的普遍真理。”① 在《资本论》中译本出版以前，它的思想主要通过通俗读物来传播。我国第一个《资本论》中译本，是1930年由陈启修翻译的。随后又出现了潘冬舟、侯外庐、王思华、吴半农的译本，但这些译本都只翻译了第一卷或其中的一部分，而最早的《资本论》三卷中文全译本是在1938年由郭大力和王亚南翻译的。我为了详细了解中文版的翻译和出版情况，曾亲自拜访了《资本论》三卷本译者郭大力的女儿郭宝磷同志以及当年在上海出版《资本论》全译本的出版人郑易里先生。此外，我还利用各种检索工具搜集20世纪初以来发表的有关《资本论》的论文和著作，在此基础上，我撰写了一篇论文《谈谈〈资本论〉在我国的传播》②。

以上是我在图书馆工作时期，利用业余时间所做的一些资料工作。还谈不上什么研究，但这些基础性工作，为我后来的教学与研究，奠定了良好的基础。

四、出版研究成果

1979年，按照中央55号文件的精神，中国人民大学给我平

① 《毛泽东选集》第4卷，人民出版社1991年版，第1 359页。

② 《北京师范大学学报》(社会科学版)，1979年第2期。

反，彻底改正了错划右派的结论。1985年补发经济学专业研究生毕业证书。北京师范大学党委也审查我近20年的政治表现，决定恢复我的党籍，同时安排我到经济系任教，讲授马克思主义经济思想史和指导研究生。从此，我走上了人生的新阶段，积累了多年的研究资料，也可以有用武之地了。

1. 出版《〈资本论〉研究资料汇编》

1979年，全国马克思列宁主义著作研讨会在大连市举行，校党委书记聂菊孙同志亲自提出，要我把过去在图书馆搜集的有关《资本论》的研究资料整理出来，带去出席会议。这次会议安排我作了大会发言，介绍国外研究《资本论》的情况。会后，河北人民出版社的编辑郭明义同志向我约稿，建议我把有关《资本论》的资料汇集成册，公开出版。两年之后，我的第一部资料书《〈资本论〉研究资料汇编》(1981年)和读者见面了，有的报刊评论称它为我国“第一部研究《资本论》的资料书”。

该书包括三部分:第一部分是马克思和恩格斯有关《资本论》的语录。第二部分是《资本论》的主要版本介绍，介绍了世界上流传比较广泛、影响最大的六种文字的版本，其中包括德文版、俄文版、法文版、英文版、日文版和中文版，并附有“马克思恩格斯在世时《资本论》的出版情况统计表”。第三部分是《资本论》研究资料索引，包括中文、日文、俄文、英文、德文和法文等多种文字的资料。

2. 编辑出版《〈资本论〉画传》

《资本论》是为穷人、为劳动者经世济贫的经典，它在立场上是为劳苦大众服务的，被称为“工人阶级的圣经”(恩格斯语)。但是，它的部头很大，三卷《资本论》加上《剩余价值学说史》足有三百余万字，普通工人不但买不起，也没有那么多时间来读。同时，这部书理论性很强，特别是开头的篇章高度抽象，普通群众难以理解。

因此,许多马克思主义理论家为《资本论》的通俗传播做了许许多多的工作。我曾经读过日本人阪本胜编著的《戏剧〈资本论〉》和越村信三郎编著的《图解〈资本论〉》,受这两本书启发,我决定用图片的形式编一部《资本论》的创作和传播史,因此在图书馆工作期间,利用工作条件的便利,收集了许多与《资本论》有关的历史图片。1983 年,在厦门大学举行纪念马克思逝世一百周年暨《资本论》学术讨论会,当时我负责《资本论》研究会资料中心的工作,在讨论会期间举办了一次"《资本论》图片展览",引起与会代表们的巨大兴趣,山东人民出版社编辑刘德久同志来向我约稿,当即商定以《〈资本论〉画传》为名,纳入该社《〈资本论〉研究丛书》出版计划。1984 年,这部《〈资本论〉画传》就和读者见面了。这部《画传》共七个部分:一是创作《资本论》的最初动因;二是《资本论》的萌芽;三是《资本论》的创作;四是《资本论》的出版和进一步完善;五是恩格斯续编《资本论》;六是《资本论》在世界上的传播;七是《资本论》在中国的传播。全书 200 多页,图文并茂,生动地反映了《资本论》的创作和传播的历史过程。该书的出版,可以说是《资本论》传播形式的创新,特地托人送两部精装本给马克思故居,留作纪念。本书出版 20 年后,2003 年我去英国和伦敦城市大学等几所高校商谈合作办学事宜,抽空去海格特墓地瞻仰马克思墓,并在马克思墓前留影,了结我多年的心愿。

3. 参编《马克思恩格斯经济学创建纪略》

由于教学工作的需要,从最基础的工作做起,弄清马克思和恩格斯共同创建政治经济学的历史过程。但是他们的手稿、笔记、书信和公开出版的著作数量巨大,决非个人的能力所能完成的,于是就和李善明、周成启以及王福民合作,采用编年体的形式,概括地记叙马克思和恩格斯所撰写的有关政治经济学的笔记、书稿、书稿、书信和著作，介绍它们的主要内容、特点，尤其是在政治经济学史上的地位和意义。从一定意义上讲，我们是在进行马克思恩格斯政治经济学编年史的创作。全书54万字，1984年由河北人民出版社出版。

4. 出版《马克思经济学研究》

1992年，沈阳出版社给我出版一部专集，这部集子是我在20世纪70年代末至90年代初研究马克思经济思想史的主要成果，最早的一篇发表于1979年，最晚的一篇发表于1991年，共有19篇文章，分作三部分。上篇为马克思经济学说的创立和传播；中篇为马克思的价值理论和货币理论；下篇为马克思的剩余价值学说，总标题是《马克思经济学说研究》，书名中有“研究”二字，对此我一直感到惴惴不安。因为马克思的经济学说是一个博大精深的科学体系，马克思和恩格斯的著作一百多卷，已经译成中文的《马克思恩格斯全集》也有60卷之多，一个人的精力有限，把它全部通读一遍都不易，就更谈不上研究了。所以，严格说来，这十几篇文章，只算是个人的学习体会。1998年被评为北京师大首届人文社科研究成果二等奖。

5. 参编《〈资本论〉续篇探索》

过去，人们通常认为马克思的经济学著作就是《资本论》，但在第二次世界大战以后，马克思的经济学手稿被陆续发表并译成中文出版，因此，学术界有人提出《资本论》是尚未完成的经济学著作，还有它的续篇。那么，《资本论》的续篇应包括哪些内容呢？

据现在所知，马克思在1857年8月撰写的《〈政治经济学批判〉导言》中，已提出了政治经济学著作的“分篇”计划，即通常所说的“五篇结构计划”。1858年初，马克思又在原计划的基础上提出新的“分册”计划，他说：“全部著作分成六册：(1)资本(包括一些绪论性的章节);(2)地产;(3)雇佣劳动;(4)国家;(5)国际贸易;(6)世界市场。"这就是现在通常说的"六册结构计划"。

为了弄清这个问题,中国《资本论》研究会成立了创作史研究组,在汤在新教授的主持下,研究马克思计划写的六册经济学著作,我承担了其中的第五册(对外贸易)的研究,包括《对外贸易》册在"六册计划"中的地位:国际分工及影响对外贸易的其他因素;对外贸易与资本主义生产方式;对外贸易中的价值与生产价格;对外贸易中的国际金融活动;对外贸易的基本政策——保护关税和自由贸易;历史上的特殊贸易。这项研究曾获国家社会科学基金的资助,共计 60 万字,1995 年以《〈资本论〉续篇探索》为题由中国金融出版社出版,该书出版后曾获得 1996 年教育部普通高校第二届人文社科研究成果二等奖和国家社会科学规划办公室全国首届人文社科研究成果二等奖。

6. 主编《马克思经济学体系的继承与创新》

《〈资本论〉续篇探索》出版后,受到学术界的好评,普遍认为《资本论》只是马克思经济学体系的一部分,还有它的"续篇",对马克思经济学体系的认识有新的突破。但是,一百多年来随着时代的变化,马克思经济学体系有哪些创新?这是理论界尚未解决的问题。因此,在"九五"期间由我牵头,联合一批研究马克思经济思想史的专家,共同申请了一项国家社科基金重点项目《马克思经济学体系的继承和创新》。这个项目历时 6 年半,七次修改研究提纲,召开了三次专题研讨会,数易其稿,最终成果于 2002 年结项,2004 年由北京师范大学出版社出版。

这个项目所做的工作,可以概括为四件事:(1)概括地反映马克思经济学理论体系的原貌。(2)系统回顾马克思恩格斯之后政治经济学体系的演变,介绍了列宁、希法亭、卢森堡、斯大林和苏东一批马克思列宁主义理论家以及中国的马克思主义者对马克思经济学理论体系的发展所做的贡献。(3)分析和探索了现代资本主义和社会主义经济中出现的新情况、新问题和新经验对马克思主义经济学体系提出的新课题。(4)提出了马克思主义政治经济学体系的新框架,这个框架有三个特点:①突破了三大块(前资本主义、资本主义和社会主义部分)的传统体系,提出了统一的、相互联系的基本框架。②拓展了广义政治经济学的内容,马克思主义政治经济学体系更加系统和完整。③把带有商品经济共性的一般原理和经济全球化问题分别抽出来独立成篇。

2005年9月,《光明日报》记者杨连成采访时对我说:您近年来主持的国家社会科学"九五"规划重点项目《马克思经济学体系的继承和创新》,第一次系统地展现了马克思经济学理论体系的由来和发展,受到学术界的好评。而有人认为,马克思经济学理论似乎侧重于对资本、土地所有制和雇佣劳动的分析,而缺少像西方经济学那样注重对经济全球化的深入研究。

我认为不然。作为一部完整和系统的理论体系,马克思经济学不仅包含你所说的内容,还有马克思关于国家、对外贸易和世界市场等方面的分析和思考。这就是马克思在1859年出版的《政治经济学批判》第一分册的序言中正式公布的"六册计划",他在前三册研究资本主义生产方式及其资本在一国范围内运动的基础上,还将在后三册关于"国家、对外贸易、世界市场"中进一步揭示资本越出国界后,在世界范围内的运动方式和规律。马克思经济学理论与我们现在所说的经济全球化和全球经济一体化在实质上是一致的。只不过是马克思本人未来得及完成他的整个理论大厦的建设。而这正是我们的经济学界今天肩负的继承和发展马克思经济学的光荣而艰巨的使命。我相信,随着世界经济的信息化、全球化、一体化和多极化的发展趋势，随着经济学界对马克思经济学理论遗产的不断继承和创新，马克思经济学理论的教学和研究一定会得到加强和改进。

五、教学与学术活动

我的教龄如果从1952年秋天在梅州中学任教算起，至今已有五十三年了。在这半个世纪里，除小学没有教过之外，几乎教过所有学历层次，但主要是在大学里工作，我所从事的专业是外国经济学说史，主要是马克思主义经济思想史。从1985年开始带外国经济思想史专业硕士研究生，1993年经国务院学位委员会批准，获得世界经济专业博士导师的资格，开始招收博士生，现在虽已关门不再招生，但仍有三位学生尚未毕业，等待他们三位毕业，才算结束我的研究生导师教学生涯。

我在北京师大学习和工作的时间，从1955年考上研究生算起，已整整五十年了，北师大的校训"学为人师，行为世范"，是每个北师大人的行为准则，它对教师提出了很高的要求，我努力去实践，并给自己规定了三条原则：其一，在教学上要求自己努力学习，不断进步。身教重于言教，自己不学习、不进步，就难为人师，在大学工作犹如"逆水行舟，不进则退"。其二，在学术上提倡学术平等，鼓励学生提出不同观点，相互讨论，教学相长。其三，在事业上鼓励学生超过自己，学生的每一点进步都是对教师最好的奖赏和安慰。"桃李满天下"是一个教师人生中最值得骄傲的事，我也不例外。我的许多学生已经成为很有社会影响的学者和专家了，有的已是国家宏观经济管理部门的栋梁之才，他们的社会地位和学术成就不少都在我之上。只有青出于蓝而胜于蓝，一代胜过一代，我们的国家和民族才能兴旺发达。

为了搞好教学，必须有学术作支撑。近二十多年花了大量时间从事学术交流活动。20世纪80年代初参加了中国《资本论》研究会的筹备工作，担任研究会资料中心主任，这个中心就设在我校经济系，主要任务是收集本会的历史资料和会员的研究成果。按照《资本论》研究会的要求，我们编辑了《〈资本论〉研究论丛》，把1949～1979年国内发表的有关《资本论》的论文编成四辑出版，从1980年起，每年编一辑，有的年份论文较多，又分成上下册，但仍不能全部选录，因而在每一辑的书后都附有当年有关《资本论》的论文索引，这项工作一直坚持到20世纪80年代末。此外，我为这个学会做了很多事务性的工作，从研究会成立起，每两年召开一次学术会议，我都没有缺席过，在学会里我担任过副总干事、理事、常务理事和副会长，2004年起改任顾问。此外，我还是中国马克思主义经济思想史学会副会长和中国世界经济学会常务理事。

由于历史的原因，我在青壮年时期对行政管理工作从不沾边。1987年赶上系主任换届，学校领导有意让我出来做教学管理工作，但我觉得自己长期靠边站，恐怕没有能力胜任，因而再三推辞，后来校领导请我的恩师陶大镛教授出面给我做工作。陶先生对我说，过去因为历史原因没有机会在管理岗位上锻炼，现在已经53岁了，以后恐怕再也没有机会了，现在不妨去试一试。在陶老师的鼓励下，我怀着一种试试看的心情，走上了教学副系主任的岗位，由于工作比较认真，三年之后调任副教务长，后来经教育部批准，任命我为副校长，分管文科的教学和科研，1995年曾担任国家教委直属大学校长访问团副团长，赴台湾考察并出席“两岸大学校长高等教育学术研讨会”，在会上作《中国高等师范教育和研究生教育》的主题发言。1996年被聘为国家教委直属高校专业设置评议委员会委员。1997 年受学校委托组建经济学院并担任院长，直至 2001 年退休。退休之后，2002 年秋天，我校在广东省珠海市建立分校，学校党委又任命我为分校副校长，主管教学工作。

半个世纪的风风雨雨，潮起潮落，我始终记住古人的一句话："适者有度"，做人做事都要把握一个度，这个度就是——逆境时绝不要妄自菲薄，顺境时也绝不可妄自尊大。但是，在实践中要把握好这个度也不容易，我的办法是多做逆向思维，越是困难、越是被人看不起的时候，越要看到自己的长处和优势，增添克服困难的信心；有了成绩，受到称赞和表扬时，要多想自己的弱点和不足。

杨国昌主要论著目录

1.《谈谈〈资本论〉在我国的传播》,《北京师范大学学报》1979年第2期。

2.《〈资本论〉在世界上的传播》,《北京师范大学学报》1980年第1期。

3.《〈资本论〉创作发展阶段问题的探讨》,《经济学集刊》第1集(1980年)。

4.《〈资本论〉研究资料汇编》,河北人民出版社1981年版。

5.《马克思的第二个伟大发现——剩余价值学说的创立过程》,《社会科学战线》1982年第2期。

6.《〈经济学手稿(1857～1858年)〉在马克思价值理论形成中的历史地位》。《马克思经济理论探索》,上海人民出版社1983年版。

7.《马克思恩格斯经济学创建纪略》,河北人民出版社1984年版。

8.《相对剩余价值生产与科学技术的发展》,《教学与研究》1984年第4期。

9.《〈资本论〉中译本简史》,《经济科学》1984年第6期。

10.《关于生产价格理论的几个问题》,《贵州社会科学》1985年第8期。

11.《关于资本主义发展阶段的几个问题》,《北京师范大学学报》1986年第3期。

12.《学习〈资本论〉第一卷的序言和跋》,《〈资本论〉选读本辅导》辽宁人民出版社1987年版。

13.《马克思对区分不变资本和可变资本的贡献及其现实意义》,《北京师范大学学报》1987年第3期。

14.《谈谈商品价值的源泉问题》,《华南师范大学学报》《资本论》研究专刊1988年6月。

15.《马克思主义政治经济学对象学说的形成和发展》,《社会科学战线》1988年第4期。

16.《批判、继承和创新——试论马克思货币理论的创立过程》。《马克思主义经济学说史研究》,兰州大学出版社 1988 年版。

17.《评〈剩余价值社会化〉》,《北京师范大学学报》1989 年第 6 期。

18.《马克思与最低工资论》,《〈资本论〉与当代经济》1990 年试刊。

19.《马克思和恩格斯的经济学说》。《马克思主义经济思想史》,江苏人民出版社 1991 年版。

20.《〈资本论〉与当代中国经济》(副主编),江西人民出版社 1991 年版。

21.《简明〈资本论〉辞典》(副主编),河南人民出版社 1991 年版。

22.《马克思经济学说研究》,沈阳出版社 1992 年版。

23.《马克思主义经济理论全书》(副主编)、《历史篇》(分主编),吉林人民出版社 1992 年版。

24.《〈资本论〉选读解说》(序),北京师范大学出版社 1993 年版。

《〈资本论〉续篇探索》(参编),中国金融出版社 1995 年版。

25.《论发达资本主义国家之间的经济关系》,《北京师范大学学报》,1996 年第 1 期。

26.《澄清认识,加强和改进〈资本论〉教学》,《高校理论战线》,1997 年第 6 期。

27.《马克思主义政治经济学原理》(主编),北京师范大学出版社 1999 年版。

《从马克思的国际价值理论看国际剥削的新变化》,《当代经济研究》,1999 年第 9 期。

28.《科学技术在价值创造中的作用》,《人民日报》,2001 年 8 月 21 日。

29.《价值源泉问题是坚持劳动价值论的基础》,《中国经济问题》,2002 年第 2 期。

30.《论资本主义产业结构服务化趋势》,《教学与研究》,2002 年第 9 期。

31.《马克思经济学体系的继承和创新》(主编),北京师范大学出版社 2004 年版。

蒋硕杰教授的生平和学术

◎ 张友仁

一、家世与求学

蒋硕杰，湖北应城人。1918年8月3日生于上海市。

父为蒋作宾，是参加过辛亥革命的元老，曾任陆军部次长、国民政府委员、驻德公使兼驻奥公使、驻日公使和大使、内政部部长、安徽省政府主席等职。

蒋硕杰4岁时，在家中受教于家庭教师朱子秋。1926年入上海神州女学附属小学四年级读书。1927年转到北京师大附小读书，1928年回到上海南洋中学附属高小二年级读书。1929～1933年就读于南洋中学。

1933年11月赴日本。1924年春入庆应大学预科就读。1937年4月毕业于庆应大学预科后，升入庆应大学本科攻读经济学。

1937年7月抗日战争爆发，他从日本回国。先到上海，又到汉口与父亲商量后，决定到英国继续求学。他经香港，坐海轮到达伦敦。1938年春考入伦敦大学政治经济学院学习。这样，在他的青年时期就受到中、日、英三国的正式教育。

不久，第二次世界大战爆发，伦敦遭到德国希特勒军队隔着多佛海峡频频发射的飞弹的猛烈袭击，伦敦大学政治经济学院搬到伦敦北面的剑桥大学继续上课。后来，牛津大学经济学系也搬到剑桥大学上课。蒋硕杰得以就教于在剑桥这座幽美的大学城中会聚的三所大学的许多经济学派的名师，如马歇尔学派、粤国学派、凯恩斯学派等。1941年，他在伦敦大学政治经济学院本科毕业，列名于前十名中。

他应聘到中国驻英国利物浦领事馆任主事(Chancellor)。这时，他看到在英国的中国船员往往将所收入的英镑工资兑换成法币，可是由于法币的贬值，使得他们的血汗所得迅速丧失。他认为，用通货膨胀的办法搜刮人民，是政府不道德的举动。此事引发了他后来编写“五鬼搬运法”来揭发通货膨胀的危害。

此时，中国驻英国大使是顾维钧。他向顾维钧建议从国内选派工程技术人员到英国深造，以迅速培养工业人材。此事得到国民政府的采纳，又得到英国工业联盟的资助，后来庚子赔款赴英公费留学亦随之恢复，使国内人才得以赴英深造。

1942 年秋，经过英国经济学大师哈耶克（Fredrich A. von Hayek）的推荐，获得英国议会奖学金，重新回到剑桥，进入伦敦大学政治经济学院，作博士研究生，攻读博士学位。

蒋硕杰在剑桥无拘无束地听了几个学校的教师的讲课。既听罗伯逊和哈耶克讲授传统的马歇尔的理论和粤国学派的理论，又听凯恩斯学派的琼·罗宾逊夫人和其他人对这些理论的无情的攻击和嘲笑。这使他对整个争论产生一种谨慎的和批评的心态。他通过独立思考，分析比较，并且从实践中检验这些理论的正确和错误，从而能够博采众长，建立自己的经济学观点。

当时，凯恩斯学派的经济学在国际上盛极一时，占有显要的地位。特别是在凯恩斯的老巢剑桥大学，更是被视为不可动摇的真理。在剑桥大学很受尊敬的马歇尔的继承人庇古教授，当时正逐渐转化并同化于凯恩斯的经济思想。年轻的伦敦政治经济学院的教师，如勒纳（A. P. Lerners）、卡尔多（Nicholas Kaldor）等人，在疏散到剑桥之前，就逐渐被“凯恩斯革命”争取过去，一个接着一个地投入凯恩斯学派的阵营。只有年长的伦敦政治经济学院的教员，如著名的哈耶克、罗宾斯（L. C. Robbins）和罗伯逊（D. H. Robertson）仍然怀疑和批判凯恩斯。

这时，年仅 24 岁的蒋硕杰竟敢大胆地向凯恩斯学派提出挑战。1942 年他写出《论人口增长对于就业一般水平和流动性的作用》论文，批判凯恩斯关于人口增长和就业关系的理论。本论文先在《优先学评论》杂志上发表。不久被经济学大师哈耶克发现后，刊登在著名的《经济学》1942 年 11 月号上。后来，著名经济学家卡莱茨基（Michad Kalecki）也十分赞许这篇文章。这是蒋硕杰发表的第一篇学术论文。

蒋硕杰的第二篇学术论文也是批判凯恩斯学派的。1943年他读了剑桥大学经济学大师卡尔多于1939年10月发表在《经济研究评论》上论文《投机与经济稳定》。此论文在当时得到广泛的好评，而且得到凯恩斯的首肯。蒋硕杰则不同意卡尔多对资本主义体系不稳定性的原因的分析。他一开始就反对凯恩斯的存量分析法，而对凯恩斯的必须用存量均衡分析来理解货币流通，大惑不解。他看到卡尔多这篇文章后，对凯恩斯存量分析法的怀疑达到了顶点。这时，年仅25岁的研究生蒋硕杰竟敢大胆地向凯恩斯学派提出挑战。他写出《投机和收入稳定性的评论》论文，在论文中他对凯恩斯学派的投机与收入关系的流行观点、对凯恩斯有关投机性货币需求如何能够使投资冲击转化为支出波动的论断提出批评。他勇敢地指出:用存量分析法来分析货币市场是固有的倾向，是错误的，应当坚决回到流量分析上来。并且他引用20世纪20年代大繁荣时期和1929年股票市场崩溃时的美国统计资料，来证明他的观点。此文得到经济学大师哈耶克的欣赏，将它刊登在著名的刊物《经济学》1943年11月号上。后来，这篇论文受到各国经济学界的重视，被列为学习经济学的必读参考文献。

蒋硕杰的第三篇学术论文，是批判剑桥大学经济学大师、福利经济学的开创者庇古教授的。1944年他写出《庇古教授论实际工资和就业的相对变动》论文，对庇古教授在《就业与均衡》中的一项错误，加以指出，并且提出改正的办法。这篇论文，为凯恩斯亲自接受，刊登于著名的《经济杂志》第54卷1944年12月号上。庇古教授读后，接受了蒋硕杰的观点，曾复信认错，并将他的著作《就业与均衡》一书中的两章作了修改。

1945年，蒋硕杰写出了《实际工资和利润边际的波动与贸易循环的关系》博士论文，通过了由哈耶克和希克斯等经济学大师组成的博士论文答辩委员会的答辩，取得了伦敦大学哲学博士的学位。三年后的1948年春，他的博士论文被评为该校1945年度的最佳博士论文，奖给刻有古典派经济学的创始人亚当·斯密的头像的“赫契逊银质奖章”。这篇用英文写作的博士论文1947年在伦敦匹特曼出版社出版。

这枚奖章在1948年寄到北京大学，由胡适校长在孑民纪念堂代表伦敦大学颁发给蒋硕杰教授；但会上临时因故由他的未婚妻马静熙女士代领。

二、北京大学经济系最年轻的教授

1945年日本战败投降。北京大学师生正在昆明准备复员回到北平，恢复北京大学。北京大学的当局正在广泛延揽杰出学者，充实北大师资队伍。北京大学法学院周炳琳院长深知蒋硕杰年轻有为、学识精深，就大胆破格聘请他为北京大学经济系教授。这时北大校长人选正当在酝酿之中，后来虽然公推胡适为校长，但也一时未能自美回国。周炳琳让北大给蒋硕杰寄去国际旅费，蒋硕杰得以乘飞机经昆明到重庆。那时北京大学当在复员途中，他就应张公权（嘉璈）的邀请，任中央银行一等业务专员。后又前往沈阳，再应张公权的邀请，任他主持的东北行营经济委员会下的调查研究处处长。当时，他主张汇率和贸易自由化，使货畅其流。这种观点同当局的管制政策互相矛盾。他想早日离开这个工作岗位。

1946年秋，北京大学复员回到北平，胡适先生也从美国回到北平，就任北京大学校长。他给蒋硕杰签发了北京大学正式的教授聘书，为期一年，到时候再聘再发一份聘书。他于1946年底来到北京大学经济系任教授，年仅28岁，是北京大学经济系最年轻的一位教授。

不仅如此,蒋硕杰还是最年轻的一位院士候选人。1947 年 7 月胡适校长请周炳琳院长帮助提出中央研究院人文组经济学学科等学科的院士候选人名单。周炳琳所提的经济学院士人选有:马寅初、陶孟和、杨端六、何廉、方显廷、陈総(岱孙)、赵延抟、杨西孟、蒋硕杰。这时,初出茅芦的蒋硕杰只有 29 岁,就与几位经济学界的泰斗一起被提名为中央研究院院士。不仅如此,周炳琳在 1947 年 7 月 12 日致胡适函中还特别强调指出年轻的蒋硕杰等人是希望所在,是值得抬举的。他写道:

"……已出面的人物。……这些人诚然是成熟些,但求进步不能靠他们。如果可以不必要表面出色的人物,我这名单中恐怕只有三数人虽不甚出名都是值得抬举。"

周炳琳院长对蒋硕杰的院士提名,当时虽然没得到广泛的赞同,未能当选为第一届中央研究院院士。十一年后,蒋硕杰终于在 1958 年被应选为台湾第二届中央研究院院士,既是第一位经济学院士,也是人文组最年轻的一位院士。

1946 年冬,他从东北沈阳来到北京大学,住在汉花园(现五四大街)红楼(现北京新文化运动纪念馆)四层 451 号房间。毛泽东同志工作过的北大图书馆新闻纸阅览室就在红楼的一层西部,在他住室楼下不远处。

在北京大学经济系任教的两年中,他开出崭新的现代经济理论、高级财政学等课程,由经济系高年级学生选修。我那时是经济系四年级的学生,选修了他的现代经济理论等课程。记得那时听过他课的学生有:范家骧(北京大学经济系教授)、柯在铄(大使)、孟廷为(北京经济学院教授)、钱度龄(研究员、财政杂志社社长)、赵坚(商业部粮食储运局局长)、李朋(财政部副部长)、陈家振(国家经委研究员)、马逢华(美国华盛顿州大学教授)等等。

他讲课内容极为新颖,能使学生学到当代西方最新的经济理论。在教学方法上,他不是简单地传授经济理论,而是注重传授分析经济问题的方法,培养学生分析问题、解决问题的能力。所以,他的讲课曾经给听课学生以很大的教益。他开的课程,没有考试和测验,而只有课程作业。在学生的课程作业中,他鼓励独立思考,对于那种不是简单地回答一个是或非、而是能分析在不同经济条件下会产生何种结果的作业,会得到他的赞许,并给予较高的分数。

1947 年我在北京大学经济系毕业后,留校任经济理论方面的助教,也帮助他做一些教学辅助工作。由于工作上的接触,在学业上进一步得到他的教导。

1948 年 11 月经过张公权的介绍,他和马静熙女士在北京饭店举行婚礼,由胡适校长证婚。婚后仍住北大红楼。马静熙,祖籍东北,为镶黄旗人。1923 年生于辽宁辽阳,留学日本,先后进过成城学园和东京音乐学校(现为东京艺术大学)。她婚后数十年中对于蒋硕杰的科学研究曾不断给予鼓励和协助,是蒋先生的最大的精神支柱。特别是每当蒋硕杰专心致志从事科学研究和论文写作时总要十分沉默地进行思考 ,蒋夫人要完全忍受着他的沉默和疏远。对此,蒋先生曾经在他的著作中表示深深的感谢和抱歉!

他们共有三女,皆出生于美国华盛顿。长女人和,学东洋美术史,在芝加哥大学任职。次女人隽,为建筑师。三女人瑞,经济学家,在芝加哥大学任教。

为了纪念北京大学建校 50 周年,他于 1948 年撰写了《投资时间长度的恢复的宏观动态分析》英文论文。论文主张投资于生产周期短、成本回收快的产业来促进经济的发展和减轻通货膨胀的压力，反对重视重工业、轻视轻工业和发展进口替代工业等流行的论点。本论文发表在著名学术刊物《经济学》1949 年 8 月号上。

1948 年底北京围城中，他经过多方考虑才离开北大到上海从事金融研究工作。临行匆匆，我送他到王府井大街南口中央饭店门外登上航空公司的大轿车到南苑机场，飞离北平。我回校后按照他的吩咐将他留在房间里的所借的图书资料，，一一送还北大图书馆和各有关资料室。

不久，他又离开上海，乘坐中兴轮到台湾，任教于台湾大学经济系。

从此，音信远隔，长达三十余年之久！

三、任职国际货币基金十年

1949 年 7 月，他离台赴美，在国际货币基金（简称 IMF）的研究部门任研究员，继续从事经济学的学术研究，并撰写学术论文，时年 31 岁。他在国际货币基金工作，共达十年之久。

这时，他发现大多数美国大学的经济学家已经坚定地接受了流动偏好的利率理论和货币市场的存量分析，而可贷资金理论和传统的流量分析逐渐被认为已被凯恩斯及其追随者们批驳得体无完肤了，因而被排除在美国绝大多数教科书和课堂之外。蒋硕杰根据自己早年对 20 年代美国股票市场投机活动的分析以及后来他在国际货币基金工作的经验，使他确信可贷资金分析法是更为可靠、更为精确的分析方法，而新近时兴的流动偏好分析的固有倾向是忽视重要的流量效应，经常导致错误的结论。他终于鼓起勇气向这种流行的正统的论点进行挑战。他试图批判流动偏好理论。他写了《流动偏好和可贷资金理论、乘数分析和速度分析的一个综合》英文论文。这篇文章指出，所有主张流动偏好理论的理论家犯下的共同错误，在于忽视货币供求中的流量因素。他的论文证明货币流量对经济体系有很大的影响，当时十分流行的凯恩斯学派的货币政策，即钉住利率而听任货币供给自由变动的政策，有很大的流弊，是错误的。

《美国经济评论》的一位保守的总编辑，接受了蒋硕杰的这篇论文，并将它刊登在该刊1956年9月号上。他似乎与蒋硕杰有同样的观点，所以本文被作为该期的领头文章，加以刊登，从而引起广泛的注意。

这篇论文发表后不久，蒋硕杰又惊又喜地收到一些十分杰出的、其中绝大多数是保守的经济学家寄来的赞许信。他们是罗伯逊（当时仍在剑桥大学执教）、雅各布·维纳（J. Viner 当时在普林斯顿大学）、弗里兹·马奇卢著（F. Machlup 当时在约翰霍普金斯大学）、劳伦斯·塞尔兹尔（L. Seltzer）、洛厄尔·哈里斯（L. Harris）、黑拉·迈英特（Hla Myint）、默里·肯普（M. Kemp），以及其他一些经济学家。

罗伯逊教授的信对此文作了很高的评价。他写道："我怀着莫大的兴趣和感激的心情，刚刚读完你新近在《美国经济评论》上发表的文章。就我所能判断的，它实在是完全澄清了这些问题。"他还在信的末尾写道："再一次祝贺，并且——如果我是那样的自私的话——热忱地感谢你强有力的论证，使我这些年说过的全然不是废话。"

蒋硕杰也曾收到哈佛大学汉森（A. H. Hansen）教授的不同观点的来信。汉森责怪蒋硕杰把收入（实际上是可支配收入）看成是预先给定的变量。汉森坚持认为，收入像凯恩斯模型中的那样，是和利率经常地被确定的。蒋硕杰则对汉森回答说：因为我们显然不能在没有昨天的日子里开始我们的分析，昨天发生的一切必须假定为已知的。因此，昨天得到而在今天使用的收入应该总是看成预先确定的。而今天将要赚得的收入的确应该看成是与今天的利率经常地在今天确定的。未能明确区别不同日期的收入是凯恩斯理论中许多混乱现象产生的根源。

奥克莱(G. Ackley)1957 年 9 月写文章对蒋硕杰的文章作公开评论。他批评了蒋硕杰在文章中存在有调和流动偏好与可贷资金理论的企图。蒋硕杰认为这种批评是正确的。不过蒋硕杰还认为，他的论点并不影响可贷资金理论的正确性，但它却使流动偏好理论的论断站不住脚了。

这时，凯恩斯的流动偏好决定利息率的学说已被美国和国际经济学界所普遍接受，蒋硕杰则进一步批判这种学说。他运用可贷资金的流量分析，将凯恩斯的"流动性偏好"等观念作一澄清，指出凯恩斯在 1937 年重版的《就业利息和货币通论》中认为自己忽略了"融资性的货币需求"，也暴露了凯恩斯自己的"流动性偏好"理论的逻辑上的缺失。他又根据大量实际经验资料，写出《流动偏好和可贷基金理论——答复》，发表在《美国经济评论》1957 年 9 月号上。此论文在进一步批判流行的流动偏好决定利息率学说后，明确指出：利息率实为可贷资金的价格，它和任何商品的价格一样，不能硬性规定，否则必将引起供给和需求的失调。这篇论文得到美国经济学界的重视和好评。

在国际货币基金工作时期，积累了丰富的各国货币流通的经验，使蒋硕杰更加坚定地相信流量分析的优越性。这一时期，他还发表了一些论文，也都表达了他对当时流行的货币理论的反对意见。

这些论文有：《支付差额与国内收入和支付的流量》，见《国际货币基金工作人员论文集》1950 年 9 月号;《加速、厂家理论和商业循环》,见《经济学季刊》1951 年 8 月号;《收入分析中的加速器——答丹尼尔·汉勃格教授》,见《经济学季刊》1952 年 11 月号;《丹麦支付差额在 1951 年的改进》,见《国际货币基金工作人员论文集》1953 年 4 月号;《外汇保持方案的经济学》,见《国际经济》第 17 卷(1954 年);《可解释的变量和相关的重要性的实验选择》,见《经济计量学》1955 年 7 月号;《主要工业国家的竞争力和出口份额的变化》(与弗利明合作),见《国际货币基金工作人员论文集》1956 年 8 月号;等等。

他的《灵活汇率体系的试验:秘鲁的案例 1950～1954》论文,发表在《国际货币基金工作人员论文集》1957 年 2 月号上。这篇论文说明秘鲁在 1950～1954 年间试行可变汇率制的结果是秘鲁的货币梭尔(Sol)的可变汇率十分稳定,并没有出现当时认为不可避免的那种破坏稳定的投机迹象。

凯恩斯学派的经济学家往往觉察不到固定住的利率所产生的问题,反而把它看成是货币政策的规范。蒋硕杰认为,听任货币供给具有无限弹性是有很大的潜在危险的。他的上一篇论文,以及他的《浮动汇率制下的外汇投机理论》(《政治经济学杂志》第 66 卷,1958 年 10 月号)论文,都对此加以评论,他证明"坏的经济理论为何使我们了解和解释现实世界中的真实事件常有偏见"。他这两篇文章,都提供出实际材料证明他的理论。

由于蒋硕杰在国际货币基金工作时,所观察到实际情况和所进行的国际金融研究,使他认识到:"经济学家思想中,一个错误的理论结构,为何会使他们错误地和偏颇地解释历史事件,以及错误理论和错误解释事实为何会转而导致有害的政策。"因此,他写了上面所列出的这些理论文章,对当时流行的错误的货币理论提出分析和批判。在这些论文中,《流动偏好理论与可贷资金理论、乘数分析与速度分析的一个综合》,是一篇综合性的理论分析和批判文章,关于丹麦和秘鲁的两篇文章以及后来关于欧洲的论文,都是对个别国家的实例研究。他用这些国家的实例,来批判对金融历史事实的错误解释及其错误理论。他的研究证明:货币数量对于经济体系有莫大的影响,因此说明当时极流行的"凯恩斯的中性货币政策",即钉住利率而任令货币供给自由变动的政策,其流弊极大。

蒋硕杰在国际货币基金十年工作的后期,注意力逐渐转移到浮动性汇率的问题上。当时,实现浮动性汇率遇到很大的阻碍,因为,那时主流的经济学家们普遍认为,汇率一浮动就必然失去其稳定性。他写出《经济相对稳定国家的动摇不定的汇率:第一次世界大战后的一些欧洲经验》论文(见《国际货币基金工作人员论文集》1959 年 10 月号),指出前人的错误。

他又写成《远期汇率理论和政府对远期外汇市场干预的作用》论文,在《国际货币基金工作人员论文集》1959 年 4 月号上刊出。此论文对于远期汇率与即期汇率在市场上如何共同决定,利率差额所引起的套利行为,以及纯投机性行为,均有独到的分析。论文发表后,瑞典国家经济研究所所长汉森(Bent Hansen)将它译成瑞典文,并加上明白易懂的图解。后来,罗彻斯特大学的日本留学生天野明弘,将该文译成日语,并采用汉森所作的图解讲解论文中的理论。这篇论文后来成为论述远期外汇的一篇重要的文献。

蒋硕杰之所以离开国际货币基金,据曾任国际货币基金副执行董事的俞国华的叙述,是由于受到种族偏见的压力:"硕杰先生对国际货币基金的研究工作,很有贡献,而且经常在基金出版的《国际货币基金工作人员论文集》发表他的论文。但其总编辑新西兰人艾伦·费希尔(Allen G. B. Fisher)有很深的种族偏见,总把他的论文排列较低,兼以当时我'政府'已播迁来台,自难受到国际间的重视。硕杰先生觉得有志难伸,乃于1960年脱离基金,前去罗彻斯特大学任教。"(《俞国华先生在悼念会上的致词》,见《蒋硕杰先生悼念录》台湾中华经济研究院1994年版。)

四、在各大学任教或讲学

蒋硕杰在国际货币基金工作期间,1958年就开始在约翰·霍浦金斯大学兼课。

1960年,他离开国际货币基金组织,到美国纽约州的罗彻斯特大学经济系任教授,时年42岁。蒋硕杰在罗彻斯特大学任教长达九年之久,期间仍继续货币理论和国际金融方面的研究,撰写多篇英文论文,刊载于各著名学术刊物上。

1961年,他写成《在贸易均衡稳定中货币的作用:弹性和吸收方法的综合研究》论文,发表在《美国经济评论》1961年12月号上。本文被美国经济协会编选入该会编录的《国际经济学读物》一书中,于1968年出版。又被理查德·库柏编入《国际金融》一书中,于1969年出版。1963年,他写成《瓦尔拉斯法则和利息理论》论文,刊登在《中国研究精华杂志》1963年6月号上,指出瓦尔拉斯定律的不合理处。1964年,写成《罗斯托夫诸阶段的增长模式》论文,发表在《经济计量学》1964年10月号上。1965年,写成《税收、信用和贸易政策对于发展中国家的制造业的生产和出口的促进》论文,论文的第一部分刊登在《发展研究杂志》1965年1月号上,论文的第二部分发表在1965年4月号上。

这时,他与国际上经济学界公认的公理——瓦尔拉定律"发生冲突”。

事情是这样发生的。1958年11月，帕廷金(D. Patinkin)教授在《经济学》上发表《流动偏好和可贷资金：存量和流量分析》一文，对蒋硕杰的文章《流动偏好理论与可贷资金理论、乘数分析与速度分析的一个综合》提出更加严重的批评。帕廷金文章的根据是瓦尔拉定律，他认为通过他所谓的瓦尔拉定律，可贷资金理论和流动偏好理论是完全相同的。蒋硕杰则认为，如果根据瓦尔拉定律，证明可贷资金理论和流动偏好理论两者在逻辑上都是正确的，那么为什么它们在某些情况下能够产生截然相反的结果呢？根据这些问题，蒋硕杰决定写一篇批评将瓦尔拉定律应用于货币理论的文章，对这个所谓的公理提出挑战。

但是，他立即受到好心的朋友们的劝告。他们认为这样做是极端不明智的，因为瓦尔拉定律在经济学中几乎已被当作是一个公理，任何攻击公理的人都会被看成是疯子，至少也要被认为是糊涂虫。蒋硕杰不听朋友们的劝告，仍然坚持自己的意见，写成《一般均衡分析中的瓦尔拉定律、萨伊定律和流动偏好》一文。他将定稿交给《美国经济评论》杂志社。这篇论文的审稿人保罗·戴维森(Paul Davidson)教授审阅后将它推荐刊登。可是，该刊物当时的主编却直截了当地否决了它，他声称：虽然它的审稿人业已推荐刊登，但他必须行使职权否决这项推荐，因为他个人认为该论文是“荒谬的”。

蒋硕杰认为，瓦尔拉定律十分牢固地盘据在美国经济思想的主流之中，而美国的经济学杂刊的编辑们过于信奉它，以致不允许发表对它的批评文章。因此，他决定在美国以外，风气不太盲从因袭的地方寻求发表的机会。他试投给《国际经济评论》，它的一部分编辑工作是由日本经济学家担任的。他的文章被接受了，发表在1966年9月号上。

这篇论文对凯恩斯货币理论的瓦尔拉变体作了批判。论文的批判超越了哈恩和克洛沃对帕廷金进行的已为人知的评论。在这篇论文中，他在通常的预算约束之外，提出一个涉及交易媒介的约束概念，即“筹资约束”的新概念。但是，和克洛沃的静态的“预留现金”（或钱货两讫）约束不同的是，蒋硕杰提出的“筹资约束”完全是动态的，它既将借和贷（因此货币不只是一项资产），又将银行和货币创造结合成一体。从此，蒋硕杰成为“筹资约束”的货币理论的一位先驱者。

1967年蒋硕杰获得美国古根汉姆奖学金，利用罗彻斯特大学休假期间，到英国牛津大学耶稣学院作访问学者。同年，他与马丁·费尔德斯坦因合写《利息率、租税和个人储蓄刺激》一文，刊登在《经济学季刊》1968年8月号上。

1969年，康乃尔大学经济系教授费景汉转往耶鲁大学任教，蒋硕杰应聘到美国纽约州康乃尔大学经济系任教授，时年51岁。他在那里工作了16年之久，退休后又被聘为名誉教授。同年，写成《对货币的预防需求：存货的理论分析》，发表于《政治经济学杂志》1969年1～2月号。又写成《货币适度供给的批判说明》文章，发表于《货币、信用和银行杂志》1969年5月号。

1972年，蒋硕杰荣获洛克菲勒讲座教授荣誉席位，到菲律宾大学讲学。

同年，他写了一篇题为《对均值——标准差分析的答辩、偏度偏好与货币需求》的论文，它论证“均值—方差分析”仍然是分析愿冒小风险者行为的一个合适的近似值。他的这篇答辩文章为《美国经济评论》编辑部所采用，发表在该刊物第62卷，1972年6月号上。论文发表后，在南加州大学任教的杰拉德·汀特纳（Gerherd Tintner)在给蒋硕杰的信中写道："我以极大兴趣刚刚读到《美国经济评论》上你的文章。就我而论，它最终完全廓清了整个事态。"几个月后，《美国经济评论》的编辑给蒋硕杰寄来 K. 鲍尔奇、G. O. 比尔韦格和 H. 利维等人对该文的评论，要他进行解释和答复。这些评论都是关于无差异曲线的一些技术问题，而并没有涉及他的主要观点——对流动偏好货币理论的批判。为此，他写出《对均值—标准差分析的答辩：对原始论文的答复和勘误》一文，发表在《美国经济评论》第 64 卷，1974 年 6 月号上。

蒋硕杰在 1976～1977 年度康乃尔大学休假期间，访问英国牛津大学纽菲尔德学院时，应邀请出席 1976 年 9 月在萨西克斯大学举行的国际经济学研究集团的年会，并被邀请提交论文。他决定趁此机会发表他对新的国际收入货币分析的不同观点。他提交了题为《国际收入的现代分析法的货币理论基础》的论文，不料这篇论文竟引起了轰动。由于论文中批评性地讨论到瓦尔拉的某个观点，而当时美国的学术空气仍然是极其不能容忍对瓦尔拉的任何批评性讨论的。这次会议的所有论文本应在美国麦克米伦公司结集出版的，可是，在芝加哥的国际经济学研究集团的创办人，既不敢得罪美国主流的经济学家，又不敢大胆地取消蒋硕杰的这一篇论文，他只好采取拒绝出版本年度的全部论文和会议记录的做法。这件事，曾使蒋硕杰对其他论文撰稿人感到十分抱歉。因此，他将这篇论文送给英国，在《牛津经济文汇》第 29 卷第 3 期(1977 年 11 月)上发表。这个刊物的编辑部中有许多纽菲尔德大学出身的经济学家，他们立即决定采用，并把它作为该期中的领头文章刊出。

蒋硕杰不同意无时间概念的资产组合均衡分析，认为它不能作为货币理论的基础。他试图证明运用流量分析比起流行的存量分析，更能说明问题。他于 1977 年写出《储备金的扩散与货币供给乘数》论文，提出采用流量分析方法来研究储备金的随机扩散问题。他证明货币总供给中的绝大部分不是处在不同经济单位的资产组合内，而是存在于一个不断循环的流动之中。因此，他提出的新的分析方法优于流行的无时间性的资产组合配置分析方法。可是，这篇论文相继遭到两家美国杂志社的拒绝刊登。他将这篇论文寄给英国的《经济学》杂志。早在 1943 年当凯恩斯任《经济学》主编，而蒋硕杰还是一名研究生时，他已经有一篇论文在上面发表。现在这篇论文很快被《经济学》采用，发表在 1978 年 6 月号上。

在美国罗彻斯特大学和康乃尔大学任经济学教授时期，通过对一些发展中国家的经济考察，他深刻地认识到:凯恩斯主义关于通货膨胀会促进经济发展的错误观念对于发展中的国家危害很大。他自 1954 年开始担任台湾当局的经济顾问以来，他发现对经济发展和货币稳定的错误认识极大地妨碍了台湾地区的发展，这种错误认识起因于当时正在风行的新的凯恩斯经济学。他总是情不自禁地介绍与从流行的发展理论得来的论点正相反的东西，并且对受过凯恩斯传统训练的经济学家的批评进行斗争。他批判流行的发展理论和当时权威性很高的凯恩斯主义的货币理论，写了题为《货币理论中的时尚和错误看法及其对金融政策和银行政策的影响》的论文，刊登在德国的《全部政治学杂志》第 134 卷第 4 期(1979 年 12 月)上。

在这篇著名的经济学论文中，他有鉴于许多国家的经济政策往往不是经济学家们的优秀的经济思想的结晶，不反映他们研究的成果。他认识到:不幸的是错误与有害的经济思想看起来比正确和合理的经济思想更加有可能采用作经济政策，部分是因为有害的比正确的思想一般听起来比较舒服，比较入耳，部分是由于学术思想渗进当权的实践家的头脑中，一般需要很长的时滞，以致它们影响到实际政策时，很可能大为过时而不合适了。他提出了一句与经济学中的格雷欣定律相似的一句惊人的名言：

“在经济政策领域中，有害的经济思想总是驱逐合理的经济思想的。”

1980 年，他撰写英文论文《凯恩斯的“筹资的”流动性需求、罗伯逊的可贷资金理论与弗里德曼的货币主义》，发表在《经济学季刊》1980 年 5 月号上。论文阐明传统的流量分析优于凯恩斯流动性偏好理论存量分析的理由。这篇论文是他在英国牛津大学纽菲尔德学院讨论会上，又在英国约克大学讨论会上演讲的修正稿。曾经得到约翰·希克斯等人的审阅和提出过宝贵的改进意见。

1981 年，他赴智利参加“国际经济会议”。由于主张流动偏好理论的经济学家们没有就他以前对他们的批判产生反应，使他感到失望。蒋硕杰决定向流动偏好理论的霸权作进一步的挑战。他将货币理论中现代存量分析或资产组合分析（modern stock or portfoilo approach）进行一次公开的正面的批判。他之所以选择这样的主题，是由于他考虑到凯恩斯主义者通常总是告诫发展中国家，即使引起通货供给增加和强制实行行政性信用配给，也要保持低利率，因而产生继续不断的通货膨胀压力，并使这些国家在分配所能得到的非常紧缺的资本方面产生浪费。他深信，对于第二次世界大战后发生的世界经济问题，凯恩斯的追随者应对其负不小的责任。他认为，美国的凯恩斯的忠实追随者们谅必决意要使他们的国家像英国那样，自食其果。他在课堂上常常批评凯恩斯学派的政策，并指出美国再这样按照凯恩斯经济学派的主张搞下去必然衰败。他于 1981 年写出《货币理论的存量分析或资产组合分析与詹姆士·托宾的新凯恩斯学派》英文论文，加以批判。他之所以选择托宾教授作为他的挑战对象，因为在美国托宾是公认的凯恩斯学派的领袖，曾任美国经济学会会长，"文化大革命"后期曾作为美国经济学会会长(历届)代表团的成员到北京大学经济系访问。

不巧的是，就在1981年托宾获得了诺贝尔经济学奖，美国没有一家经济学杂志的编辑敢于得罪新的诺贝尔经济学奖的得主。这篇论文在美国暂时就成为不可能发表的了。1982年春，他应邀到奥地利维也纳高级研究院做访问学者，在那里他作了有关货币理论的系统演讲。他用这篇论文作为开头的第一讲。当他离开维也纳时，他将这篇论文交给那里新近创刊的《高级研究院》(IHS)》杂志，于1982年底在第6卷第3期上发表。

1984年秋，蒋硕杰应邀到日本东京庆应大学讲授货币理论课程。这时，他试图解决在开放经济中货币市场模型公式化问题，以及探寻货币市场和外汇市场之间的相互联系问题。1986年1月，他在中华经济研究院与中央研究院经济研究所一起主办的一次货币理论国际讨论会上，特别强调"筹资约束"的作用，并且趁此机会写出他对这些问题的意见，在会上讨论。其成果就是《开放经济中货币市场均衡的流量公式表达与汇率决定》论文，先收集在会议文集中，后来被编入科恩和蒋硕杰编选的《筹资约束、期望与宏观经济学》一书中，在牛津大学出版社1988年出版。

蒋硕杰的这篇论文明确地指出，以流行的货币存量公式表述国内货币市场和外汇市场均衡状态，为什么是不恰当的，以及这两个市场为什么是两个截然不同和相互独立的市场，虽然它们是通过筹资约束(而不是通过瓦尔拉定律)相互联系着的。当独立表述这两种状态时，可以看到，在开放经济中，可贷资金供求决定国内利率的说法，仍然是正确的。但是，可贷资金的需求现在应该包括的不仅是筹措国投资和净窖藏的资金需求，而且包括筹措进出口扩大计划和私人购买外汇资产净值的资金需求。再者，开放经济中的国内货币市场均衡不再像凯恩斯对封闭经济所主张的那样，必然含有货币总供给和总需求相等的意思，也不含有是由货币总供求相等所决定的意思。在开放经济中，货币供给的增加，不再像封闭经济中的那样，完全用来购买债券(或对国内货币的递延要求权)。它的一部分可以由银行转向外汇市场。只有在得悉外汇市场处于均衡状态时，我们才能说货币供求平衡意味着国内货币市场的均衡，反过来也是一样。但是要注意，这两个市场之间的联系不是借助于“瓦尔拉定律”，而是借助于筹资约束形成的。这篇论文也澄清了货币理论中，帕廷金学派传授给一代经济学家的不正确的说法，即货币市场的均衡必然意味着商品市场以及(或者)外汇市场的均衡。

1985 年 5 月，蒋硕杰被他的母校伦敦大学政治经济学院推选为荣誉院士。同一年里，他在美国康乃尔大学退休，专心致力中华经济研究院院长。康乃尔大学又推选他为荣誉教授。

1986 年 9 月赴英国牛津大学参加“货币研究组织”年会。他向年会提出论文《约翰·希克斯先生对货币理论的贡献以及我们对他的期望》(又名《货币理论以及储存和流动的矛盾》，刊登于《希腊经济评论》第 12 卷增刊(1990 年秋)上。也被收录在《约翰·希克斯先生的货币经济学》一书中。

1987 年 3 月，他应香港中文大学林聪标院长的邀请，前往讲学。

五、台湾经济起飞的主要设计人

1952 年，蒋硕杰在国际货币基金休假时到台湾会见时任台湾地区的信托局长兼生产事业管理委员会的尹仲容。蒋硕杰送给他一本詹姆斯·米德撰写的《计划和价格机制》专著(1948 年版)，并建议他阅读。尹仲容很快读完，得到深刻的印象，了解人为的计划的局限性以及市场机制的巨大作用。他还将本书在委员会的同事中传阅。

1954 年尹仲容任台湾“经济部长”时，邀请蒋硕杰教授和刘大中教授(前清华大学教授)来到台湾，研究当时最令人困惑的经济问题。他们经过研究，提出单一汇率、大幅度提高利率等改革建议，要求大幅度贬值台币、提高银行年利率等来稳住经济。台湾“财政部长”严家淦经过再三考虑，接受了他们的建议，废除了极其复杂的复式汇率，统一到单一的法定汇率，将新台币由 15 元对 1 美元，贬值到 40 元对 1 美元，这个汇率一直沿用到 1973 年；又将银行年利率由 36%提高到 64%，这些措施是台湾经济改革的开始。

当时，台湾的经济学界盲目崇拜凯恩斯学说，普遍地流行着通货膨胀会促进经济的发展，储蓄倾向的增加只能导致经济衰退，利息率取决于流动偏好，储蓄对于利率没有直接的影响，从而提高利率不会刺激投资也不会促进经济的增长和繁荣，惟一英明的利息政策就是低利息率的政策等错误观念。在这些错误的经济理论的指导下，利息率被人为地压得很低，人们自然逐渐不将其储蓄存入银行，而是自己直接拿去投资在实物(如房地产、黄金、外汇)等不生产的资产上去了，人们手中的货币不能转化为储蓄和投资。银行为了维护它对公私企业界的融资，不得不日益依赖增加货币供给（即赤字金融）为手段。结果通货膨胀仍然日益严重，当时的年通货膨胀率高达100%以上，台湾经济一片萧条，陷入困境。

蒋硕杰教授通过深入地科学研究，认为企图用通货膨胀政策来促进经济的成长，在许多国家都失败了，不但经济没有成长，反而衰退了。只有克服通货膨胀，经济才有出路。例如，第二次世界大战后的日本就是一个明显的例子。战后头三四年内，日本因为财力枯竭而不得已地采用饮鸩止渴的通货膨胀政策，给经济造成严重的恶果，直到1949年改而采取停止通货膨胀和收缩通货的“逆奇方案”以后，才给日本经济带来恢复与发展。

当时，经济学界最为流行的错误的发展战略理论也深刻地影响着台湾地区的经济政策，认为高关税或限制进口数量的政策，可以保护发展中国家（地区）的国（地区）内市场而扶植其幼稚的产业，所以是发展中的国家（地区）发展产业的最佳途径。台湾当局当时采取了这种发展战略，以严格的进口数量管制和高额的关税壁垒来维持其收入平衡，台币的币值因而被高估了，从而引发了第二次世界大战后初期的通货膨胀。再加上台湾当局要长期地保持庞大的军费等支出，在财政预算无法平衡的情况下只有靠滥发纸币过日子，造成了严重的通货膨胀。这时，崇拜凯恩斯主义的台湾经济学家们仍认为，即使面临相当严重的通货膨胀，利息率也必须压低，以便保证新产业能获得便宜的资金，来刺激产业投资。可是，事实与之相反，实行这种政策加剧了通货膨胀，给台湾的经济造成严重的危害。

在台湾经济的严重通货膨胀面前，蒋硕杰教授发表文章对台湾当局所实行的通货膨胀政策提出最严厉的谴责，指出它是一种盗窃行为。他将凯恩斯所推崇的“大幅提高货币供给额年增率，以大量供应给工商业，并应当尽量予以低利贷款”，以及“故意制造一场强烈的通货膨胀，使物价大幅度上涨，减轻债务”的办法，称之为“五鬼搬运法”和“金蝉脱壳法”。

他所说的“五鬼搬运法”是借用旧小说中的名词来生动地表达经济学上的科学概念。他对“五鬼搬运法”所下的定义是：“假使有人既不从事生产或服务，又不肯以适当的代价向人告贷，而私自制造一批货币，拿到市场上来购买商品，那就等于凭空将别人的生产成果攫夺一份一样。这不和窃盗行为一样吗？而这种窃盗行为是神秘而不露痕迹的。它能够不启人门户，不破人箱笼，而叫人失去财物。吾人不妨称之为‘五鬼搬运法’。他又写道：“如果银行擅自增制新货币（此处新货币并不单指钞票、硬币而言，应包括银行活期支票存款在内）以之贷放借款人的话，那就等于银行帮助借款人施展‘五鬼搬运法’去搬运别人财物来供他们使用。”这是十分精辟而通俗的论断。

他提出的“金蝉脱壳法”，生动地揭示了奉行凯恩斯主义的通货膨胀政策的实质。他认为，物价上涨会产生“金蝉脱壳”的事实，指的是随着物价的上涨，债务人的债务的实际负担就会随之减少，形同“金蝉脱壳”，而广大的存款人却都成为“金蝉脱壳法”的受害者。

他坚决反对任何人借“五鬼搬运法”以及“金蝉脱壳法”来发财。他更加坚决反对政府帮助少数大企业家以“五鬼搬运法”和“金蝉脱壳法”来掠夺他人的财物，获取不当的利润。他严重地指出：如果对之不加以制止，其结果必然会导致财富分配的极端不平均，以至社会的不稳定。

对于台湾经济的发展，他主张应当力求在稳定中成长。他一反当时台湾极为流行的但又是极其错误的经济政策，即那种导致长期通货膨胀、资源错误配置、终至扼杀民间经济活动的所谓“开发”政策。他所依据的理论基础是:尊重市场规律、尊重货币流通规律的新古典学派的经济理论。他认为经济的恢复和发展不能靠金融赤字来取得虚假的资金,而是要人民自动的储蓄来提供真实的资金。人民的储蓄在经济发展上扮演着极为重要的角色。要让人民提供储蓄,既不能靠号召,更不能靠强迫,而只能靠正确的金融政策。可是,当时在流行的凯恩斯经济学的影响下,许多发展中国家和地区盲目地套用发达国家的货币政策,让银行维持着低利息率结构。本来,由于发达国家资金供应极为充裕,而且物价也较为稳定,所以利息率才较低。可是,这种情况却被误认为是低利息率可以刺激实际投资和促进经济增长。同时,他们还认为提高利息率会带来成本推动型的通货膨胀。与这些流行的错误观点相反,蒋硕杰教授则认为:在通货膨胀和资金极为稀缺的情况下,政府人为地压低利息率,不但将造成对银行信用的需求大幅度地超过供给,而且使通货膨胀火上加油,并且大众也因此不再愿意将他们的储蓄存在有组织的金融机构,而宁可窖藏贵金属和购置外汇,或者直接投资与房地产以及用于其他非生产的途径。

蒋硕杰教授认为,台湾当时的名义利息率过低,实在不足以抵偿物价的上涨率,致使实际利息率降至过低的水平。尤其是存款利息率过低,往往是存款本金加上十年累积的利息的总和,尚不足保持其原有的实际价值。他认为:“此种不公平的现象不就是‘金蝉脱壳法’之反面效果吗?惟其让存款者吃这种大亏,银行才能让借款者享受近乎零的实际放款利率。”他主张:“利率应由自由市场的公平交易来决定,不应当用政治力量来压低,致使银行的可贷金的供需失去平衡而必须以金融赤字来弥补,造成物价之不稳定以及所得及财富分配的恶化。”根据当时台湾通货膨胀十分严重的实际情况，他主张大大提高存款的利息率，将存款利息率一提再提，提高到通货膨胀率之上，在当时曾将定期存款的月利息率提高到7%，年利息率按复利计算提高到125%。他认为：这样才会使人民恢复对存款能保值的信心，而将其储蓄重新存入银行，因而使银行不必依赖“赤字金融”来对生产界放款，从而使货币供给的增加率大为降低，那么就能立竿见影地取得稳定物价的效果。他还认为：在物价稳定的情况下，没有通货膨胀恐惧的自由资金市场，才是在长期成长过程中，能吸收最多的国内人民储蓄，并能吸引最多的国外资金，以供工商界投资来发展生产事业的制度。

台湾当局在经济上走投无路的困境中被迫放弃凯恩斯学派的主张，取消了低利息率的政策以对抗通货膨胀。由于存款利息率高于通货膨胀率，居民储蓄存款有利可图，银行才从居民手中吸收到大量的货币存款。高利息率的政策很快地取得成效，储蓄的总额迅速增加，不到一年时间台湾的通货膨胀就受到遏制。可是，一则由于成功来得太快，二则由于台湾当局惟恐每年125%的利息率在物价稳定时无法承受，台湾当局出于经济上的短视观点，将银行利息率突然降低一半，接着又再降低为每月3%。台湾人民被台湾当局的这种突然的转向吓坏了，不但不再将新储蓄存入银行，反而将存款纷纷取回，从而存款总额突然下降，物价也再度快速上升，通货膨胀的痼疾又重新袭来。在严酷的现实和客观经济规律面前，台湾当局不得不回过头来再度采纳蒋硕杰教授的高利率的政策建议，储蓄又迅速流进银行，物价又随之稳定下来，生产性的投资又能得到充分的无通货膨胀性的资金供应。这就促使台湾经济的稳定成长走出了第一步。

台湾的状况证明了蒋硕杰教授的论断：存款利息率的适当提高，必定可以吸引大众自动地将储蓄存入银行体系，从而形成一股强有力量。而那种成本推动型通货膨胀理论所认为的，提高官方控制的低利息率必然会爆发通货膨胀的说法，于是被证明是无稽之谈。

对于资金的分配问题，蒋硕杰教授认为：无偿地使用资金，既不付利息，又不还本，是极大的错误。他认为：为了将有限的资金分配于无穷尽的投资用途，必须定出一个合格的标准。“凡是生产力超过此合格标准的才可以得到资金，凡是生产力不能达到此合格标准的，只有拒绝。这个合格标准应定在恰好使合格的资金需求等于可供投资之用的资金供给的利率水准上。这就是均衡利率的意义。如果资金需求踊跃增加而供给不增，那么这个合格标准必须提高。反之，如果资金需求不变而供给增加，那么合格标准必须降低。就好像大专联考的及格标准必须按考生人数及程度与学校名额之关系来提高或降低一样。”

这个时期，蒋硕杰教授在台湾的活动和论著主要有下列各项：

1967 年，他被聘为台湾地区建设委员会委员。

1967 年 6 月，他应台湾“经济部”的邀请，到台湾参加由国内外经济学家组成的“台湾经济发展会议”，研讨台湾的快速经济成长问题。会后，7 月，蒋介石约见蒋硕杰、刘大中、费景汉、顾应昌等院士，听取他们对经济政策的意见。

1968 年台湾地区“行政院”成立赋税改革委员会，蒋硕杰应聘为该会委员（1968～1970）。他与刘大中共同提出税制改革的建议，主张采用加值税。他们认为：实行加值税，可以收缩货币供给，减少预算赤字，鼓励多生产少消费，即使会使商品成本稍有提高，亦不一定会引起通货膨胀。

他曾与刘大中、顾应昌、费景汉等院士联名建议在台湾大学设立全台湾第一个经济学博士研究生班。1968 年台湾大学成立经济研究所，并招收博士班研究生，蒋硕杰应聘为博士班兼任教授。

根据蒋硕杰等院士的建议草拟的《销售税法草案》，1970 年 6 月经赋税改革委员会通过，上报台湾地区“行政院”。经过多次讨论，直到 1975 年才得以通过，在台湾开始实行加值型营业税。

1973 年蒋硕杰教授写成《外汇资产猛增引起金融危机之对策》，送给台湾的中央银行参考。后来编入《台湾货币与金融论文集》中，联经出版社 1975 年版。

1974 年台湾发生严重的通货膨胀，台湾当局发动经济方面的院士趁两年一度回台参加中央研究院院士会议之便，在台湾召开“当前台湾经济问题座谈会”，讨论台湾经济政策的有关问题。会后，蒋硕杰、刘大中、邢慕寰、费景汉、顾应昌、邹至庄六位院士联合提出《今后台湾财经政策的检讨》共同建议，以供决策者参考。建议：(1)健全货币市场，(2)实行机动汇率，(3)建立期货外汇市场，(4)加强征收地价税和土地增值税，(5)实施加值税。(见《台湾经济发展的启示——稳定中的成长》，天下丛书 1985 年版。)

1975 年六院士又联名写出《台湾财经政策的再检讨》，针对台湾的重要财经问题提出建议。(1)粮政制度之改进；(2)公用事业定价政策之修订；(3)金融制度之改进；(4)关税及贸易政策之更张；(5)奖励投资之重新考虑；(6)出口退税及重复课税之改见。

1976 年 9 月，蒋硕杰开始兼任台湾经济研究所所长，直到 1980 年 3 月。

1977 年 6 月，蒋硕杰写出《如何维持台湾经济快速增长的问题》，向台湾当局提出建议。

1978 年，蒋硕杰、邢慕寰、费景汉、顾应昌、邹至庄五位院士(刘大中院士已患癌症自杀身亡)，共同撰写《经济计划与资源的有效利用》，向台湾当局提出建议。蒋硕杰等院士对当局的政策建议，起初受到礼貌上的尊敬多于实际上的接受。那时，不管台湾当局是否接受，蒋硕杰都坚持他自己的观点。例如，当蒋经国1975年向蒋硕杰征求关于台湾经济问题的意见时，蒋硕杰就劈头劈脑地指责台湾当局采取错误的经济政策，弄得蒋经国哑口无言。可是，这次1978年的建议却对台湾当局的决策产生决定性的作用，在台湾实施的六年建议计划中，就采纳了他们的建议。

1978年6月，蒋硕杰撰写了《当前外汇资产累积过速所招致的通货膨胀压力及其因应方法》，建议台湾财经当局不宜太过于累积外汇资产，应将新台币早日升值，以控制通货膨胀。

六院士或五院士的经济建议，在当时是"极机密"的文件，不为大家所知。现在，大家已经公认台湾的经济起飞和走出经济困境归功于院士们的建议。尽管这些建议都是由几位院士共同讨论提出的文献，而不是个人单独领衔的文献，但是后来参加建议的院士都公认，建议的思路的主导者实际是蒋硕杰教授，他是台湾经济起飞的主要设计人。

六、主持台湾中华经济研究院时期

1979年中美建交，台湾当局研讨因应对策，商定成立一个研究财经政策的智力库单位，由当时中央银行总裁俞国华任筹备此单位的召集人，研究成立台湾中华经济研究院筹备处，延聘蒋硕杰担任筹备处处长。1981年7月1日台湾中华经济研究院成立，延聘蒋硕杰回来担任首任院长。从筹备处算起，他为中华经济研究院连续贡献了14年的心血。

这一时期，他对台湾经济的发展不断提出宝贵的建议，如：要持续稳定通货和物价水平，经济起飞要靠自己台湾的储蓄，要充分利诱和奖励投资，建立灵活的金融市场，放开利率和汇率，加强征收地价税和土地增值税，经济成长与经济公平应当同时达成，引进先进科技从事科学研究与发展新产品技术，努力提高产品的附加值，增强科技人员的教育和培养，罗致人才发展尖端科技等等。

这一时期，他的主要活动和论文还有：

1980 年 7 月，写成《最近台湾物价上涨率偏高之理由及其稳定之途径》，向当局提出建议，后来编入《台湾经济发展的启示——稳定中的成长》一书中。

1981 年，他到美国参加鲁格斯大学主办的“美国和亚洲经济关系大会”，在会上发表题为《作为起飞推进者的外贸和投资：台湾的经验》演讲。本论文后来收集在《美国和亚洲经济关系研究》一书中，阿克隆出版社 1985 年于美国北卡罗莱纳出版。

同年 3 月，写出《稳中求长成的经济政策》一文，刊登在《中央日报》1981 年 3 月 5～6 日。后来编入《台湾经济发展的启示——稳定中的成长》一书中。

同年 6 月，写出《货币理论与金融政策》一文，刊登于《中国时报》1981 年 6 月 2 日。后来也编入上述论文集中。

1982 年台湾学术界发生“蒋王大战”，一方为蒋硕杰，另一方为王作荣。王作荣主张凯恩斯主义的低利率和通货膨胀的政策，蒋则坚决反对低利率和通货膨胀，他坚持利率须由市场力量来决定，不应人为地将其降低。他批评台湾当局的货币政策会产生“金蝉脱壳法”和“五鬼搬运法”的后果，因此得罪了不少台湾的工商界人士。

1983 年，他赴墨西哥开会，将会上的发言整理成《台湾的经济奇迹：经济发展的教训》论文，刊登于哈博格编的《世界经济增长》一书中，当代研究院出版社 1984 年旧金山版。

1985年5月至11月，蒋硕杰担任台湾经济革新委员会召集人之一。

1986年4月，台湾当局采纳蒋硕杰的意见，实行营业加值税。

1987年赴美国印第安那州，参加蒙帕莱经济学会(Mont Pelerin Society)年会。

同年12月参加在美国芝加哥举行的美国经济学会年会，会上发表论文《在坚持巨额贸易剩余冲击下的货币政策：中国台湾的经验》。

1988年蒋硕杰荣获中华教育基金会杰出学者奖，于9至12月间到外国访问3个月。

他先到日本东京和京都参加蒙帕莱经济学会年会，会议主题为"世界货币秩序"。他担任对巴黎大学沙林(Salin)、日本银行理事苏佐基(Suzuki)以及美国总统经济顾问团主席斯普林克(Sprinkel)三个报告的评论人。他对美国政府当前的财政政策颇加评论。这时，美国货币主义的主要经济学家弗里德曼也参加该年会，他们在会上辩论国际货币制度，蒋硕杰主张自由放任经济，不要再增加准备通货(Reserve Currency)，那些打算增加准备通货的国家应当先稳定物价来维护她本国货币的真实价值。会后，经纽约赴日内瓦，访问瑞士的学术机构。又到德国访问基尔大学，并应邀演讲《台湾快速经济成长成功之原因》(英文名：台湾的经济成功并不神秘)，见《经济增长杂志》1988年第3卷第1期。又到英国访问，访晤了弗利明、希克斯等经济学家。

同年，又经美国波士顿与哈佛国际研究所商谈与中华经济研究院的合作计划。又参加国际经济学研究所召开的自由贸易区国际研讨会，会上发表论文《美台自由贸易协议的可行性和合乎需要性》，后来编入该研究所所编的《自由贸易区和美国贸易政策》一书中，华盛顿1989年版。

他又到新泽西州普林斯顿大学访问邹至庄院士、威廉·巴莫尔、阿兰·勃林德、阿瑟·李维斯、彼得·凯能等教授。又前往华盛顿特区布鲁金斯研究所，访问麦克·拉莱所长、路易斯·卡博特董事长、经济学研究部查理士·舒尔兹主任。又往美国企业研究所，马克思斯托夫·丹莫斯、克劳德·巴斐尔德、约翰·马金、林中斌等，共同商谈合作研究计划。

他在华盛顿的访问结束后，又到芝加哥大学访问，与该校加莱·贝克、安诺德·哈勃格、罗伯特·弗格、罗伯特·罗森、罗伯特·鲁卡斯、拉斯·汉森等一一晤谈。并在鲁卡斯教授主持的货币银行学讨论会上演讲，题目是《存量分析还是流量分析?》讨论货币理论究竟应该采用凯恩斯学派的存量分析法，还是传统的流量分析法。他又飞往旧金山，到斯丹福大学和胡佛研究所，会晤刘遵义教授、斯息托夫斯基教授，并交换意见。与斯丹福大学的麦克·金农教授讨论美国财政及贸易不平衡等问题。

1989年5月，蒋硕杰教授到泰国曼谷，参加经济增长的国际大会召开的亚洲及中东通讯员研究所的区域会议。9月到德国柏林参加国际圆桌会议，讨论“亚洲的新的工业化经济学——提高合作的机会”。10月，蒋硕杰教授的主要著作《筹资约束与货币理论》一书，在美国波士顿的学术出版社出版。

1990年4月，蒋硕杰教授前往日本东京，参加东京俱乐部基金会主办的“亚洲论坛讨论会”。同年6月，到韩国汉城，参加由美国国家经济调查局和韩国国防情报局联合召开的会议，讨论“租税改革的政治经济学及其相互依存的关系”。

鉴于蒋硕杰教授对货币理论的卓越贡献，伦敦大学于1990年授予他科学博士的学位，这是伦敦大学最高级的学术性学位。

1990年8月，蒋硕杰教授因年老多病，提请辞去台湾中华经济研究院院长职务。获准后，改聘他为台湾中华经济研究院董事长。

七、回国参加学术会议和回北京大学讲学

三十多年来，祖国两岸人民的音讯和往来隔绝，直到国家实行改革开放以后，两岸关系才有变化。

1983年美国普林斯顿大学邹至庆教授来北京大学讲学，从他那里我们得到蒋先生的一些消息，也通过他给蒋先生带过问候的信件和照片。

1984年夏，蒋先生在美国的学生坦普尔大学黎汉明教授到北京讲学，住在北京大学方园招待所，我陪同黎汉明教授一一走访了蒋先生在北大任教时的老同事，赵延抟教授(原经济系主任)、樊弘教授、陈振汉教授等，还访问了蒋先生的老友北京大学经济系主任陈岱孙教授(原清华大学法学院院长、经济系主任)，并且分别在他们各自的寓所摄有照片，托黎汉明教授带给阔别数十年的蒋先生。

北大经济系曾多次筹划邀请蒋硕杰教授回校讲学的事情，他也很愿意回来看看，可惜都未能实现。1990年，获悉以蒋硕杰教授为首的台湾经济学家访问团已应中国社会科学院的邀请来北京访问，我们对此十分高兴，我们认为，这个访问团的来访将对两岸学术交流和促进经济关系、共同振兴经济起积极作用。中国社会科学院副院长刘国光学长曾同我们一起开会，研究接待工作。北大经济系也作了欢迎他来讲学的准备，可惜临时由于第三方面的原因，使他滞留在美国，未能成行。

(中)蒋硕杰教授1992年回到北京大学讲学时摄

(左)蒋先生的学生张友仁教授,时任北京大学政治经济学教研室主任

(右)张友仁教授的研究生林毅夫教授,北京大学中国经济研究中心主任,他自称:"我是蒋先生的徒孙。"

1991年底,我刚到海口市准备参加即将召开的由世界银行和中国人民银行联合召开的"中国金融体制改革国际研讨会",获悉蒋先生已应邀来到海口参加会议,当即带领正在我身边的在海南省任职的几位北大毕业生,一同到蒋先生下榻处看望久别43年的老师和师母,畅谈别离后的思念之情。

在这项国际学术会议上,他的多次精辟发言都得到与会各国代表的高度重视和浓厚兴趣。他发言的主要观点是:坚持货币稳定,反对通货膨胀,以促进经济的稳定与发展;开放资金市场,使资金按市场利率来分配,使资金达到最有效地使用。他还对中国人民银行解放初实行的保值公债的办法作了很高的评价。他说他早在 1947 年在北京大学经济系任教时，就曾写文章建议发行物价指数储蓄证券，以遏制当时的通货膨胀。事见《物价指数储蓄证券与恶性通货膨胀下的利率政策》，《经济评论》第 6 期，1947 年 5 月；《再论物价指数储蓄证券·答复胡寄窗君》，《经济评论》第 17 期，1947 年 7 月。可是，当时并未获得采纳。他注意到，解放后中国人民银行于 1949～1950 年发行的"保值公债"，能有效地压低物价。

海口会议结束时，蒋硕杰教授送给我一部他的主要著作英文版的《筹资约束与货币理论》。他希望我设法将它译成中文，在北京大学出版社出版。他还将在海口会议上的发言稿之一，关于台湾经济发展的英文本的论文交给我转给学术刊物发表。

我们有步骤地作了如下的安排：(1)在著名经济学刊物《经济学家》1992 年第 1 期上先行发表该杂志社记者专访蒋硕杰教授的报导文章。(2)在《经济学家》杂志同年第 2 期上发表我写的《蒋硕杰教授的经济思想》一文。(3)在《经济学家》杂志同年第 3 期上发表蒋硕杰教授本人撰写的关于台湾经济发展的大作。

我邀请著名财政金融理论专家范家骧教授翻译蒋先生的约四十万字的主要学术著作《筹资约束与货币理论》，已得到他的慨允。可是，这种理论性很强的学术著作，很难找到愿意为它赔钱出版的出版社。在北大校长室召开的研究如何接待蒋硕杰教授的会议上，我提出北大出版社应当不计代价地出版蒋硕杰教授的这一主要学术著作的中译本，得到大家和吴树青校长的赞同，当即由北大出版社列入出版计划，一待译稿完成，及时出版。

在海口会议时，我曾当面邀请蒋先生夫妇会后直接到北京大学访问。蒋先生也表示十分想念北大的老友，但因那时北京正值隆冬，天气太冷，不便成行，希望改在 1992 年的春暖花开时节，我十分赞同，并为之积极进行准备。在他的房间里，我为他拨通了北京大学的电话，他同阔别数十年的老友陈岱孙教授、陈振汉教授都通了话，说明即将访问北大的愿望。回到北京后，我一面向蒋先生夫妇发出邀请函，一面积极筹划接待工作。不久，接到蒋先生的回信。

"友仁吾兄道鉴：

前奉

大札，承邀参加今年北大之五四纪念，闻命一则以喜，一则以惧。喜者母校近况，故人同事，北京风物，俱得一一浏览、聆教；惧者以弟年来贱体日益老衰，颇惮远行。年前海口之会，满以为该地天气温暖，会后又无须交报告，故欣然前往。不期归经香港时，即因稍积劳累，略感风寒，致瘿支气管炎转为肺炎，在港住入安和医院治疗七日，始得烧退返台。弟现决下月入此间荣民医院作身体大检查，检查结果良好则当欣然作肯定答覆，否则歉难从命矣。谨先奉复，顺颂研祺。

弟　蒋硕杰　拜启

[1992 年]81 年 2 月 27 日"

接到此信后，我们一面期待他身体健康的消息，一面转请北京大学吴树青校长、北京大学校务委员会主任王学珍教授、沈克琦教授分别向他发出正式邀请函电。1992 年 4 月 17 日我十分高兴地得悉，蒋先生已得到荣民总医院健康检查报告，据云虽身体上衰老退化之处不少，但尚可作此一行，不过当尽量节劳，并注意冷暖饮食等等。4 月 23 日我又接到蒋先生的亲笔传真函及飞行日程表，得到蒋先生夫妇将于 5 月 4 日晚飞抵北京首都机场。我将这一好消息迅速告知校长、诸友好和蒋先生在北大的弟弟蒋硕健教授。五四那天夜里，北大各位领导和我一起到首都机场接到蒋教授夫妇,在贵宾厅小憩后,送往北京饭店贵宾楼住下。

蒋先生来到北京大学新校园进行观光和讲学。在吴树青校长的主持下,举行了隆重的欢迎会。他在北大作了两次讲学,有校内外经济学家参加。他就台湾经济发展的经验以及通货膨胀、证券市场等问题作了精辟的演讲,并即席回答大家提出的问题。他的深刻的观点深得参加听讲的经济学家们的好评。讲学后,吴树青校长代表北京大学送给他一盒刻有他的姓名的石质印章。

他到北大来看望老友。北大经济学院德高望重的 92 岁高龄的陈岱孙教授代表北大和吴树青校长,北大经济学院院长石世奇教授代表全院师生在北大方园餐厅宴请蒋先生,并由他当年的同事和学生作陪。大家非常高兴地参加这次难得的聚会。会上,熊正文教授书赠蒋先生诗两首,并作了朗诵。一首是:

校庆年年过,今年兴益浓。

彩虹连两岸,老友喜相逢。

著作传寰宇,师模颂辟雍。

何当开讲席,花雨竟飞秾。

另一首是:

卅年久别海田更,白发重逢无限情。

往日江山燃战火,今朝四海庆升平。

明时不满征新论,经世良方顾老成。

可惜盘桓才几日,留君不住送君行。

蒋先生在北京游览了名胜古迹,特别是专门到他住过的现在已经成为全国重点文物保护单位的北大红楼前摄影留念。他还受到吴学谦副总理等各有关领导的接见和宴请。

5 月 12 日上午蒋先生夫妇离开北京飞经东京回台湾。我和北大几位副校长一起到首都机场依依送别,不意竟成永诀!

八、蒋硕杰教授的主要著作和治学态度

蒋硕杰教授一生著作等身，主要的有：《台湾货币与金融论文集》1975 年台湾版。《台湾经济发展的启示——稳定中的成长》1985 年台湾版。《蒋硕杰经济科学论文集——筹资约束与货币理论》北京大学出版社 1999 年版。

他的英文著作主要有：《实际工资和利润边际的变化对贸易循环的关系》伦敦匹特曼出版社 1947 年版。《数量经济学与发展》（蒋硕杰为特约编者），纽约学术出版社 1980 年版。《东亚各国的通货膨胀》（蒋硕杰为特约编者），台北中华经济研究院 1984 年版。《筹资约束、探讨和宏观经济学》（蒋硕杰为特约编者），英国牛津大学出版社 1988 年版。《筹资约束与货币理论》（论文集），波士顿学术出版社 1989 年版。《经济起飞的成功或失败》台北中华经济研究院 1989 年版。《为完成经济起飞而努力·中国大陆的经验》台北中华经济研究院 1990 年版。

他还在《经济学》、《经济杂志》、《国际货币基金工作人员论文集》、《经济学季刊》、《经济计量学》、《美国经济评论》、《货币信用与银行学杂志》、《制度和理论经济学杂志》、《维也纳高级研究院杂志》、《政治经济学杂志》、《牛津经济文汇》、《全部政治学杂志》、《发展研究杂志》、《国际经济学评论》等世界著名的经济学和政治学期刊上发表经济理论论文数十篇，还曾在台湾和内地各报刊上发表文章数十篇。

蒋硕杰教授的最主要的经济学著作是《筹资约束与货币理论》。他在该书中写道："本书整个说来，代表着我对货币理论的思想演变和发展以及我将它应用于实际问题的途径。"共约四十万

字。该书得到国际著名经济学家和货币理论家约翰·希克斯爵士、大卫·利德勒教授和艾伦·斯托克曼教授的高度评价和大力支持。他们将他们自己的三篇真知灼见的有关论文也加入本书之中。约翰·希克斯教授的《可贷资金与流动偏好》一文,是针对蒋硕杰对流动偏好理论的批评作出的回答。希克斯是该理论的主要缔造者之一,近几年他又成为对此理论的最有说服力的批评者。大卫·利德勒教授的《蒋硕杰的货币经济学的来龙去脉》一文,将蒋硕杰的批评和被他批评的理论放到货币经济学思想发展的历史进程中去考察。艾伦·斯托克曼教授的《国际经济学中的"预留现金"约束》一文,考察蒋硕杰所主张的这种货币理论在新近的国际经济学著作中的应用。他所考察的著作是更加广泛地重新关心流量分析的一部分著作,这种分析方法是以其现代姿态,即以货币的筹资约束分析法或货币预留现金分析法出现的。

本书的出版得到梅尔·科恩教授的大力协助。他为本书写作序言。他在序言中写道:

"凯恩斯革命出现以后,主要是由于这场革命,货币理论经历了长期混乱和争议,如今才开始澄清。"

"《通论》的重心在于说明宏观经济协调的失败和由此产生的失业;其次才关心到货币和利息。但是由于原有的货币与利息理论(称为可贷资金理论)证明是不符合凯恩斯的收入—支出机制——这是他的'失业均衡'新概念的关键——凯恩斯不得不发明一个与其相连贯的新理论(流动偏好理论)。现在愈来愈认识到,不管凯恩斯宏观经济学有些什么优点(当然对其评价并不一致),他的流动偏好货币理论却已证明是一个错误。"

"流动偏好理论业已经过多次的具体化,从早期的希克斯等人的凯恩斯模型,中经帕廷金的瓦尔拉式的解释和托宾的资产组合平衡理论，一直到瓦莱斯的世代交叠模型。所有这些变体都遵照凯恩斯的观点，认为货币本质上是作为一项资产，作为一种储藏价值的手段，认为货币理论是资产组合选择理论的一个分支。

"凯恩斯的这种货币理论打破了世代沿袭的传统，即主要是从其作为交换媒介的职能来理解货币。凯恩斯以前的几乎每一位货币理论家都信奉这种传统，其特点可以说是对货币的'流量'分析，相比之下，凯恩斯及其追随者的则是'存量'分析。"

"蒋硕杰是所有各种形态的凯恩斯货币存量分析法最有说服力的评论家之一，也是流量分析法的最高成就者之一。这里收集了他的成果，编印成册。"

蒋硕杰的这些论文的观点，绝不是学究式的，而是有深远的现实意义的。他根据他在国际货币基金与作为台湾当局经济顾问的工作经验，说明凯恩斯学派的政策（低利率、通货膨胀和高估币值）为什么证明是发展中国家（地区）的一场灾难，以及台湾引人注目的经济进展，为什么在很大程度上归功于罗伯逊的货币政策。

蒋硕杰教授的治学态度十分严谨，从事写作兢兢业业、一丝不苟。我认为他的论著有两个特点：一是理论联系实际而不尚空谈，二是既不为名又不为利，而是为了探索经济学上的真理。他是抱着对真理对历史负责的严肃态度来从事写作的。具有这种认真负责的精神，他才敢于向经济学领域中威重一时的凯恩斯学说挑战，对它提出严厉的批评。

有这种认真负责的精神，他不苟同，不盲从，忠于自己的理念，正谊明辩，特立独行。在"蒋王大战"中，可以说是蒋硕杰一人独战群雄。虽然他也有零星的支持者，但是比起对手的势力来是微不足道的。不仅有许多经济学家都支持王作荣教授，而且所有的工商业者也都十分拥护王的主张。蒋硕杰的这种"虽千万人吾往矣"

的精神，为维护所认定的真理而孤军奋战的精神，实在值得我们学习。

他在同论敌王作荣教授辩论货币理论与金融政策时，曾深刻地写道：

“经济学的文章和其他科学性的文章一样，不是光凭一双手，不管它是‘辣手’也好，‘妙手’也好，可以一挥而就的。它也需要用脑筋将理论与事实搞清楚之后才可以动笔的。在一个销售一百万份的报纸上发表一篇政策性的文章，是要对全国国民与历史有所交代的。”

他在《筹资约束与货币理论》一书的导言中十分严肃地宣称：“我在过去所说过的都是不能不说的，我所做过的也都是我不能不去做的。同任何人一样，我必须谦虚地和有耐心地等待历史法院的判决。”

这种治学态度是值得我们很好地学习的。我国经济学界不仅可以从蒋硕杰教授的经济思想中受到启发和得到借鉴，更重要的是可以从他的著作中学习到他理论联系实际的治学方法和对人民、对历史认真负责的治学态度。

九、病逝美国芝加哥

1993 年，蒋硕杰教授因身体多病，提出辞去台湾中华经济研究院董事长的职务，辞职后该职务由费景汉教授接任，他被聘为台湾中华经济研究院名誉董事长。

10 月底，我在美国新泽西州时，从波士顿大学刘星星同学的电话中，惊闻蒋硕杰教授不幸于 10 月 21 日病逝于美国芝加哥的医院，衷心至为悲悼。据说蒋先生的病情本来并不十分严重，只因

“胃刺”开刀所用麻醉药过量(美国医生是按美国人的标准给的药量),使他昏迷了两个月,影响了呼吸和消化。10 月 21 日又得并发性肺炎,于晚 7 时以心脏衰竭而病逝。时年 75 年。

他逝世时的职务有:美国康乃尔大学荣誉经济学教授、英国伦敦大学政治经济学院荣誉院士、台湾中央研究院院士、台湾中华经济研究院名誉董事长、台湾“行政院”经济顾问等等。

噩耗传来,学术界为之震惊和惋惜。大家认为中国失去了一位优秀的经济学家。台湾中央研究院、中华经济研究院、台湾经济研究院和台湾地区经济学会联合组成“蒋硕杰先生逝世悼念委员会”,由吴大猷院长任主任委员。1993 年 11 月 16 日在台湾举行“蒋硕杰先生逝世悼念会。会上,吴大猷院长致悼词后,由中华经济研究院新任董事长蒋先生的老友费景汉教授讲述蒋先生的生平。各有关人士致词后,由蒋先生的长女蒋人和小姐致谢词。同日,台湾当局发给褒扬令,明令褒扬蒋硕杰一生的“尽瘁学术,献力经建”。

会后,台湾中华经济研究院出版了《蒋硕杰先生悼念录》一书,收集了悼念会致词、輓词、悼念函电、悼诗和纪念文章等。

斯人已殁,风范长存。他的货币金融理论已被实践证明是正确的,有强大的生命力。台湾经济迅速发展的经验已经证明了这一点。不仅如此,他的货币金融理论还影响了亚非拉的发展中国家。韩国实际上也采取了他的理论和政策,才取得了与台湾一样的经济发展的奇迹。许多亚非拉的发展中的国家往往以台湾的经验作为发展的模式。

从蒋先生的学术贡献来说,“他有足够‘应当’获得诺贝尔奖的功力。”(费景汉语)那么,他为什么没能获得诺贝尔经济学奖呢?这里有过一些委屈。第二次世界大战后,美国主流的货币学派和利率学派,是包括以耶鲁大学托宾教授为中心的“凯恩斯学派”和以芝加哥大学弗里得曼教授为中心的“货币学派”。他们是获得诺贝尔经济学奖的著名经济学家。然而,蒋硕杰教授想建立的货币理论体系都直接触痛了这两个主流学派的弱点,在他的学术生涯的后期,很难在主要的英文经济学期刊上发表批评主流经济学思潮的论文,而只能在次要的英文经济学期刊上发表论文。我们认为蒋先生未能得到诺贝尔经济学奖,对于中国人民来说是一件十分遗憾的事。

我们有鉴于蒋硕杰教授在货币金融理论和实践上的突出贡献,他的理论是当代货币金融理论的最高成就,认为他应当是诺贝尔经济学奖的恰当得主。正当我们在酝酿联名和写材料向瑞典皇家科学院为他提名申请为诺贝尔经济学奖候选人之际,突然传来了他已经不幸病逝的消息。按照诺贝尔奖的评奖规定,是只奖给在世人物的。马寅初先生曾被提名为诺贝尔和平奖候选人,只因他的去世而作罢。

我们痛失良师,我们中华民族失去一位杰出的经济学家,我们怎能不为之万分悲悼呢!

（2005 年 7 月于燕园）

附录

蒋硕杰主要论著目录

一、中文著作

1.《从经济紧急措施方案谈到今后稳定物价的途径》,《经济评论》创刊号,1947年4月,上海出版。

2.《物价指数储蓄证券与恶性通货膨胀下的利率政策》,《经济评论》第6期,1947年5月,上海出版。

3.《再论物价指数储蓄证券并覆胡寄窗君》,《经济评论》第17期,1947年7月,上海出版。

4.《经济制度之选择》,《新路杂志》第1卷,第3期,1948年5月29日,北平出版。

5.《外汇资产猛增引起金融危机之对策》,已编入《台湾货币与金融论文集》,第21章,联经出版公司,1975年9月出版。

6.《今后台湾财经政策的研讨》,(与刘大中、邢慕寰、费景汉、顾应昌、邹至庄等院士合撰),1974年8月。已编入《台湾经济发展的启示——稳定中的成长》一书中,天下业书,经济与生活出版事业公司,1985年4月出版。

7.《台湾财经政策之再检讨》。与刑慕寰、费景汉、邹至庄、顾应昌等院士合撰,1976年8月。已编入《台湾经济发展的启示——稳定中的成长》一书中。

8.《如何维持台湾经济快速成长的问题》,1977年6月。已编入《台湾经济发展的启示——稳定中的成长》一书中。

9.《以英国之经验看台湾当前的经济问题》,1977年3月31日。已编入《台湾经济发展的启示——稳定中的成长》一书中。

10.《金融市场的功能与效率》,已编入《经济观念与经济问题演讲集》,联经出版公司,1977年11月出版。

11.《当前外汇资产累积过速所招致之通货膨胀压力及其因应方法》,1978年6月。已编入《台湾经济发展的启示——稳定中的成长》一书中。

12.《经济计书与资源之有效利用》。与邢慕寰、费景汉、顾应昌、邹至庄等院士合撰,1978 年。已编入《台湾经济发展的启示——稳定中的成长》一书中。

13.《台湾经济发展之教训》。徐树滋译,1978 年 8 月 31 日,蒙帕莱经济学会会员特别会议时发表之演说。《汇率、利率与经济发展——台湾的经验》。陶玉其译,刊登于《台湾经济研究所业刊》之三,1978 年 12 月。

14.《最近台湾物价上涨率偏高之理由及其稳定之途径》,1970 年 7 月。已编入《台湾经济发展的启示——稳定中的成长》一书中。

15.《美国利率政策的转变》(1970 年 7 月,在仁社演讲)。已编入《台湾经济发展的启示——稳定中的成长》一书中。

16.《第二次赋税改革之我见》,1970 年 8 月 4 日。已编入《台湾经济发展的启示——稳定中的成长》一书中。

17.《对政府抛售黄金措施的建议——兼论反通货膨胀利率政策》(陈木在译,刊登于《农业金融论业》第 5 辑),中国农民银行 1981 年 1 月出版。

18.《通货膨胀与利率问题》(1980 年 12 月 17 日在中央研究院为故院长胡适先生九十冥诞纪念会上的演讲词),刊登于《台北市银月刊》第 12 卷,第 4 期,1981 年 4 月 25 日。

19.《稳定中求成长的经济政策》,1981 年 3 月 5～6 日《中央日报》。已编入《台湾经济发展的启示——稳定中的成长》一书中。

20.《货币理论与金融政策》,1981 年 6 月 2 日《中国时报》。已编入《台湾经济发展的启示——稳定中的成长》一书中。

21.《台湾今后经济快速稳定发展之关键》,1981 年 8 月。已编入《台湾经济发展的启示——稳定中的成长》一书中。

22.《纾解工商业困境及恢复景气途径之商榷》,1982 年 7 月 18 日《中央日报》。已编入《台湾经济发展的启示——稳定中的成长》一书。

23.《"五鬼搬运法"观念的澄清》,1982 年 8 月 31 日《中国时报》。已编入《台湾经济发展的启示——稳定中的成长》一书中。

24.《台湾经济发展的启示》(吴惠林译,中华经济研究院经济专论)。已编入《台湾经济发展的启示——稳定中的成长》一书中。

25.《经济学为人类智慧结晶》,《诺贝尔经济学奖论文集》序。中央日报社,1983年7月出版。

26.《凯恩斯学派策略已经过时!——海内外学人会诊当代经济政策》,1983年7月28日《工商时报》。

27.《出超与外汇资产累积的意义》,1983年7月15日《工商时报》。已编入《台湾经济发展的启示——稳定中的成长》一书中。

28.《今后台湾经济发展的策略》,1984年3月11～12日《中央日报》。已编入《台湾经济发展的启示——稳定中的成长》一书中。

29.《"倾销"与"以内销养外销"》,1984年5月12日《经济日报》。已编入《台湾经济发展的启示——稳定中的成长》一书中。

30.《亚洲四条龙的经济起飞》(中华经济研究院经济专论)。已编入《台湾经济发展的启示——稳定中的成长》一书中。

31.《低度开发国家的通货膨胀理论》(中华经济研究院经济专论)。已编入《台湾经济发展的启示——稳定中的成长》一书中。

32.《台湾的货币政策》(吴惠林译,中华经济研究院经济专论)。1984年7月。

33.《亚太地区经济前途的展望》(1984年11月13日在墨尔体亚洲银行委员会第二届会员大会之讲词,夏道平译),1984年12月12～14日《中央日报》。

34.《现代货币理论中的"存量分析"与"流量分析"之比较》,《台湾金融的发展》,中央研究院经济研究所1985年版。

35.《希克斯爵士对货币理论的贡献和我们对他的期望》(1986年9月9～12日在英国牛津举行货币研究组织年会之讲词,吴惠林译),中华经济研究院经济专论,1986年12月。

36.《金融环境变迁与因应策略》,《工商时报》,1987年3月9日。

37.《"揠苗助长"的经济政策》,《联合报》,1987年10月22～23日。

38.《贸易失衡的总结与解决》(为七强在多伦多高峰会议应东京俱乐部、

世界研究基金之邀而写的意见书，与陈添枝合撰，吕玲译)，《联合报》，1988年7月5日。

39.《经济起飞成功的关键》(1988年5月27～29日在美国纽约水牛城会议中所提出的论文，吴惠林摘择)，《经济前瞻》第3卷，第3期，1988年7月。

40.《论国际货币秩序》。1988年9月3日在日本东京举行蒙帕莱经济学会，主题为"世界货币秩序"，会中有铃木淑夫(日本银行理事)、Beryl Sprinkel(美国总统经济顾问团主席)、Pascal Salin(巴黎大学教授)等提出论文，本文为论文评论之一，杨雅惠译，《经济前瞻》第4卷，第3期，1989年7月。

41.《台湾"出口导向"发展策略再检讨》(1990年3月24日于国立中正大学国际经济研究所发表之演讲)，《经济前瞻》第6卷，第2期，1991年4月。

42.《央行是否应"操纵利率"或"稳定利率"?》，《台湾金融情势与物价问题研讨会论文集》，中央研究院经济研究所，1990年6月出版。

43.《货币数量的省思》，1992年3月29日《联合报》。另刊登于《经济前瞻》第7卷，第2期，1992年4月。

44.《台湾经济的发展》，《经济学家》1992年第3期，1992年6月。

45.《哈耶克与凯恩斯的货币理论》，《经济前瞻》，第7卷第3期，1992年7月。

46.《蒋硕杰经济科学论文集——筹资约束与货币理论》，北京大学出版社1999年版。

二、英文著作

Ⅰ. Books

1. *Variations of Real Wages and Profit Margins in Relation to the Trade Cycles*, London, Pitman, 1947.

2. *Quantitative Economics and Development*, contributing editor with L. Klein & M. Nerlove, N. Y., Academic Press, 1980.

3. *Inflation in East Asian Countries*, contributing editor with John C. H. Fei, Chung-Hua Institution for Economic Research, Taipei, 1984.

4. *Finance Constraints, Expectations, and Macroeconomics*, contributing editor with Meir Kohn, Oxford University Press, 1988.

5. *Finance Constraints and the Theory of Money*, Selected papers, Academic Press, Boston, 1989.

6. *Success or Failure in Economic Takeoff*, CIER Economic Monograph Series, No. 26, Chung-Hua Institution for Economic Research, Taipei. 1989.

7. *Striving to Achieve Economic Take-off: The Experience of Mainland China*, CIER Economic Monograph Series, No. 26 (Annex), Chung-Hua Institution for Economic Research, Taipei, 1990.

Ⅱ. Articles

1. "The Effect of Population Growth on the General Level of Employment and Activity", *Economica*, IX, 36 (Nov. 1942), pp. 325—332.

2. "A Note on Speculation and Income Stability," *Economica*, X, 40 (Nov. 1943), pp. 286—296.

3. "Prof. Pigou on the Relative Movements of Real Wages and Employment," *E. J.*, 54 (Dec. 1944), pp. 352—365.

4. "Rehabilitation of Time Dimension of Investment in Macrodynamic Analysis," *Economica*, XVI, 63 (Aug. 1949), pp. 204—217.

5. "Balance of Payments and Domestic Flow of Income and Expenditures," *IMF Staff Papers*, I, 2 (Sept. 1950), pp. 254—288.

6. "Accelerator, Theory of the Firm and the Business Cycle," *Quarterly Journal of Economics*, LVI (Aug. 1951), pp. 325—341.

7. "The Accelerator in Income Analysis -Reply," *Quarterly Journal of Economies*, LXVI (Nov. 1952), pp. 596—599.

8. "The 1951 Improvement in the Danish Balance of Payments," *IMF Staff Papers* (April 1953), pp. 155—170.

9. "The Economics of Foreign Exchange Retention Schemes, (I) Partial Devaluation Aspect," pp. 508—539; "(II) Broken Cross Rates Aspect and the

Induced Commodity Arbitrage," pp. 780—806. *Economia Internationale*, VII (1954).

10. "Experimental Selection of Explanatory Variables and the Significance of Correlation," *Econometrica*, XXIII, 3 (July 1955), pp. 330—331.

11. with J. M. Fleming, "Changes in Competitive Strength and Export Shares of Major Industrial Countries," *IMF Staff Papers* (Aug. 1956), pp. 218—48.

12. "Liquidity Preference and Loanable Funds Theories, Multiplier and Velocity Analysis: A Synthesis," *American Economic Review*, XLVI (Sept. 1956), pp. 539—564.

13. "Liquidity Preference and Loanable Funds Theories-Reply," *American Economic Review*, XLVII, 5 (Sept. 1957), pp. 674—678.

14. "An Experiment with a Flexible Exchange Rate System: The Case of Peru, 1950—1954," *IMF Staff Papers* (Feb. 1957), pp. 449—476.

15. "A Theory of Foreign Exchange Speculation under a Floating Exchange System," *Journal of Political Economy*, LXVI, 5 (Oct. 1958), pp. 399—418.

16. "The Theory of Forward Exchange and Effects of Government Intervention on the Forward Exchange Market," *IMF Staff Papers* (April 1959), pp. 75—106.

17. "Fluctuating Exchange Rates in Countries with Relatively Stable Economies: Some European Experiences After World War I," *IMF Staff Papers*, Vol. 7 (Oct. 1959), p. 244—273.

18. "The Role of Money in Trade Balance Stability: Synthesis of the Elasticity and Absorption Approaches," *American Economic Review*, LI, 5 (Dec. 1961), pp. 912—936.

19. "Walras' Law and Theories of Interest," *Tsing Hua Journal of Chinese Studies* (June 1963).

20. "A Model of Growth in Rostovian Stages," *Econometrica*, XXXII, 4 (Oct. 1964), pp. 619—648.

21. "Tax, Credit, and Trade Policies to Promote the Production and Export of Manufactures of Developing Countries," Part I: Vol. I (Jan. 1965), pp. 176—194; Part II: Ibid, Vol. I (April 1965), pp. 295—315, *Journal of Development Studies*.

22. "Walras' Law, Say's Law and Liquidity Preference in General Equilibrium Analysis," *International Economic Review*, VII, 3 (Sept. 1966), pp. 329—345.

23. "Money and Banking in Communist China," in *An Economic Profile of Mainland China*, *Joint Economic Committee*, U. S. Congress (Feb. 1967), pp. 323—339.

24. with M. S. Feldstein, "The Interest Rate, Taxation, and the Personal Savings Incentive," LXXXII (Aug. 1968), pp. 419—434.

25. "The Precautionary Demand for Money: An Inventory Theoretical Analysis," Journal of Political Economy LXXVII, 1 (Jan. /Feb. 1969), pp. 99—117.

26. "A Critical Note on the Optimum Supply of Money," *Journal of Money*, *Credit*, and Banking, I(May 1969), pp. 266—280.

27. "The Rationale of the Mean Standard Deviation Analysis, Skewness Preference and the Demand for Money," *American Economic Review*, LXII (June 1972), pp. 354—371.

28. "Risk, Return and Portfolio Analysis: Comment," *Journal of Political Economy*, LXXXI, 3 (May/June 1973), pp. 748—752.

29. "Interest Rate and Consumption: Comment," *International Economic Review*, XIV, 2 (June 1973), pp. 493—496.

30. "Spot Speculation, Forward Speculation and Arbitrage: A Clarification and Reply," *American Economic Review*, LXIII, 5 (Dec. 1973), pp. 999—

1002.

31. "The Rationale of the Mean-Standard Deviation Analysis: Reply and Errata for Original Article," *American Economic Review*, LXIV, 3 (June 1974), pp. 442—450.

32. "The Dynamics of International Capital Flows and Internal and External Balance,", *Quarterly Journal of Economics*, LXXXIX (1975), pp. 195—214.

33. "The Monetary Theoretic Foundation of the Modern Monetary Approach to the Balance of Payments," *Oxford Economic Papers*, XXIX, 3 (Nov. 1977), pp. 319—338.

34. "The Diffusion of Reserves and the Money Supply Multiplier," *Economic Journal*, LXXXVIII (June 1978), pp. 269—284.

35. "Fashions and Misconceptions in Monetary Theory and Their Influences on Financial and Banking Practices," *Zeitschrift für die qesamte Staatswis-senschaft*, CXXXV, 4 (Dec. 1979), pp. 584—604.

36. "Keynes's 'Finance' Demand for Liquidity, Robertson's Loanable Funds Theory, and Friedman's Monetarism," *Quarterly Journal of Economics*, (May 1980), pp. 467—491.

37. "Exchange Rate, Interest Rate, and Economic Development-The Experience of Taiwan," in L. Klein, M. Nerlove, and S. C. Tsiang, eds., Quantitative *Economics and Development*, Academic Press (1980), pp. 309—346.

38. "Stock or Portfolio Approach to Monetary Theory and the Neo-Keynesian School of James Tobin," *IHS Journal* (The Journal of the Institut für Hohere Studien, Vienna, Austria), Vol. 6 No. 3(1982), pp. 149—71.

39. "Monetary Policy of Taiwan," in K. T. Li and T. S. Yu, eds., *Experiences and Lessons of Economic Development in Taiwan*, Academic Sinica, Taipei(1982), pp. 165—185.

40. "Theories of Inflation in Less Developed Countries," in S. C. Tsiang and John C. H. Fei, eds., *Inflation in East Asian Countries*, Chung-Hua Institution for Economic Research, Taipei (1984), pp. 41—70.

41. "Taiwan's Economic Miracle: Lessons in Economic Development," ch. 11, in A. C. Harberger, ed., *World Economic Growth*, Institute for Contemporary Studies, ICS Press, San Francisco (1984), pp. 301—324.

42. with Rong-I Wu, "Foreign Trade and Investments as Boosters for Take-off: The Experiences of the Four Asian Newly Industrializing Countries," ch. 7, in W. Galenson, ed., *Comparative Foreign Trade and Investment*, University of Wisconsin Press (1985), pp. 301—332.

43. "Foreign Trade and Investment as Boosters for Take-off: The Experience of Taiwan," *Studies in United States-Asia Economic Relations*, The Acorn Press, 1985, Durham, North Carolina, pp. 374—392.

44. "The Total Inadequacy of 'Keynesian' Balance of Payments Theory, or Rather That of 'Walras' Law?" *Economic Essays*, Vol. XIII, June 1985, The Graduate Institute of Economics, National Taiwan University, pp. 19—32.

45. "The Flow Formulation of the Money Market Equilibrium for an Open Economy and the Determination of the Exchange Rate," paper presented at the Symposium on Monetary Theory, Jan. 3—8, 1986, Taipei; in the *Proceedings of the Symposium on Monetary Theory* (I), The Institute of Economics, Academia Sinica, Taipei, Taiwan. Also in *Finance Constraints Expectation, and Macroeconomics*, edited by Meir Kohn and S. C. Tsiang, Clarendon Press, Oxford (1988), pp. 15—35.

46. "Monetary Theory and the Stocks Versus Flows Controversy" in the *Greek Economic Review*, Vol. 12, Supplement, Autumn, 1990, "The Monetary Economics of John Hicks", edited by Anthony Courakis and Charles Goodhart, pp. 39—51; see also "Sir John Hicks's, Contributions to Monetary

Theory and What We would Like to Expect of Him" in *Economic Essays*, Vol. XV, No. 1, Dec. 1986, The Graduate Institute of Economics, National Taiwan University, pp. 1—17.

47. "Loanable Funds," contribution to the New Palgrave-a *Dictionary of Economics*, The MacMillan Press, London (1987). Reprinted in *The New Palgrave Money*, eds. John Eatwell, Murray Milgate and Peter Newman, The MacMillan Press (1989), pp. 190—194.

48. "Monetary Policy Under the Impact of a Persistent Huge Trade Surplus—The Experience of Taiwan, R. O. C.," paper presented at the AEA Annual Meeting, Chicago, Illinois, Dec. 29, 1987.

49. "Expectations Towards the 1988 Toronto Summit Conference," in *The Asian NIEs and the Economies of the Developed Countries—The Views of the Asian NIEs*, published by the Tokyo Club Foundation for Global Studies, Oct. 1988, pp. 121—31.

50. "Taiwan's Economic Success Demystified," *Journal of Economic Growth*, Vol. 3, No. 1 (1988), pp. 21—36.

51. "In Search of a Growth Theory that would Fit Our own Conditions," a keynote speech presented at the "Conference on the Economic Development Experiences of Taiwan and Its New Role in and Emerging Asia-Pacific Area," June 8—10. 1988, sponsored by the Institute of Economics, Academia Sinica; the Resource Systems Institute, East-West Center; and the Chung-Hua Institution for Economic Research, pp. 11—28.

52. "On the International Monetary Order-Comments on Drs. Salin, Suzuki & Sprinkel's Papers," paper presented at "The 1988 General Meeting of the Mont Pelerin Society in Japan," Sept. 3—9, 1988.

53. "Feasibility and Desirability of a U. S. —Taiwan Free Trade Agreement," in Jeffrey J. Schott, ed. *Free Trade Areas and U. S. Trade Policy*, Institute for International Economics, Washington, D. C., 1989, pp. 159—

166.

54. "Taiwan: Claims and Strategies towards Europe." Europe-Asia-Pacific Studies in Economy and Technology, in Manfred Kulessa, ed. *The Newly Industrializing Economies of Asia*, Springer-Verlag Berlin Heidelberg, 1990, pp. 56—65.

55. with Chi-Ping Mo, "Computation Complexity and Trading Efficiency of Money," paper presented at International Game Theory Conference, Stony Brook, July 1990.

56. "Comments on Dr. Jurgen Domes' Paper," (The Reform of Communism: The Case of the People's Republic of China), paper presented at the Annual Meeting of the Mont Pelerin Society at Munich, Sept. 2—7, 1990.

57. "Taiwan's Economic Growth and Its Future Prospects," paper presented at the Symposium on Perspectives of Economic, Political, Technological and Educational Challenges Toward the Twenty-First Century, Nov. 1, 1990, at National Taiwan University, Taipei. Sponsored by Cornell University Taipei Alumin Association.

路漫苦求索　治学志弥坚

——记樊弘

◎ 龚映杉　王晓东

我国著名经济学家樊弘，生前为北京大学经济系教授，1950 年加入中国共产党，是北京大学解放后第一个入党的教授，曾任政协第一、六届全国委员会委员，九三学社第七届中央委员会顾问，1988 年病逝于北京。

刻苦学习　矢志不移

樊弘 1900 年 7 月生于四川省江津县朱家沱一户地主家庭，在兄弟三人中排行老二。他自小聪明过人，幼时读私塾，在家乡读完高中，1919 年北上赴京，进入北京大学预科，第二年考入北大英语系，1921 年转入政治系。

在名师荟萃的北大，听名师讲课，哪怕只一堂，都会终生难忘。北京大学经济系八十多岁的退休教授张友仁曾向笔者提起过这样的事：樊弘当时上的统计学课，是由日后成为中国著名文学家的郁达夫先生教授的。郁达夫先生从日本东京帝国大学留学归来后，受聘为北大经济系讲师，开设统计学课程。郁达夫上第一堂统计学课时就说："我们这门课是统计学，你们选了这门课，欢迎前来听课，但是也可以不来听课。至于期终成绩呢，大家都会得到优良成绩的。"这些话给樊弘留下深刻印象，以至几十年后还生动地向他人提及。

樊弘在校期间曾担任北平《国民公报》编辑，1925 年毕业后继续在《国民公报》工作，并担任《中美晚报》记者。在此期间，他写过不少抨击揭露军阀统治的文章和报道，为此，他被奉系军阀逮捕入狱。同时被捕的记者先后被枪杀，正待要处决他时，恰逢直奉军阀大战奉系大败，无暇顾及他的死活，一句"你快滚吧！"他得以死里逃生幸免于难。

出狱后，他就职于由中国著名社会学家陶孟和先生创建并任所长的北平社会调查所。当时中国还未有广泛的社会调查，陶孟和先生开创了中国的社会调查与社会学研究。在国外的捐助下，樊弘根据陶孟和提出的研究课题，完成了《社会调查方法》一书，当时他年仅27岁。这些工作的完成，为社会学在中国的发展开启了一个良好的开端。[①]

从1927年起，樊弘开始专心研究经济学，对中国经济状况和经济问题产生了极大的兴趣。后来又任上海中央研究院社会科学研究所助理研究员，对当时中国的经济状况和问题作了大量的调查和研究工作，从而为他以后的学术研究奠定了坚实的基础。1934年任天津河北省立法商学院教授，讲授经济学。在该校任教时，他经常组织学生到外国资本家开办的工厂去搞社会调查，了解生产、资本家和工人的经济关系以及工人的生活状况等。

一日，樊弘在北平街头偶遇胡适。北大学生虽然多，但被胡适欣赏的并不多。樊弘在校时由于经常发表文章被爱才如子的文学院院长胡适看中，毕业后两人素有往来，樊弘也曾登门拜访。当时在天安门附近，坐在三轮车里的胡适见到樊弘，主动打招呼并告诉他，庚款留学生现正在招考，可以去报名。多年来樊弘一直很想出国留学，苦于没有经费，听说这一消息立即赶去报了名并在清华大学参加了考试。监考教师是陈岱孙，陈虽与樊弘同岁，但已是从美国留学回来的清华大学经济系教师了。当时樊弘并不认识陈，但以后樊和陈却一起在北大经济系同事，有了三十余年同荣共辱的人生经历。

樊弘顺利考取庚款留学项目，来到当时资本主义经济最发达的英国，入剑桥大学学习。在这里他接触了马克思主义政治经济学理论和凯恩斯主义经济学，从此开始他一生为之不懈的研究。

回国后，樊弘先后任湖南大学经济系教授、中央大学经济系教

---

① 白国应："开创中国的社会调查与社会学研究"http://www.cas.cn/html/cas50/ldr/taomenghe..thml。

授、中央研究院社会科学研究所研究员、复旦大学经济系主任。1946年8月,北京大学法学院周炳琳致胡适校长的信中提到,“樊弘学力入选,拟聘请返北大经济系任教授”。不久,樊弘即来到北京大学,任经济系教授直到去世。

新中国成立后,樊弘积极参加社会主义建设,除在课堂上讲授政治经济学(资本主义部分)、社会主义经济问题、凯恩斯经济学说批判等课程外,还把自己投入到火热的实践活动中。50年代初,樊弘担任工作队小组长到广西参加土地改革工作,了解中国农村经济的变革情况。1956年他又到北京西山农业社蹲点调查,了解社会主义改造时期农村的变化和农业合作化情况,并以此写出了《西山农业生产合作社的成长》一书。他在一篇名为《论经济学上第五纵队和“左”倾幼稚病》的论文中指出:我们对待资产阶级经济理论的态度应是既不全盘否定,也不全盘接受。全盘否定会忽视其可为我所用的科学成就;全盘接受则会忽视其为资产阶级服务的本质,对社会主义事业不利。

樊弘在1958年发表的论文“论社会主义制度下的商品生产和价值规律”中明确地提出,在社会主义制度下,依然存在的商品生产和商品交换。而社会主义制度下的产品无论是生产资料也好,消费资料也好,都具有商品的基本矛盾,即局部劳动和社会劳动的矛盾。所以社会主义制度下的产品仍然是商品,价值规律在上述条件下依然起作用。所以我们要自觉地利用价值规律的作用,按客观规律办事。同时他还指出,价值规律在国营企业、集体企业和个体企业中都是起作用的,所以国家的经济计划必须充分利用价值规律的作用。国家要以计划生产作为工农业生产的主体,而以在国家计划所许可的范围内的自由生产,作为生产计划的补充。这样才能使社会主义的生产关系更好地适应生产力发展的需要,更快更协调地发展国民经济。[1] 1959年在上海召开的社会主义经济理论讨论会上，他发表了“关于社会主义经济中的价值规律问题”的意见，强调发展商品生产，利用价值规律的问题。

20世纪60年代，樊弘、罗志如、严仁庚教授编著的《当代资产阶级的经济学说》，由于有很高的学术水平而得到各方面的肯定和高度评价，被列为全国高校的统一教材。

“十年动乱”期间，樊弘受到残酷迫害。他曾被“造反派”打得浑身青肿几近丧命，无奈逃到北京外国语学院他早期的学生、也是他的入党介绍人周志尧家中躲藏并养伤，两三个月不敢回家。他本是我国经济学界最早批判凯恩斯学派的学者，但是在“文革”期间却被作为凯恩斯学派反动学术权威来批判。他被开除党籍，被剥夺了教学的权利。面对政治上、精神上的种种压力，樊弘没有停止研究工作，他又向凯恩斯经济学说的核心部分就业倍数理论提出了新的挑战。1976年地震期间，北京大多数居民都搬到临时搭起的防震棚去住，人们的正常生活被打乱了，正常的工作秩序也受到了影响，但是樊弘还是坚持每天写作9小时以上。笔者从小到大几十年经常出入樊弘家或在樊弘家小住，所见到的樊弘似乎永远是一个伏案写作的背影。

1979年初，樊弘开始评述当代资产阶级经济学说，后因患病而中断。他本来还计划用2年的时间完成批判凯恩斯的资本积蓄、哈罗德的动态经济和萨缪尔逊经济学中某些理论的论文，但因健康原因，这些计划都未能实现。

1982年教育部、北京大学联合举行庆祝活动，祝贺樊弘教授从事研究、教学活动五十五周年。在会上，樊弘发表了热情的讲

---

① 王梦奎：“北大旧事续记”，《文汇读书周报》2003年12月12日。

话，表示要继续为社会主义经济理论的发展、为批判西方资产阶级经济学说，为宣传马克思主义而奋斗。

1988 年 4 月樊弘在北京逝世，终年 88 岁。

中国最早批判凯恩斯的学者

樊弘一生的学术活动中主要是研究凯恩斯的经济理论和观点。

对凯恩斯的研究，是从在剑桥大学学习时开始的，在这里，他有机会接触了马克思经济学说和凯恩斯经济学说两个经济学派的理论。经过反复思考，樊弘终于选定将“凯恩斯与马克思论资本积累、货币和利息”作为自己的论文题目。一个中国普通留学生要用马克思的理论来剖析和批评当时在英国赫赫有名的凯恩斯的理论和观点，这不能不引起震动，很多人觉得不可思议。当时樊弘的一位英国同窗好友曾委婉地劝他改换题目。有一位英国学生甚至对樊弘说，我是剑桥大学经济系的本科毕业生，又读了两年研究生，但我都作不出这样的论文，你怎么能够作得出来。樊弘的导师也连连摇头，劝他早些改变论文题目。面对这巨大的压力和经济上的困难（此时樊弘手里的钱仅够回国的路费），樊弘没有放弃选定的论文题目。在一个中国朋友的帮助下，他又获得了 3 个月的时间，可以继续在剑桥大学的图书馆里埋头钻研。他顽强地攻读着一本又一本马克思和凯恩斯的著作，认真地思考着、分析着、比较着、研究着，终于他开始领略了这两个经济理论的精髓。文思如泉，一气呵成，樊弘写出了《凯恩斯与马克思论资本积累、货币和利息》的英文论文。樊弘的导师接受了这篇论文并送给凯恩斯教授本人过目，他的导师还亲自校对、编排，送到当时著名的学术刊物——《经济研究评论》发表。樊弘的这篇论文当时在国际经济学术界引起了很大的反响。[①] 从此开始他几十年对凯恩斯主义锲而不舍的研究。

樊弘的爱徒之一、国务院发展研究中心主任王梦奎曾撰文说："樊弘教授也是我的老师。他于1935年到英国留学，是国内为数很少（我不敢说是惟一）的凯恩斯直传弟子。他于1939年发表《凯恩斯与马克思论资本积累、货币和利息》，是我国最早研究凯恩斯经济理论的学者。这篇论文到1968年还被美国出版的《马克思和现代经济学》一书收录，并被芝加哥大学列为学生必读的参考文献。樊对凯恩斯有所批评，认为凯恩斯对马克思的经济学说进行了有意无意的歪曲，甚至认为凯恩斯知道的马克思知道，而马克思知道的凯恩斯并不知道。凯恩斯本人研究了这篇文章并同意发表，可见其学术上的气量。"

樊弘对凯恩斯主义的研究和批判大致可分为两个阶段。

第一阶段，用马克思主义的观点分析和评价凯恩斯的经济观点，揭示凯恩斯经济学说的某些缺陷和不足。在这个阶段，樊弘主要从学术角度探讨和研究凯恩斯主义。他于1939年10月在英国《经济研究评论》上发表的《凯恩斯与马克思论资本积累、货币和利息》一文，是这个时期的代表作。

第二阶段，系统地研究和批判凯恩斯主义的理论体系。新中国成立后，随着世界观的根本转变，樊弘开始用马克思主义的理论、观点、方法系统地批判凯恩斯主义，并写了许多论文，对凯恩斯主要观点逐一进行剖析。

凯恩斯主义是资产阶级庸俗经济学的一个流派，凯恩斯的经

① 徐康：《青春永在1946～1948北平学生运动风云录》，北京出版社，第65页。

济思想和经济观点集中反映在他的代表作《就业、利息和货币的一般理论》(以下简称《一般理论》)一书中。樊弘在他的论文中,就凯恩斯与马克思在资本的生产和积累、货币和利息等方面的观点进行了比较和研究。樊弘指出,凯恩斯在他的《一般理论》一书中,对马克思经济学说进行了有意或无意的歪曲。凯恩斯认为,马克思的《资本论》是接受了古典经济学派的论点,而不是反驳和批判地吸取古典经济学派的论点。樊弘还特别指出,凯恩斯对马克思资本积累理论的批判是完全错误的。1968 年樊弘的这篇论文被美国出版的《马克思和现代经济学》一书选载。

20 世纪 50 年代,樊弘教授开始系统地研究和批判凯恩斯的经济学说,这个时期他的主要著作和文章有《凯恩斯的经济理论是垄断资本家阶级的意识动态》、《凯恩斯的〈就业、利息、货币的一般理论〉的批判》等等。樊弘在文章中,对凯恩斯主义产生的历史背景以及凯恩斯主义的资产阶级的本质进行了详细的分析和批判。他指出,凯恩斯主义作为资产阶级庸俗经济学的一个流派,它的产生不是偶然的。同样,它成为当代资产阶级经济思想的核心和经济政策的基础也不是偶然的。当资本主义处于自由竞争阶段时,资产阶级还可以并且也不得不借助于自由竞争的方法来取得平均利润。而资本主义由自由竞争发展到垄断阶段时,一方面垄断资本开始获得最大的利润;另一方面,许多国家逐渐脱离帝国主义的殖民体系,殖民地民族资本主义的逐渐发展,帝国主义国家内部矛盾的激化,导致垄断资本市场问题的尖锐化,从而导致发达资本主义国家企业经常开工不足和工人经常性的大批失业。因此,垄断资产阶级需要为其服务的国家机器干预经济生活,以政治上、经济上的各种强制性手段直接或间接为垄断资产阶级利益服务,以保证其实现最大的垄断利润。所以垄断资产阶级便不得不放弃自由竞争的政策，而转为主张国家对经济生活的干预。资产阶级经济学家便由歌颂自由竞争转向主张国家干预。为了反映当代垄断资产阶段的利益，凯恩斯主义便应运而生，凯恩斯主义是资本主义由自由竞争发展到垄断的必然产物。

凯恩斯作为资产阶级的经济学家，他不可能承认在资本主义内部存在着的剥削关系，也不可能承认资本家阶级所得的收入都是工人阶级创造的剩余价值。在利息率问题上，他否认利息的来源是工人创造的剩余价值的一部分，否认中央银行在财政资本巨头控制的国家机器中，只是替垄断资产阶级服务的国家机构。相反地，凯恩斯认为，利息导源于公众对灵活的心理的偏好，利息率则是由公众对灵活的心理的偏好（货币的需求）和货币的供给决定的。由于中央银行可以控制货币的供给，因而可以降低利息率。在利润率的问题上，因为凯恩斯否认利润是剩余价值的转化形式，因此他也否认利润率是剩余价值对资本的比率。同时他还否认利润率下降的原因是由于资本有机构成的提高，他认为预期的利润率是资本家对每一单位资产的未来收益的心理预测。这一心理预测随着资产的增加而下降。所以预期的利润率低而利息率高就会使资本家对生产资料的需求减少，从而使生产资料的生产相对过剩。同时又因为这种预期缺乏根据，则资本的边际效率在资本增加到某种程度时，就会骤然下落，凯恩斯认为这就是危机的根源。

樊弘教授对凯恩斯的就业理论以及有效需求学说进行了详细的分析和批判。他指出，探讨消费资料需求不足的问题，首先要从资本主义的生产条件以及由它所决定的分配和消费关系去认识，去分析，这才是问题的根本所在。而凯恩斯恰恰没有从根本出发去认识问题。他认为消费需求不足是由于个人在消费上的心理倾向造成的。由于收入的增加，随之使消费支出在每一增加的收入中所占比例下降，从而产生了消费需求的不足。由此，凯恩斯给资本主义的弊病作出诊断：资本主义社会中，具有支付能力的需求不足，生产资料和消费资料的需求不足，从而引起工人的经常性的失业与危机。樊弘尖锐地指出，资本主义的危机和失业现象决不是因为什么“三大根本的心理要素”和有效需求不足，而是由于资本主义社会的基本矛盾——生产的社会性与生产资料的私人占有的矛盾决定的。凯恩斯正是基于错误的论点，由此开出了他解决资本主义危机和失业的药方，即以增加货币的方法来降低利息率，从而刺激投资，并以增加投资来导致所得增加，以此导致消费的需求增加，进而使就业增加并解决资本主义危机。这正是凯恩斯就业理论的基本思想，也正是在这个理论的基础上，产生了赤字预算政策、通货膨胀政策和以战争刺激经济发展的政策。但是，由于资本主义基本矛盾的存在，凯恩斯最终不能也不可能阻止资本主义经济危机的必然发生。

樊弘还运用马克思主义的经济理论，对凯恩斯的价值论进行了分析和批判。他指出，凯恩斯的价值论并没有什么新的创造，而是继承了庸俗经济学家马歇尔的价值论，即商品的价格是由商品的成本决定的。实际上因为成本也是商品的价格表现，所以由此推出的结论必然是商品的价格由商品的价格决定。实际上凯恩斯所应用的只不过是马歇尔的短期交换价值的学说，即是在需求变化而资本和供给没有发生变化的条件下，商品的价格是由需求决定的。而马克思的劳动价值学说早已把商品价格的实质揭示出来，即商品的价值是由社会必要劳动时间决定的。价格不过是价值的货币表现。凯恩斯价值论的目的不过是企图掩盖资本主义生产关系的实质。

樊弘在他的著作中，还深刻地剖析了凯恩斯的工资理论。凯恩斯的工资理论是建立在他的价值论的基础上的，凯恩斯认为工人的工资不是劳动力的价格而是劳动的价格。这等于说工人以工资的形式获得了劳动所创造的全部价值，显而易见，他否认了资本家对工人的剥削。樊弘强调指出，在生产资料为资本家阶级占有的所有制条件下，工人阶级只有两种可能性：或者出卖劳动力，或者饿死。工人创造的价值和工人以工资形式所得的价值决不可能相等。

由于十年动乱，樊弘教授的研究工作受到很大干扰。但只要有可能，他就坚持不懈地从事研究工作。1979 年他以近八十岁高龄又完成了三十余万字的《凯恩斯有效需求和就业倍数学说的批判》，并于 1982 年出版。在这部著作中，他发展了自己的思想，进一步剖析了凯恩斯的就业倍数理论，指出了它的庸俗性和伪科学性。说明就业倍数理论是一种虚伪的扩大再生产和扩大就业的学说。凯恩斯的就业倍数理论是建立在流通决定生产这样一个错误的命题上，并基于这个不正确的命题，混淆了经济关系诸因素的许多基本概念，从而导致了整个推论的虚伪性。同时，樊弘还针对凯恩斯就业理论的核心部分——有效需求原则进行了更深入地剖析。在这部著作中，他再一次指出，凯恩斯学说的错误不仅在于它不符合客观存在的资本积累的一般规律，而且当其被应用到印度和美国的资本主义生产实践中考察时，又被事实完全否定了。

严谨治学　耿直率真

樊弘教授治学严谨，实事求是，他注意治学的科学性，主张辩论、百家争鸣的治学方法。他认为一个理论观点的确立，至少应当经受住来自各方面的质疑和挑战。一个正确的观点往往要经过反复的讨论或是争论，并经过社会实践的检验才能被确立起来。为了使自己的论点具有科学性和周密的逻辑性，他往往要翻阅大量的文献资料，深入地进行实际的调查研究，以掌握充分的论证。为了写《凯恩斯有效需求和就业倍数学说批判》一书，他花费了两年的时间研究分析当代资产阶级经济学家对凯恩斯学说的评价及观点，阅读了大量有关的外文资料，作了近三十万字的读书笔记。

樊弘对理论问题和学术研究从不满足于一知半解浅尝则止，而是严肃认真，一丝不苟地进行不断的探索。从 20 世纪 30 年代起，他就开始学习和研究马克思的《资本论》和其他西方经济学说，几十年过去了，他仍然能背出马克思《资本论》的主要章节和一些精辟的论述。樊弘对凯恩斯经济学说的研究也有几十年了，通过进一步深入地研究分析，他不断地提出新的研究成果。

樊弘在治学上既敢于坚持真理，又勇于修正错误。对学术研究采取实事求是的科学态度。早年他信奉庞巴威克的边际效用学说，不相信马克思的劳动价值学说，以为《资本论》第一卷和第二卷是矛盾的。但是在 1936 年他读完《资本论》第三卷和其他经济学著作后，觉得凡是他在理论上认为马克思有错误之处，《资本论》第三卷均有阐述。他感到自己读书太少，此后，他认真地学习研究马克思主义理论，并将自己的全部精力致力于以马克思主义经济学说对西方资产阶级经济学说的批判研究事业中。

樊弘教授从不为个人名利上的得失而去迎合政治气候的需要，也绝不趋炎附势放弃自己正确的观点。他常说，一个从事社会科学理论研究的人，不能够为一种正确的观点和理论去据理力争，只能说明他不是一个真正的唯物主义者。在 1958 年价值规律座谈会上，樊弘提出了在社会主义社会仍然存在着商品生产和商品交换的观点，指出我们从事社会主义经济建设必须按价值规律办事。当时一部分人认为他的观点不符合马克思主义。为此，在以后一段时间内，他受到不点名的批判。但樊弘通过对社会主义经济建设实践的分析，结合马克思列宁主义的基本原则，坚持保留自己的意见。

谦虚好学，不耻下问是樊弘治学的美德之一。他经常与他的学生们一起探讨和争论问题有时甚至争得面红耳赤，但总要以理服人。如果他发现自己对某个问题不如学生，他还要再三请教。在复旦大学期间，身为教授的樊弘为了加深研究微积分在经济学科中的运用，拜数学家李仲衍为师。旁听了李仲衍的微积分数学课程，而且从不脱课。与理学院学生一起记笔记、参加考试。其用功的程度比学生们有过之而无不及。李氏的教学方式是以培养"天才"而全校知名。在一次考试中，他出了一道"天才"题目，并注明：只要此题答对了，就给予100分，余题可以不答。此题的特点是层层迭迭的指数。极大多数考生一见此题就发呆了，只好放弃不答而急忙先做余题。结果，只有樊弘和一位土木系同学王尹答对了。[1]

樊弘一直严格要求自己实事求是地研究社会主义的经济理论，他认为社会主义经济理论是严肃的科学问题，只有亲身经历和参加社会主义的生产实践活动和经济建设活动，才能有正确的认识，才可能有发言权。任何脱离实际、主观主义的说法都是对社会主义经济理论的亵渎。

自从1934年在河北省立法商学院任教开始，除去其中出国留学的时间，樊弘教授在高等院校任教将近五十年。新中国成立前，他在北京大学经济系开设的课程有经济学原理、经济学概论、现代

---

① 蔡可读："夏坝岁月"，《文汇报》2005年2月16日。

货币学等课程，还开设了以马克思《资本论》为内容的马克思经济学说一课。新中国成立后，樊弘主要讲授政治经济学(资本主义部分)、社会主义经济问题、凯恩斯经济学说批判等课程。他教过的学生，如今都已两鬓染霜，提起他们的老师无不敬佩地说，樊弘教授既是一位严师也是一位诲人不倦的师长。

王梦奎曾说："樊先生教学认真，对学生很热情，亲自到学生宿舍进行辅导。我终生难忘的是，在北大学习期间，翻译《政治经济学中的主观学派》一书，是他向人民出版社推荐的。他对我说，'诗从放屁始，文从胡说来。'给了我很大的启迪和鼓舞。樊先生以耿直著称，解放前是积极反蒋的著名民主教授，北平初解放时参加中共中央在北京饭店为民主人士举行的招待会，毛泽东称赞他是'社会科学家'，之后周恩来又会见和宴请过他。"①

坚持真理　历尽坎坷

20世纪40年代中期，樊弘在从事学术研究的同时，积极从事民主运动。他不畏强暴，不怕威胁，不受利诱，揭露国民党的黑暗统治。大声呼吁，中国必须实行真正的民主。复旦大学教授张薰华在2000年出版的《经济学家之路(第二辑)》中回忆说，1945年毕业时，系主任樊弘教授思想进步，支持学生运动。樊弘教授不顾校方反对，力争留我任教。

1947年5月20日，南京、上海、北平等地的大学生发起了针对国民党反动统治的"反饥饿反内战大游行"，震惊全国。5月23日樊弘与北大杨振声、汤用彤、俞平伯等31名教授发表宣言："这

① 王梦奎："北大旧事续记"，《文汇读书周报》2003年12月12日。

几天汹涌澎湃的学潮蔓延全国，而政府当局业已决定断然处置办法，使我们深深忧虑此后的发展将更险恶，而至无法收拾……青年学生运动的起因，是不满现实。惟有改变现实，才能平息他们的不满，推诿与压制，则结果适得其反。”[1]并同平津 8 所大学教职员 500 余人签名《呼吁和平宣言》，抨击国民党反动统治，呼吁立即停止内战。

新中国成立前夕，在反饥饿、反内战、反迫害的斗争中，樊弘与其他进步教授一起坚决支持学生的爱国革命运动。1948 年 3 月 29 日北京大学学生在沙滩民主广场集会纪念黄花岗七十二烈士。在反动派军警宪兵和特务包围中，樊弘和许德珩、袁翰青等教授冲破重重阻力，抱着永诀家人、舍生取义的牺牲精神，到会发表演讲，支持学生运动。樊弘在演讲中说：“以自然科学研究的成果供给少数资本家享受，而大多数人生活贫困，受失业之苦，这是一条路；另一条路是将自然科学研究的成果归属全体劳动人民，做到不劳动不得食的原则……一条路是由少数人掌权，为保持他们的既得利益而压迫全国大多数，一条路是工、农、兵、学、商各阶层的人联合起来，向独裁集团要回政权，愿意就采取和平的方式，不愿意就用武力把政权跟他夺过来！”樊弘的讲演得到热烈掌声。三位教授在军警武装包围下的慷慨演讲，大大鼓舞了同学们的斗志。演讲完毕，带领全场同学高呼口号：“向黄花岗革命先烈学习！”“发扬先烈革命精神！”“我们要真正民主的和平！”[2]

1948 年 4 月 9 日，为了抗议国民党对师大进步学生的抓捕，北大、清华、燕京、中法、师院等学校的学生组成请愿队伍，前往位

---

① 徐康：《青春永在 1946～1948 北平学生运动风云录》，北京出版社，第 65 页。
② 徐康：《青春永在 1946～1948 北平学生运动风云录》，北京出版社，第 81 页。

于新华门的北平行辕请愿，一路散发传单和集会。北大 30 余位教授自动集会，支持同学行动。樊弘说："捣毁师大，就等于捣毁北大，打学生就等于打先生。"樊弘还与许德珩受北大众多教授委托，同去市政府面见市长何思源，要求释放被捕同学。[①] 同年夏天，樊弘在北京大学的又一次爱国集会上，剖析蒋家王朝即将覆灭的各种原因，不顾在场特务的威胁、恫吓和捣乱，坚持讲完。

1948 年樊弘曾经有机会到资本主义最发达的美国从事进一步的研究工作，但条件是必须写一封效忠国民党当局的保证书。为了自己的政治信仰，为了坚持自己的政治立场，他毅然放弃了这次出国的机会。

1948 年 10 月，国民党政府自感平津不保，准备把一些知名大学迁到南方。以"保存文化，免遭蹂躏"。是跟随国民党政府南迁，还是留在北平迎接解放？这是各大学师生面临的一次重大抉择。由于北大在全国高等学府的举足轻重的地位，国民党政府对它更为关注并说服了胡适校长同意南迁。但地下党领导大家展开了反南迁斗争，通过各种活动表明跟国民党南迁只能是死路一条。大多数教授都不同意南迁，樊弘、楼邦彦等教授还公开作了反对南迁的讲演。教授会也作出绝不南迁的决定。最后，国民党南迁北大的图谋终成泡影。[②]

当校长胡适及一些教授南迁后，樊弘不仅坚定地留下来，还积极投身到新政权的建立和建设中。1949 年 2 月 3 日，是北平历史上永放光辉的一天。一早，樊弘就和北大、师大、中法、辅仁等学校的爱国教授们一起，来到正阳门外，以激动的心情迎接中国人民解

---

① 徐康：《青春永在 1946～1948 北平学生运动风云录》，北京出版社，第 95 页。
② 徐康：《青春永在 1946～1948 北平学生运动风云录》，北京出版社，第 139 页。

放军的入城，迎来了盼望多年的人民翻身解放的一天。半年后，樊弘参加了新中国的第一届政治协商会议并被选为第一届全国政协委员。在新中国成立后 4 个月，他光荣地加入了中国共产党，作为北大第一个入党的教授，在 1949 年前后，樊弘成为学界和政界很有影响的人物。

樊弘始终对国家对民族抱有赤诚感情，真诚拥护新政权。如同过去一样，他仍然关心政治，在自己的专业之外，对社会进步投入很大热情，这正是现代知识分子的一个特征。然而在 20 世纪五六十年代盛行的"左"的思潮影响下，樊弘和大多数知识分子一样，都经历了这样或那样的误解伤害，无论政治上还是学术上都走得比较艰难。在学术领域，当时的社会氛围和普遍存在的对理论问题的简单化理解，使大多数知识分子都受到了不公的对待。特别是各种政治运动，知识分子往往被推上批判斗争的前线，同时自己也遭受着批判。作为比较愿意坦露自己政治观点的学者，樊弘自然受到更多的批判。

1952 年 9 月经过院系调整，樊弘刚任命为新的北大经济系主任，就被抽调到马列学院第二部第五班学习，这本是学习提高的机会。但由于认识上存在的差异（这些差异现在看来都是正常的），却被当作唯心主义批判。当时内部还出版了《揭发和批判樊弘同志的反马列主义思想》的小册子。王梦奎曾专门撰写了回忆自己老师的文章"北大旧事三记　再说樊弘"，文中提到樊弘当年受到的批判，并对这种批判提出自己恰如其分的认识：

从批判小册子所反映的情况看，樊弘'迭次'在小组会发言，说明他参加学习是积极的。对待批评的态度也是坦诚的，他只是表示：'说我是唯心的，并认定我有一套系统的唯心论，在哲学的最高问题上与马克思主义直接对立起来。我觉得我的错误尚不到这样严重的程度。'受到严厉批判之后，他最后表示：'我因发现我没有马列主义而高兴，因为这样，我便有跨进马列主义门槛之望。'不可谓不磊落潇洒。我在北大学习期间从接触中感受到的，就是这样率直，甚至有些天真的樊弘。

"毫无疑问，从旧社会过来的知识分子，即使像樊弘这样已经加入共产党组织的人，也有适应新社会和思想改造的问题。但这种改造必须从他们的思想实际和工作实践出发，着眼于调动他们的积极性和发展科学文化事业。可惜实际上往往没有做到这一点，而是采取简单化的全盘否定的方法。其结果，非但没有真正从思想上解决问题，反而抑制了知识分子的独立思考和创造精神，这样也就不可能有生动活泼的百家争鸣局面。这对尔后长期社会科学的发展甚至对国家政治生活造成很大负面影响。

"当时主持马列学院工作的杨献珍副院长，曾经写信给中组部部长安子文，问道：像樊弘这样的资产阶级知识分子，怎么能加入共产党？得到的答复是：樊弘解放前是著名的民主教授和反蒋积极分子，他的入党是经过中央同意和少奇同志批准的。虽然如此，这次批判还是对樊弘有严重影响，回到北大即被撤销经济系主任职务而改任政治经济学教研室主任，并且几年未能由候补党员转为正式党员。

"樊弘过分率直，不善处人处事，并且按他自己的说法，'我的脾气太坏了，意气逼人之事层出无已，迄今亦未完全改得过来。'作为学者和斗士无妨，却不是一个好的行政管理者，但因为思想批判而被撤职则是罪不当罚。

"樊弘是知识分子的一个典型。他一直以左派自许，据说解放前夕曾动员他加入九三学社，他说自己是无产阶级，不能参加资产阶级的组织。解放后虽然因为唯心主义而受到批判，仍然努力追随时代潮流，批判马寅初和批判陆平都写过大字报，但终不免因为‘右’而遭遇坎坷。1959年被指责为右倾而受到批判，撤销政治经济学教研室主任的职务，他因此而有弓藏狗烹之叹。

“后来又被调离政治经济学的教学岗位而改为讲授西方经济学批判，应该说，这符合他的学术专长，但他似乎更愿意讲授政治经济学，因而颇为不快。‘文革’中不仅被批判为‘资产阶级反动学术权威’，而且被指为‘反共分子’，根据竟是从带有鲜明政治色彩的《两条路》一书中断章取义地摘录的片言只语。他受到严重冲击，并被开除党籍。中共十一届三中全会之后获得彻底平反，已是垂暮之年了。

“距1953年批判樊弘不到十年，随着‘阶级斗争’的浪潮日益高涨，老资格的革命家和哲学教育家杨献珍，受到比樊弘严重得多的批判，后来竟至身陷囹圄多年，也是到垂暮之年，在中共十一届三中全会之后才获彻底平反。现在清楚了，对杨的批判，深层次的原因，是他对‘大跃进’和人民公社化运动中严重问题的批评，但巧合的是，公开发动批判时的罪名却是反对思维与存在的同一性。在开初的批判中，樊弘几年前所讲的那些简单朴素并不深奥的话，又被人们作为正面道理说起，虽然绝大多数人并不知道樊弘为何许人。杨献珍是和樊弘完全不同类型的高级知识分子，其命运同样具有悲剧性。”①

王梦奎在文章最后强调指出：“这里记下和樊弘教授有关的一些北大旧事，并不是纠缠历史旧账。主要当事人已经作古，知情者即使健在也该进入暮年了。是非恩怨俱往矣。何况，二十多年来对于那段历史已经进行了不少总结。这里记述的，不过是时代大

---

① 王梦奎：“北大旧事三记　再说樊弘”，《文汇读书周报》2004年7月15日。

潮中溅起的浪花。所以记述下来，是希望能为那段历史留存一个典型事例，使它的教训成为历史的经验，也算是对樊弘教授的纪念。"①

几十年来，樊弘从没有放弃过自己的政治信仰和业务追求，无论是在国民党统治时期追求民主和自由，还是在新中国成立后历次政治运动磨难中，他始终热爱自己的国家，拥护中国共产党，希望祖国强大并健康地走上现代化的道路，并以自己的学识，在独立思考，坦陈己见中凸显精神品格。尽管在樊弘生前中国已走上了改革开放之路，宽松的政治和学术环境正逐步形成，但对他在那段历史中曾受到的不公正待遇似乎无人提及，也许正如王梦奎所说："不过是时代大潮中溅起的浪花"。而在他身后若干年，有学生不是从樊弘个人，而是从一代知识分子的命运和历史高度对樊弘当年的错误批判及与其有关联的事件重新审视和评价，应当说，既是从其遭遇中总结出的历史教训，也是对樊弘先生最好的缅怀和告慰。

（此文在写作过程中，樊弘先生的学生及同事、北京大学张友仁教授向作者提供了大量材料，并对此文进行了审改，特此表示感谢。特别对王梦奎先生给予作者的帮助表示诚挚谢意。）

① 同上。

附录

樊弘主要著作目录

1.《社会调查方法》,上海:商务印书馆1927年版。

2.《工资理论之发展》,上海:商务印书馆1929年版。

3.《进步与贫困》(1～5册)(英)佐治著、樊弘译,上海:商务印书馆1930年版。

4.“凯恩斯与马克思论资本积累、货币和利息”(英文),经济研究评论1939。

5.“论社会资本及所得”,国立中央大学社会科学季刊,1943,1。

6.《现代货币学》,商务印书馆1947年版。

7.“物价继涨下的经济问题”世纪评论.—1947,1(11).—8—10。

8.“从‘知难行易’学说的评判说到国民党今后的出路”世纪评论.—1947,1(22).—8—12。

9.“收益方式与行为方向”,世纪评论.—1947,2(4).—13—16。

10.《现代货币学》,商务印书馆1947年版。

11.“与梁漱溟张东荪两先生论中国的文化与政治”,《观察》1947年第3卷第14期。

12.“我对于中国政治问题的根本看法——最后答复梁漱溟先生和张东荪先生的指教”,《观察》1947年第3卷第18期第5～6页。

13.“只有两条路”,《观察》1948年4月10日第4卷第7期。

14.《两条路》,上海观察社1948年版。

15.“工业问题笔谈:物价上涨与工业经营”(周作仁、徐毓枬、樊弘)工业月刊(西安).—1948.5。

16.“公家经济在崩溃中:大钞是政治上鸦片烟”,中建:北平版.—1948,1(1).—6—9。

17.“由必要到自由”,中建:北平版.—1948,1(3).—14—15。

18.“评金元券发行条例中的准备条款”,中建:北平版.—1948,1(4).

—8。

19.“评北大处理八一九案件的办法”,中建:北平版.—1948,1(5).—4—5。

20.“向大学新同学献辞”,中建:北平版.—1948,1(7).—3—4。

21.“新文化运动的意义”,中建:北平版.—1948,1(8).—16—17。

22.“读金圆外币的修正条款有感”,中建:北平版.—1948,1(9).—3,18。

23.“知识·思想·行为:空想的政治理论和虚伪的民主政治”,中国建设(上海1945).—1948,6(3).—7—9。

24.“除非教授治校学术难望独立”,世纪评论.—1948,3(2).—3—6。

25.“学术:我也来谈谈就业的问题”,正论(北平).—1948,新(1).—11—13。

26.“孙中山与马克思”,正论(北平).—1948,新(4).—19—20。

27.“社会所得变迁函数的分析 马克思的再生产学说的一推进”,北京大学出版部,国立北京大学五十周年纪念论文集 法学院,1948。

28.“从根本上认识美帝”,《中美关系真相——丢掉幻想,准备斗争学习参考书之二》,山东新华书店出版,1949年10月。

29.“从经济上认识美帝的无限制的侵略”性,《新中华》1951年第14期。

30.“资产阶级思想体系是怎样阻挠我的学术思想改造的?”,《新建设》—1955(2)。

31.“凯恩斯的经济‘理论’是垄断资本家阶级的意识形态”,《经济研究》1955,(总3)77。

32.“评‘论商业利润与纯粹流通费用的补偿问题’”,《经济研究》1956(10)51。

33.“简评凯恩斯的投资、消费与倍数理论”,《经济研究》1957(6)60。

34.“定息是剩余价值临终的形态”,《经济研究》1957(总14)127。

35.“保卫马克思列宁主义的政治经济学(批判陈振汉等反党反社会主义的经济学纲领)”,《北京大学学报》人文科学版1957(4)19。

36.“社会主义制度下的商品生产和价值规律”,《北京大学学报》人文科学版 1957(总 9)39。

37.“光荣属于苏联共产党和苏维埃国家”,《文汇报》,1957 年 10 月 27 日。

38.“凯恩斯的基本概念和方法有什么价值”,《人民日报》,1957 年 9 月 21 日。

39.《凯恩斯的“就业、利息和货币的一般理论”批判》,人民出版社 1957 年版。

40.“评马寅初先生的‘我的经济理论、哲学思想和政治立场’”,《光明日报》1958,6.6。

41.“毛主席的‘关于正确处理人民内部矛盾的问题’是对历史唯物论的划时代的贡献”,《新建设》1958(7 月)。

42.“关于社会主义制度下商品生产和价值规律问题”,《经济研究》1959(2)。

43.《关于社会主义制度下商品生产和价值规律》,科学出版社 1959 年版。

44.“大、中、小型工业同时并举的方针和我国社会主义工业化的速度问题”,《光明日报》1959 年 10 月 19 日。

45.“什么是凯恩斯主义”,《光明日报》,1962 年 6 月 18 日。

46.“凯恩斯主义的终结”,《北京大学学报》人文科学版 1963(2)。

47.“凯恩斯的有效需求原则和就业倍数学说的终结”,《新建设》1964(5 月)。

48.《论经济学上第五纵队和“左”倾幼稚病》。

49.《当代资产阶级经济学说 凯恩斯主义(第 1 册)》(樊弘,高鸿业等编),北京:商务印书馆 1962 年版。

50.“用实践的标准检验凯恩斯的就业一般理论”,《经济研究》1980 年。

51.《凯恩斯有效需求和就业倍数学说的批判》,四川人民出版社 1982 年版。